Kompaß-Bücherei · Band 390

Der neunjährige Vašek hat seinen leiblichen Vater Luboš entdeckt, der bislang nichts von der Existenz seines Sohnes ahnte. Vašeks Mutter Anna befürchtet nun nicht zu Unrecht, daß der Vater, der beim Bergrettungsdienst arbeitet, den Sohn mit seiner Kletterleidenschaft anstecken könnte. In ihrem ersten gemeinsamen Urlaub beim Großvater steht Anna mit ihren Vernunftsprinzipien allein gegen die drei Männer. Bis die Machtkämpfe ausgestanden sind und die Liebe zwischen Anna und Luboš die Oberhand gewinnt, müssen alle Beteiligten noch etliche Federn lassen.

Marie Poledňáková

Wie man den Vater in die Besserungsanstalt bekommt

Deutsch von Barbara Zulkarnain

Verlag Neues Leben
Berlin

Titel des tschechischen Originals:
Jak dostat tatínka do polepšovny

Illustrationen von Ingrid Engmann

ISBN 3-355-01006-5

Lizenz Nr. 303(305/141/90)
LSV 7711
Umschlag: Ingrid Engmann
Typografie: Christel Ruppin
Schrift: 9p Timeless
Gesamtherstellung: GG Völkerfreundschaft Dresden
Bestell-Nr. 644 803 8
00180

I.

Als Anna aus dem Krankenhaus entlassen wurde, sah die Wohnung aus wie nach einem Erdbeben. Mit einem Bein in Gips und einer Krücke unter dem Arm bekam sie allmählich den Haushalt in den Griff. Nachmittags war sie halbtot vor Müdigkeit, dennoch hätte sie sich um keinen Preis hingelegt, wäre nicht die Angst vor Komplikationen gewesen. Wenn sie für einen Augenblick die Augen schloß, sah sie überall um sich herum Wäscheberge, schmutziges Geschirr, gebrauchte Gläser, schmutzverkrustete Stiefel, Staubschichten auf dem Bücherregal und dem Linoleum. Das Telefon klingelte am laufenden Band. Aus dem Theater riefen die Garderobiere Boženka, der Leiter des Balletts, Helena und der Pförtner an. Aus der Schule die Klassenlehrerin Jedličková, die nicht glaubte, daß Vašek Bendas Mutter nicht zum Klassenelternabend kommen könne. Abends rief noch der Hausmeister der Schule an und teilte mit, er nehme Vašek am Sonnabend mit zum Fußball. Doch der einzige Anruf, den sie sehnlichst erwartete, kam nicht.

Sie erinnerte sich wieder an jenen Abend, als im Theater die Premiere des Balletts „Spartakus" war und sie, die Primaballerina, im Krankenhaus lag. Ihre Hilflosigkeit erschien ihr unerträglich. Bisher war alles so selbstverständlich gewesen. Die Schinderei im Probensaal, die Selbstverleugnung, die durchgeschwitzten Trikots, all das gehörte zu dem Leben, das sie sich selbst gewählt hatte. Zu den Augenblicken eines flüchtigen Glücks auf der Bühne gehörte auch der ewige Wettlauf mit der Zeit, bei dem sie den Haushalt bewältigen und vor allem ein paar freie Minuten für ihren achtjährigen Sohn herausschinden mußte.

Plötzlich wurde ihr bewußt, daß auch alles ganz anders kommen konnte. Wenn die Bühne ihr nun versperrt blieb? Wenn sie nun kämpfen mußte, um überhaupt noch irgendeine Rolle zu bekommen? Jetzt erschien es ihr wie eine Ironie des Schicksals: Wie hatte sie sich im Winter um eine Woche Freistellung bemüht, um mit Vašek ins Gebirge fahren zu können. Wie hatte sie dem Choreografen in den Ohren gelegen und mit Kündigung gedroht, und welche Freude hatte sie bei der Nachricht empfunden, daß Helena ebenfalls die Rolle der Phrygia einstudieren würde!

Aber am meisten ging ihr durch den Kopf, was am Tag nach der Premiere geschehen war. Nachdem die Schwester am Morgen die Thermometer verteilt hatte, brachte sie eine Waschschüssel voller Blumen zu Annas Bett. Die hatte Jindřich alle geschickt, das war klar. Seit vier Jahren gab ihr Jindřich die Blumen von seinen Verehrerinnen, oftmals machte er sich nicht einmal die Mühe, die Visitenkarten und die kleinen Umschläge mit der Bitte um ein Autogramm, ein Rendezvous oder mit flammenden Liebeserklärungen abzunehmen. Anfangs hatte sich Anna gewundert, warum Jindřich kein Interesse für andere Frauen hatte und seine ganze Freizeit mit ihr verbrachte. Später dachte sie nicht mehr darüber nach. Ihre Partnerschaft wurde beständig von der Tatsache belastet, daß Jindřich kein Interesse für Vašek hatte und das Familienleben für ihn ein rotes Tuch war. Umgekehrt wollte Vašek von Jindřich nichts hören. Im übrigen wußte Anna aus Erfahrung, wieviel physische und psychische Kraft er auf der Bühne und im Probensaal ließ. Die paar Stunden wöchentlich, die sie gemeinsam verbrachten, waren Augenblicke der Erholung, in denen beide Kräfte für den nächsten Tag sammelten. Anna hatte Verständnis dafür, daß Jindřich nach den erschöpfenden Proben, dem Training und den Vorstellungen kein Verlangen mehr nach Abenteuern hatte, und seien sie noch so verlockend, und einem ruhigen Abend in ihrer Gesellschaft den Vorzug gab.

Aber an dem Morgen nach der Premiere suchte sie vergebens zwischen den Rosen, Orchideen und flammenden Schwertlilien nach einem Brief, einer Karte oder wenigstens einem Zettel von Jindřich. Kein Sterbenswörtchen, auch nicht, wie die Premiere ausgefallen war.

Nach der Rückkehr seiner Mutter aus dem Krankenhaus besorgte Vašek die Einkäufe, führte seinen Hund Ben aus, und wenn ihn der Wunsch überkam, gelobt zu werden, trug er den Mülleimer hinunter und wusch sich vor dem Zubettgehen unaufgefordert die Füße. Es kam auch vor, daß seine

Natur in ihm siegte, und anstatt um zwei Uhr nachmittags, nach Schulschluß, kam er erst um halb sechs nach Hause, vergaß auf dem Spielplatz nicht nur seine Pflichten als Schüler und als Betreuer der kranken Mutter, sondern sogar den Hund.

Als er am Freitag um Viertel sieben aus der Ziegelei nach Hause kam, wo ein Geländelauf stattgefunden hatte, zog seine Mutter im Korridor gerade den Abendmantel über den Samtrock und die weiße Bluse. Vergebens bestürmte er sie, zu Hause zu bleiben. Er prophezeite wehklagend, sie würde sich auch noch das andere Bein brechen, denn er hatte sich schon darauf gefreut, gemeinsam mit ihr abends „Die drei Bären und Zwiebelchen“ im Fernsehen anzusehen. Anna ließ sich nicht beirren, auch Vašeks Tränen beeindruckten sie nicht, sie ging mit der Krücke unter dem Arm die Treppe hinunter, setzte sich in ein Taxi und fuhr weg.

Es war die dritte Aufführung des „Spartakus“, Anna betrat aufgeregt das Theater und konnte kaum erwarten, daß sich der Vorhang öffnete. Aus dem Orchesterraum ertönte das Stimmen der Instrumente. Anna war von der dämmrigen Atmosphäre bezaubert wie damals, als ihr, der Siebenjährigen, die Welt auf der Bühne geheimnisvoll und unzugänglich erschienen war. Wie sehr hatte sie sich damals gewünscht, einmal auf der Bühne zu stehen, und sei es nur im Corps de Ballett! Heute sah sie sich Helena in der Rolle der Phrygia an, einer Rolle, die ihr soviel Ärger gemacht hatte.

Als es dunkel wurde im Zuschauerraum, die Lichter verlöschten und die ersten Töne des Vorspiels aus dem Orchesterraum erklangen, vergaß Anna alles. Jindřich brillierte in der Rolle des Spartakus, und Anna war nur zuweilen in der Lage, über den Dingen zu stehen und etwa festzustellen, daß Helena Spartakus ein paar Sekunden länger festhielt, als die Choreografie vorschrieb, daß sie sich nach hinten beugte, bevor Spartakus sie in der Taille festhielt. Mit geschultem Auge erkannte sie, daß Jindřich sich dessen bewußt war und Helena freie Hand ließ. Sie mußte eingestehen, daß Helena über sich hinauswuchs und gerade diese kleinen Abweichungen den Liebesszenen besonderen Reiz verliehen.

Nach der Vorstellung trafen sie sich im Theaterklub, und Anna gratulierte Helena ungezwungen. Erst als die strahlende Helena weggegangen war, befragte Jindřich Anna nach ihren Eindrücken von der Aufführung. Er begnügte sich nicht mit der Erklärung, es sei ein hervorragendes Zuschauererlebnis gewesen, er wollte wissen, was Anna über Phrygia dachte.

Anna lag es auf der Zunge, zu fragen, was die Blumen ohne ein einziges Wort bedeuten sollten. Sie wollte sagen, daß sie die Phrygia anders auffaßt. In ihrer Beziehung zu Spartakus wäre weniger Bewunderung und Demut, aber mehr Liebe gewesen. In den Liebesszenen wäre sie explosiver und gleichzeitig ergebener gewesen. Ihre Phrygia hätte ausgeprägtere Konturen gehabt, ohne daß sich in der Choreografie ein einziger Schritt geändert hätte. Aber das alles sagte sie Jindřich nicht. Sie griff einzelne Szenen heraus, schilderte mit unbefangener Begeisterung die Stellen, in denen Phrygia entweder nicht oder nur im Hintergrund tanzte. Jindřichs Leistung war eine Sensation gewesen, und so behauptete Anna lachend, sie könne nichts Neues sagen und nur das wiederholen, was die Zeitungen schrieben. Natürlich stimmte das nicht. Sie sprachen sehr sachkundig miteinander, nahmen Details durch, die kein Zuschauer je mitbekommen würde. Anna stellte erfreut fest, daß Jindřich nett zu ihr war wie früher, und sie protestierte nicht, als er ihr anbot, sie nach Hause zu fahren. Sie kannte ihn gut und wußte, daß das Gespräch über die Rolle ihn mehr als alles andere interessierte. Er half ihr aus dem Auto, und Anna ließ sich stützen, als sie die Treppen hinaufgingen. Vor der Wohnungstür verabschiedete sich Jindřich.

Erst als sie ihr Nachthemd anzog und die Tischlampe am Bett anschaltete, hatte sie den Mut, wieder an den Beginn der Vorstellung zu denken. Sie saß in der verdunkelten Loge als unfreiwilliger Zuschauer der antiken Tragödie, nahm den verstummten, erwartungsvoll gespannten Zuschauerraum wahr und sah sich selbst, ihr verpatztes durchschnittliches Leben. Wie nichtig waren all ihre privaten Probleme im Vergleich mit der Geschichte um Leben und Tod, um die Kraft des menschlichen Geistes, um die Sehnsucht nach Freiheit! Wofür hatte sie eigentlich die Phrygia geopfert? War an allem etwa das eine Foto schuld, das Vašek schon seit Jahren in seinem Köfferchen aufbewahrte und das zu einem unwiderlegbaren Beweis für die Existenz von Vašeks Vater geworden war. Das gebrochene Bein war auf jeden Fall eine Folge der Ereignisse, die im Winter begonnen hatten.

Wieder spürte sie den brennenden Stachel der Eifersucht, wenn sie daran dachte, wie Helena in der Rolle der Phrygia in Spartakus' Umarmung schwelgte, und wieder hörte sie, wie ein Seufzer der Erregung durch den Zuschauerraum ging, als Phrygia sich aus seiner Umarmung löste. Und diese aufreizende Musik, der mitreißende aufputschende Rhythmus, der die Sklaven in die Schlacht trieb.

Anna bohrte den Kopf ins Kissen. Sie sah sich selbst in der Loge, umgeben von Dunkelheit, wie sie verzweifelt mit den Tränen kämpfte.

Nach sieben Wochen wurde Anna der Gips abgenommen. Die Röntgenaufnahme zeigte, daß der Knochen sauber zusammengewachsen war und die Verletzung ohne Folgen bleiben würde. Erst jetzt atmete Anna erleichtert auf. Den ganzen Mai ging sie eifrig zur Rehabilitation, und Ende des Monats nahm sie wieder ihr Training im Ballettsaal auf.

Jindřich, der das Training der Solisten leitete, fragte sie jedesmal, wie sie sich fühlt, und Anna wußte, daß er diese Frage nicht in seiner Eigenschaft als Ballettmeister stellte. Wenn sie nicht zuweilen seinem forschenden Blick begegnet wäre, wenn sie nicht gespürt hätte, daß er jede ihrer Bewegungen verfolgte, hätte sie geglaubt, zwischen ihnen sei alles zu Ende. Er rief sie zwar nicht an, wartete nach der Probe nicht auf sie, um mit ihr gemeinsam zum Mittagessen zu gehen oder um sie nach Hause zu begleiten. Aber Anna kannte Jindřich nur zu gut. Sie wußte, er würde nicht drängen, er würde nicht fragen. Er würde abwarten, bis der Mann, der im Winter aufgetaucht war, wieder verschwunden war.

Der Mann, der unverhofft in ihr Leben getreten war, war der Vater ihres Kindes. Ansonsten wußte Anna praktisch nichts über ihn.

II.

Vašek hatte das Gefühl, daß die Zeit, die noch bis zum Ende des Schuljahres verblieb, immer zäher dahinfloß. Der Vormittag in der Schule war nicht auszuhalten. Daß Vašek jetzt einen Vater hatte, wußte nunmehr schon jeder, Standa, der Hausmeister, auch der Sportlehrer, dem Vašek stolz berichtet hatte, sein Vater sei nicht unter einer Lawine umgekommen, sondern arbeite als Leiter des Bergdienstes im Riesengebirge und habe im Himalaya einen Achttausender bezwungen. Doch dieses einschneidende Ereignis beeindruckte die Klassenlehrerin Jedličková offensichtlich gar nicht, denn das Hausaufgabenheft Vašek Bendas, Schüler der 3 B, strotzte im Mai vor roten Eintragungen. „Das fehlte noch, daß den Kindern ihre Dummheiten nur deshalb durchgehen, weil sie einen Vater haben!" sagte die Jedličková und befestigte eine Strähne ihres roten Haares mit der Spange.

Aber Vašek hatte fast neun Jahre lang keinen Vater gehabt, und jeden Mittwoch, wenn er von Luboš einen Brief erhielt, durchlebte er Augenblicke eines märchenhaften Glücks. Die Anfälle unbändiger Freude zeitigten noch am darauffolgenden Tag Folgen. Einmal verlor er den Beutel mit den Turnschuhen, eine Woche darauf das Portemonnaie mit den Essenmarken und achtundzwanzig Kronen, und letzten Donnerstag war er zu Herold in den Geografieraum hineingeplatzt, um dem Lehrer das Foto zu zeigen, das ihm der Vater geschickt hatte. Tags zuvor hatte er wieder einen unglückseligen Zusammenstoß mit der Jedličková gehabt. Die Lehrerin war auf der Treppe ausgerutscht, hatte sich den Absatz abgebrochen und war daraufhin den ganzen Tag schlechter Laune gewesen. Aber Vašek war der Jedličková nicht weiter böse. In seiner kindlichen Seele war soviel Freude, daß er gar nicht böse sein konnte.

Dann wieder gab es Augenblicke, in denen Vašek plötzlich still wurde. Am Freitag schlief er in der Tschechischstunde ein, als die Kinder die alten böhmischen Sagen lasen. Am Dienstag stand er in der Mathematikstunde mit der Kreide in der Hand vor der Tafel, aber er antwortete nicht, weil er in Gedanken noch ganz bei der Expedition zu einem nistenden Adler war, die er gemeinsam mit seinem Vater unternahm. Heute jedoch geschah etwas Außergewöhnliches: Vašek schwieg, als er auch schweigen sollte. Er malte, wie es sich gehört in der Zeichenstunde, und zum Erstaunen der Jedličková malte er sogar das, was alle Kinder malten. Auf der schwarzen Tafel stand in Schönschrift:

Wohin fahre ich in den Ferien?

Über Vašeks Blatt fuhr ein roter Zug, aus dem Schornstein stieg weißer Rauch, und aus den Fenstern lehnten Vater, Mutter und ein Junge.

„Na, Vašek, wohin fährst du mit Vater und Mutter?"

Vašek dachte angestrengt nach. Vater hatte ihm geschrieben, das sei ein Geheimnis. Am liebsten hätte er es allen ausposaunt, aber er brachte keinen Ton heraus. Wie konnte er auch ein Geheimnis preisgeben, das er selbst nicht einmal kannte! Statt dessen malte er vor Verlegenheit noch einen Hund dazu.

„Na, Vašek?" wiederholte die Jedličková etwas lauter. „Kannst du nicht sprechen?"

Vašek konnte sprechen, aber er wußte nicht, was er sagen sollte. Und plötzlich kam ihm wie ein Blitz aus heiterem Himmel die Erleuchtung. Seine Augen strahlten vor Freude über seinen guten Einfall.

„Wohin ich mit Papa und Mama fahre? Na, auf die Hochzeitsreise doch!"

In der ersten Juniwoche begannen die Proben zum Nußknakker. Über die Besetzung des Balletts wurde zu einer Zeit entschieden, da Anna noch mit einem gebrochenen Bein zu Hause war, und so rechnete sie damit, keine Rolle zu bekommen, auch nicht als zweite Besetzung.

Sie ging weiter zur Rehabilitation, und vormittags ließ sie kein Training der Solisten aus. Manchmal trainierte sie auch nachmittags allein, wenn der Probensaal leer war.

Am Dienstag kam sie schon um drei nach Hause. Als sie gerade dabei war, sich umzuziehen, klingelte es.

„Sie haben Post", sagte Karla und gab Anna, die in Unterwäsche in der halbgeöffneten Tür stand, ein Päckchen und einen Brief. „Ich bringe gleich noch die Energieabrechnung."

Anna wandte ein, sie wolle ihren Morgenmantel überziehen und mit Karla hinuntergehen. Aber Karla, die tagelang allein war, freute sich über jede Gelegenheit, mit Anna ein paar Worte wechseln zu können, und verschwand deshalb schnell ein Stockwerk tiefer.

Anna setzte Teewasser auf, verstaute die Einkäufe im Kühlschrank und weichte in der Waschschüssel die rosa Füßlinge aus dem Ballettsaal ein. Sie setzte sich an den Tisch und legte die Beine auf einen Stuhl. Mit dem Messer schnitt sie die Schnur des Päckchens durch, das ein Buch aus dem Antiquariat enthielt. Sie wollte es eigentlich gar nicht unbedingt haben, aber der Verkäufer auf dem Altstädter Ring war ihr Verehrer und trieb für ein Autogramm auf dem Theaterprogramm immer irgendeinen Bestseller für sie auf, der nicht auf die Verkaufstische der Buchhandlungen gelangte. Sie schaute nur flüchtig auf den Titel und begann zu lachen. Das „Tagebuch einer amerikanischen Hausfrau" von Sue Kaufman hatte sie schon vor etwa einem Jahr gelesen und es sehr unterhaltsam gefunden. Tina, die Ich-Erzählerin, berichtete von ihren Sorgen um den Mann, einen Rechtsanwalt, zwei kleine Mädchen und einen Hund und von ihren täglichen Depressionen.

Anna schlug aufs Geratewohl eine Seite auf. „Die Agentur teilte mir mit, die Wäscherin komme genau um acht Uhr. Als es klingelte, war es schon halb zehn und ich vor Wut außer mir." Anna mußte lächeln und las weiter. Es war ein gut geschriebenes Buch mit einer Menge lebensnaher Details. Die Wäscherin rümpft die Nase über die schmutzige Wäsche, Tina muß ihr erklären, wie die Waschmaschine, natürlich eine automatische, funktioniert, woraufhin die Heldin, vom verbissenen Schweigen der Wäscherin, die einen Kaffee bestellt, nervös geworden, ins Badezimmer flüchtet, um zwei Aspirin zu nehmen. Dann klingelt es, und die Wäscherin erklärt, sie werde nicht dafür bezahlt, die Tür zu öffnen, und zu Tinas Verzweiflung betritt ein bärbeißig dreinschauender junger Mann die Wohnung, um die Fenster zu putzen.

Anna konnte sich von der Schilderung dieses Tagesablaufs nicht losreißen, der die amerikanische Hausfrau schließlich auf den Gedanken bringt, einen Psychiater aufzusuchen. Doch sie verwirft diesen Gedanken tapfer. „Ich sprang aus dem Sessel auf und erledigte mit zusammengebissenen Zähnen die restlichen Telefonate, die ich bisher aufgeschoben hatte. Ich organisierte alles Notwendige zum Aufhängen der Gardinen, Auslegen der Teppiche usw." Tina beruhigt der Gedanke, daß gleich Lotty kommen würde, ihr Dienstmädchen, die jeden Tag bei ihr aushalf.

Anna lachte noch einmal amüsiert und schnitt den Umschlag des Briefes auf, aus dem sie einen mit energischer männlicher Handschrift beschriebenen Bogen herauszog. Erst, als es aus der Küche verbrannt roch, fand sie wieder zu sich, sprang auf und stellte den glühendheißen Kessel, aus dem das Wasser verkocht war, in die Spüle.

Sie kehrte zum Tisch zurück und nahm wieder den Brief in die Hand. Wie viele Jahre hatte sie auf diesen Brief gewartet! Jetzt war er da, nach über neun Jahren. Natürlich war der Inhalt des Briefes ganz anders als in ihrer Vorstellung. Kein Wort über Liebe, der Ton sachlich, locker, angenehm. Luboš teilte ihr mit der größten Selbstverständlichkeit mit, daß er zusammen mit ihr und seinem Sohn die Ferien verbringen wolle. Sachlich legte er den Termin fest, an dem er sie aus Prag abholen würde.

Es klingelte, und Anna vergegenwärtigte sich, daß sie weder ein Dienstmädchen noch eine Wäscherin hatte und also zweifelsohne selbst öffnen mußte.

Karla beklagte sich über die Scherereien, die sie mit dem Kurantrag, mit dem Gasboiler und dem Neffen hatte. Anna hörte ihr geduldig zu, sie war froh, daß sie jemanden hatte, der sich abends zuweilen um Vašek kümmerte, aber sie konnte es kaum erwarten, wieder allein zu sein. Karla war gerade gegangen, als es abermals klingelte. Vašek stürmte herein und sprudelte hervor, er habe nur sehr wenig Hausaufgaben zu erledigen, die er auch abends schaffen würde. Zu seiner Verwunderung sagte die Mutter: „Mach, daß du rauskommst!"

Abends erbettelte sich Vašek noch eine Portion Eistorte. Er saß in der Küche auf dem Sofa, neben ihm der Hund. Anna wusch das Abendbrotgeschirr ab.

„Hör mal, Vašek, weißt du, was das beste wäre?" fragte sie mit sanfter Stimme. Vašek wußte es nicht, aber er freute sich darauf, es zu erfahren. Er unterhielt sich gern mit seiner

Mutter, wenn er bereits im Schlafanzug war, weil er auf diese Weise das Schlafengehen hinauszögern konnte.

„Also das beste wäre, wenn du eine Hälfte der Ferien mit mir und die andere mit deinem Vater verbrächtest.“

Damit konnte Vašek überhaupt nichts anfangen. Auf seiner Zunge schmolz ein Stück Eis, das er nicht zu schlucken vermochte, weil seine Kehle wie zugeschnürt war. Das nutzte seine Mutter aus und erklärte, er sei doch ein vernünftiger Junge und begreife deshalb, daß sie und sein Vater eigentlich nichts gemeinsam hätten und es deshalb auch keinen Grund gäbe, die Ferien zusammen zu verbringen.

„Wieso denn?“ rief Vašek, sprang ungestüm auf, warf das Glas um und begoß Ben mit Limonade. „Wir fahren zu dritt in die Ferien!“ beharrte er, und Ben erinnerte mit lautem Gebell daran, daß sie vier sein würden. Anna fegte die Scherben zusammen und ließ entnervt von ihrem Vorhaben ab, Vašek davon zu überzeugen, daß sie seinen Vater eigentlich kaum kannte.

Als Vašek endlich eingeschlafen war, zeigte die Uhr schon halb zehn. Anna holte ihr Briefpapier hervor, doch nach dem nochmaligen Lesen der ersten paar Zeilen wurde ihr klar, daß jeglicher Versuch, einschränkende Regeln für das gemeinsame Zusammenleben aufzustellen, völlig absurd war. Allein schon die Frage, wo sie die Ferien verbringen würden, klang kurios.

Anna stand auf und öffnete eine Flasche Selters. Sie erinnerte sich wieder an den unglücklichen Sturz bei der Generalprobe und an den Abend, als die Premiere stattfand. Eine innere Stimme warnte sie. Sie war schon wieder im Begriff, sich in etwas hineinziehen zu lassen. Und bestimmt würde wieder sie allein dabei draufzahlen!

Sie setzte sich an den Tisch, knüllte das beschriebene Papier zusammen und warf es in den Papierkorb. In diesem Augenblick war ihr klar, daß sie Luboš’ Vorschlag entweder annehmen oder ablehnen mußte. Eine dritte Lösung gab es nicht.

Sie wollte Vašek möglichst nicht mit ihren Problemen belasten. In diesem Frühjahr war genug vorgefallen, was er verkraften mußte. Und außerdem verspürte Anna schon lange keine Rachegelüste mehr gegenüber Luboš. Jetzt mußte sie

0130
25
25

ohne Rücksicht darauf, ob sich ihr Leben damit zum Besseren wenden würde oder nicht, Vašeks Mutter sein.

Sie nahm ein neues Blatt Papier. Mit dem Gefühl der Unzufriedenhcit darüber, daß Luboš immer alles in den Schoß fiel, schrieb sie ihm in sehr schroffem Ton eine Antwort. Sie würden die Ferien unter einer Bedingung gemeinsam verbringen: Sie würde nicht zu ihm ins Gebirge fahren. Sie würde nicht erlauben, daß Luboš einen Bergsteiger aus Vašek machte.

Anna ließ sich ein Sommerkleid, ein Leinenkostüm und eine gestreifte Bluse nähen. Im Theater glaubte ihr niemand, daß sie nicht wisse, wohin sie in diesem Jahr in Urlaub fahre. Auch von Jindřich war nichts bekannt, lediglich die Jeřábková aus der Kostümwerkstatt behauptete zu wissen, daß Jindřich mit Helena in Jugoslawien Urlaub machen würde. Dieser Nachricht wurde sofort von der Sekretärin widersprochen, die über jeden Schritt Jindřichs Bescheid wußte und behauptete, er habe keine Auslandsreise beantragt.

„Wer hat so was je gehört, in Urlaub fahren und nicht wissen, wohin! Wenn Sie wenigstens eine ungefähre Vorstellung hätten", versuchte Boženka Anna das Geheimnis zu entlokken. Sie konnte Jindřich nicht leiden und hoffte, daß zwischen ihm und Anna definitiv Schluß war.

„Ich hab sogar eine ganz klare Vorstellung. Kein Kochen. Kein Aufräumen. Kein Geschirrwaschen", sagte Anna und nahm einen weißen Strohhut aus der Tüte. „Ich lege mich ins Gras und werde schlafen! Schlafen und noch mal schlafen!"

„Mein Gott!" Boženka schlug die Hände über dem Kopf zusammen, als sie Anna im Trikot mit dem Hut auf dem Kopf sah. „Sie wollen wohl auf die Bermudas!"

Anna lachte lauf auf. Was sollte sie erzählen? Es glaubte ihr doch keiner, daß sie wirklich nicht wußte, wo und wie sie ihren Urlaub verbringen würde. Daß Anna Geheimnisse hatte, drang auch bis zu Jindřich. Wenn er sie wenigstens gefragt hätte! Ihm hätte sie es erklären können. Aber Jindřich schwieg.

Ein paarmal fühlte Anna sich versucht, ein paar Worte mit

ihm zu wechseln. Aber dann erinnerte sie sich an den vorigen Sommer in Třeboň. Sie wohnte damals allein mit Vašek in einem kleinen Hotel am Ufer eines Sees. Abends, wenn die Kinder endlich still waren und in den Betten lagen, trafen sich die Eltern unten im Hotel. Manchmal brach an einem Tisch ein unterdrückter Ehestreit aus, oder von oben ertönte das Gezeter eines Paares. Dennoch spürte Anna abends so stark ihre Einsamkeit, daß sie lieber oben auf dem Zimmer blieb. Jindřich liebte sie zwar, doch ein gemeinsamer Urlaub mit Vašek kam für ihn nicht in Frage.

In diesem Jahr würde es anders werden. Sie würden zu dritt sein. Wie eine normale Familie. Da sie ein achtjähriges Kind haben, wird jeder annehmen, daß sie seit ungefähr zehn Jahren zusammen sind. Also müßten sie nicht einmal Verliebtheit vortäuschen. Und es wird auch nichts Ungewöhnliches sein, wenn sie zwei Zimmer haben. Anna ertappte sich dabei, daß ihr die Aussicht auf einen gemeinsamen Urlaub mit Luboš gar nicht so gegen den Strich ging.

„Ich weiß nicht, Anna, aber bist du dir nicht im klaren darüber, in was für einer heiklen Situation du dich befindest?“ fragte abends ihre Mutter und sah sie forschend an. „Sich nach neun Jahren wieder mit einem Mann zusammenzutun!“

Anna seufzte leise und schüttete die Aprikosen, die die Mutter mitgebracht hatte, in eine Schüssel.

„Ganz zu schweigen davon, daß ihr so schnell wie möglich heiraten solltet!“

Das verschlug Anna den Atem. „Wie meinst du das?“

„So, wie ich es sage. Die Hochzeit muß spätestens am Ende der Ferien sein, sonst kann sich das Kind nicht mehr in der Schule sehen lassen!“

Anna sah ihre Mutter verblüfft an. Daß Vašek vom Heiraten sprach, daran hatte sie sich schon gewöhnt. Aber daß sie etwas Derartiges von ihrer Mutter hören würde, wäre ihr nicht einmal im Traum eingefallen.

„Das ist nicht so einfach“, antwortete sie ausweichend. „Ich muß mir alles gründlich überlegen.“

„Überlegen?“ rief die Mutter. „Was willst du dir noch überlegen?! Du bist achtundzwanzig, hast einen achtjährigen

Jungen, und wenn sein leiblicher Vater dich heiraten will, fängst du an zu überlegen? Ich bitte dich, was willst du eigentlich?"

„Er hat nichts von Heiraten gesagt", beendete Anna die Debatte und ging aus dem Zimmer. Wenn sie der Mutter sagen würde, daß so etwas überhaupt nicht in Betracht kam, würde das einen abendfüllenden Streit auslösen.

„Dann mußt du dich darum bemühen", redete ihr die Mutter zu. Sie bemerkte das lange Baumwollkleid, das auf einem Bügel am Schrank hing. „In dem da wirst du dich bei einer Bergtour wirklich gut ausnehmen", fügte sie sarkastisch hinzu. Und in einem plötzlichen Anfall von Verzweiflung über ihre Tochter, die sich in den einfachsten Dingen des Lebens nicht zurechtfand, schlug sie die Hände zusammen und folgte Anna in die Küche.

„Was glaubst du, wohin er mit euch fährt? Pack einen ordentlichen Trainingsanzug und Turnschuhe ein!"

Anna erzählte ihrer Mutter nichts über den Brief, den sie von Luboš erhalten hatte, und auch nichts über ihre Antwort. Sie sagte nichts von den Bedingungen, die Luboš akzeptieren mußte.

Die letzte Woche im Juni war es mit Vašek nicht zum Aushalten. Er wollte seiner Mutter unbedingt bei den Urlaubsvorbereitungen helfen, und Anna bat ihn vergebens, ihr nicht im Wege herumzustehen, sondern auf den Spielplatz oder in die Ziegelei zu gehen. Sie drängte ihm sogar Geld fürs Kino auf und versprach, nicht böse zu sein, wenn er erst abends käme.

Unter Anspannung all ihrer Kräfte wusch und bügelte sie die letzten Wäschestücke. Am Freitag, als sie gerade Schnitzel briet, brachte Vašek sein Zeugnis nach Hause. Er wirkte zerknirscht, und Anna erriet, daß seine Zensuren nicht die besten sein würden. Sie beschloß, eine nachsichtige Haltung einzunehmen.

Schließlich schnitt sie selbst in diesem Jahr nicht sonderlich gut ab, wenn sie sich einschätzen sollte. Sie lobte Vašek maßvoll für die Einsen in Geografie und Sport und gab ihm ein Thermosgefäß zum Eisholen. Vašek war von der Großzügigkeit der Mutter geradezu gerührt, und Anna befürchtete, daß er ihr um den Hals fallen würde, statt Eis zu holen. Sie hatte noch viel vorzubereiten, damit sie am nächsten Tag fahren konnten.

Abends halb sechs wusch sie sich die Haare. Vašeks Stimme drang bis ins Badezimmer.

„Mami, warum hast du so einen großen Koffer? Und wo sind deine alten Jeans?"

Anna ging zur Tür und rubbelte sich dabei mit einem Handtuch die Haare. „Also Vašek!" schrie sie auf, als sie sah, wie ihre sorgsam gestapelten Pullover, Blusen und Wäschestücke unter den schmutzigen Fingern des Jungen durcheinandergerieten.

„Ich dachte", erklärte Vašek sachlich, „daß du Hosen mitnehmen solltest, damit du mit uns in den Bergen rumklettern kannst."

„In den Bergen?" fragte Anna forschend. „Hat dir das dein Vater geschrieben?"

„Nein, darauf bin ich selbst gekommen!" verkündete Vašek stolz.

Anna atmete auf, aber dennoch wollte sie sich vergewissern, daß nichts hinter ihrem Rücken geschah.

„Was hat Luboš in seinem letzten Brief eigentlich geschrieben?!"

„Das ist ein Geheimnis. Streng geheim." Vašek gab Anna ein Zeichen, und als sie sich bückte, flüsterte er ihr ins Ohr: „Uns erwartet eine große Überraschung."

Anna nickte, und ein schwaches Lächeln huschte über ihr Gesicht. Sie zog ein leichtes seidenes Kleid an. Das Thermometer zeigte immer noch sechsundzwanzig Grad. Aus dem Theater würde sie erst nachts zurückkommen, dennoch würde es genügen, wenn sie ein Tuch über die Schultern legte.

„Mami, geh nicht weg", bettelte Vašek.

„Sei kein Dummerchen." Anna warf einen Blick auf die Uhr und versuchte sich aus Vašeks Umarmung zu lösen.

„Ich kann doch nicht einschlafen!" jammerte Vašek.

Anna zog ihn auf ihren Schoß. „Wird schon gehen. Du machst die Augen zu und träumst was Schönes. Wenn du morgen früh aufwachst ..."

„Kommt Papa!"

„Na, siehst du", sagte Anna, schob Vašek von sich und ging zur Tür.

„Aber das ist es ja, daß ich diesen Morgen nicht erwarten kann", rief Vašek wehleidig und bohrte seinen Kopf ins Kissen.

III.

Nach der Vorstellung trafen sich im Klub nur noch ein paar Unentwegte, die Ballettmädchen waren mit dem Nachtschnellzug zu einem Gastspiel gefahren, auf Markéta warteten unten im Auto der Mann und zwei Kinder, Jitka und Evelyna flogen nach Berlin zu Dreharbeiten für „Ein Kessel Buntes", und der Requisiteur Ješátko fuhr nach Přísečnice, um das Zeltlager für die Kinder vom Theater aufzubauen.

Anna hatte es nicht eilig. Sie schminkte sich gründlich vor dem Spiegel ab und freute sich auf eine ruhige Nacht. Alles war vorbereitet, auch der Reiseproviant. Was würde nun auf sie zukommen? Vielleicht bestand das Geheimnis des Lebens gerade darin, daß man nie wußte, welcher Tag, welcher Augenblick das Schicksal entscheiden würde.

„Das war eine schöne Vorstellung", seufzte die Garderobiere, als sie mit einem Halbliterglas gekühltem Bier die Garderobe betrat.

„Weil es die letzte war", sagte Anna lachend und nahm einen ausgiebigen Schluck.

Als Boženka die beiden Tüllkostüme von Giselle genommen und hinter sich die Tür geschlossen hatte, verschwand Annas Lächeln aus dem Gesicht.

Jedes Jahr hatte sie sich auf diesen Augenblick gefreut, aber als heute abend der Vorhang gefallen war, spürte sie eher Enttäuschung als Freude. Sie bedauerte nicht nur, daß sie erst in acht Wochen auf die Bühne zurückkehren würde, sondern auch die Monate, die sie unfreiwillig dem Theaterbetrieb ferngeblieben war. Nicht nur, daß sie den „Nußknakker" nicht hatte einstudieren können – bis zum Ende der Saison hatte in allen Vorstellungen Helena die Phrygia getanzt. Anna hatte gehofft, daß Jindřich seine Entscheidung noch ändern würde, aber vergebens.

Sie warf die Wattetampons in den geflochtenen Korb, streifte den Morgenmantel ab und ging unter die Dusche. In der Zeit ihrer Abwesenheit war ihr klargeworden, welche Anziehungskraft das Theater immer noch für sie hatte. Mit welcher Spannung hatte sie auf den Probenplan zu „Radúz und Mahulena“ gewartet! Wie glücklich war sie gewesen, als sie vorgestern ihren Namen in der Titelrolle gesehen hatte. Sie lieh sich sofort in der Bibliothek das Buch von Zeyer aus, obwohl sie die Sage von der Liebe Radúz' und Mahulenas, die in einen Baum verwandelt war, schon seit ihrer Kindheit kannte.

Das Klappen der Tür riß sie aus ihren Gedanken. Sie hatte keine Ahnung, wie lange sie schon unter der Dusche gestanden hatte.

„Ich schließ heute selbst ab“, rief Anna der Garderobiere zu, „gib mir nur bitte noch das blaue Handtuch!“

Sie hörte Schritte, die sich der Dusche näherten, und plötzlich erstarrte sie und drehte sich mit einem Ruck um. Eine Männerhand reichte ihr das Handtuch. Sie schrie so durchdringend auf, daß man es bis unten im Klub hören mußte.

„Diesen Augenblick hab ich mir jeden Tag hundertmal vorgestellt, aber daß du so schön schreien würdest, hätte ich mir nicht träumen lassen!“

Mit dem Handtuch um den nackten Körper lugte Anna aus der Dusche. Auf dem dunklen Fenster und auf dem Spiegel hatte sich Dampf niedergeschlagen. Mitten in der Garderobe stand Luboš und nahm einen schweren Rucksack von den Schultern. Sein Gesicht zeigte die Spuren von Müdigkeit, und er sah aus, als wäre er von einer langen Reise zurückgekehrt.

Das Hotel glich mehr einer Herberge. Anna saß auf dem Rand eines sauber bezogenen Bettes und fuhr sich leicht mit dem Lippenstift über die Lippen.

„Warum sind hier sieben Betten?“ fragte sie.

„Für sieben Bergsteiger.“

„Und wo sind sie?“

„Sechs sind im Zug und der siebente unter der Dusche.“

„Du hättest auch bei uns zu Hause baden können“, sagte Anna und kämmte sich vor dem Spiegel die Haare. Sie hörte, daß Luboš das Wasser abstellte. „Vašek kann es kaum noch erwarten, daß du kommst.“

„Und du konntest es auch nicht mehr erwarten?“ fragte Luboš.

Anna antwortete nicht und warf hastig ihre Utensilien in die Tasche. Luboš kam im Bademantel aus dem Duschraum.

„Ich warte lieber draußen, bis du angezogen bist“, sagte sie hastig und trat zur Tür.

„Dort ist das Bad“, sagte Luboš, und über sein Gesicht huschte ein amüsiertes Lächeln. „Du bist so schön durcheinander, Anna.“ Er vertrat ihr den Weg und faßte sie an den Ellbogen, was Anna durchaus nicht als unangenehm empfand.

„Weißt du, wie du mir vorkommst? Als ob du siebzehn wärst.“

Anna riß sich los und ging zur Zimmertür. „Ich will weg sein, bevor die anderen kommen.“

„Da kannst du ganz ruhig sein. Die Jungs kommen erst morgen früh.“

Anna hatte schon die Klinke in der Hand, aber jetzt stutzte sie. „Und warum bist du früher gekommen?“ fragte sie argwöhnisch.

„Bitte, sag Vašek nichts davon. Ich will nicht, daß er traurig ist.“

Anna hatte völlig vergessen, daß sie weggehen wollte. Sie trat zu Luboš. „Willst du damit sagen, daß du nur deshalb früher gekommen bist, um mir mitzuteilen, daß du nicht mit Vašek in die Ferien fahren kannst?“

Luboš lachte leise. Mit aufrichtiger Zärtlichkeit sagte er: „Ich dachte, diese Nacht könnte für uns mehr sein als der Beginn der Ferien.“

Verwirrt von der unerwarteten Entwicklung der Ereignisse, blieb Anna steif mitten im Zimmer stehen. Sie verfolgte, wie Luboš abschloß, und als er das große Licht löschte, zweifelte sie nicht mehr daran, daß er ganz und gar verrückt geworden war. –

Vašek stand im Bad auf einem kleinen Hocker vor dem Spiegel und putzte sich die Zähne. Er hatte gerade einen Schluck Wasser in den Mund genommen, als es klingelte. Erfreut sprang er vom Hocker und rannte mit dem Becher in der einen und der Zahnbürste in der anderen Hand zur Wohnungstür. Im Korridor stellte er zu seiner Verzweiflung fest, daß er beide Hände voll hatte. Er jagte zurück, spuckte das Wasser ins Becken und schrie mit durchdringender, begeisterter Stimme: „Papa! Papa ist da!“

Vašek registrierte, daß seine Mutter von dem Aufschrei nicht wach geworden war, und so zog er Anna im Vorübergehen die Decke herunter, stürmte durch den Korridor und öffnete die Tür.

„Drei! Zwei! Eins! Null!“ zählten Vašek und der Vater, als ob eine Rakete gestartet würde. Bei Null sprang Vašek dem Vater in die Arme.

Als Luboš seinen Sohn auf den Fußboden gestellt hatte, fragte er leise: „Schläft Mama noch?“

„Wie ein Murmeltier“, bestätigte Vašek mit Verschwörermiene. „Aber ich brauch sie bloß ein bißchen zu kitzeln.“

„Das überlaß von heute an mir.“

Vašek nickte zustimmend und nahm sich vor, Luboš’ Anordnungen ohne Widerrede Folge zu leisten.

„Habt ihr alles gepackt?“

Vašek nickte eifrig. „Ich hab bloß einen kleinen Rucksack!“

„Und Mama?“

„Einen Koffer wie zum Nordpol.“

Luboš stieß nur einen leisen Pfiff aus.

„Und was ist mit der Bergsteigerausrüstung?“

„Psst!“ zischte Luboš besorgt. „Einstweilen werden wir nicht darüber sprechen, damit wir Mama keinen Schreck einjagen!“

Vašek nickte wieder beflissen, und als ihm der Vater verriet, daß unten vor dem Haus eine Überraschung auf ihn warte, zögerte er keinen Augenblick und rannte im Schlafanzug aus der Wohnung.

Luboš ging leise ins Zimmer, hob die Decke vom Fußboden auf und setzte sich auf den Rand des Bettes. Er deckte Anna zu und strich ihr zart die Haare aus der Stirn.

„Wie spät ist es?“ fragte Anna im Halbschlaf.
„Nach acht.“

Anna setzte sich mit einem Ruck auf. Zuerst wußte sie nicht, wo sie war, dann stellte sie beruhigt fest, daß sie zu Hause war und sich in ihrem Bett befand. Aber gleich darauf war sie wieder völlig irritiert, weil Luboš sie an sich zog und fest umarmte.

„Laß mich los! Hör auf!“ Anna wehrte sich heftig. „Vašek kann jeden Augenblick wach werden!“

Luboš lachte. Aus dem Korridor ertönte Vašeks aufgeregte Stimme: „Mami, Mami! Ich hab von Papa ein neues Rad bekommen!“

Anna schlüpfte aus dem Bett, und Vašek wunderte sich, warum die Mutter die Decke vor sich hielt und rückwärts ins Badezimmer zurückwich, wo sie doch sonst ganz normal im Nachthemd herumlief.

„Da mußt du aber sehr brav gewesen sein.“

„Und warst du auch sehr brav?“ fragte Vašek seine Mutter.

Anstatt zu antworten, verschwand sie im Bad. Hinter der geschlossenen Tür hörte sie Luboš lachen. Herrgott! Was war bloß los gewesen letzte Nacht! Aber Vašek ließ ihr keine Zeit, ihre Gedanken zu ordnen.

„Weil du nämlich ein neues Rad gekriegt hast!“

„Und weshalb?“ Anna betrat im Morgenmantel die Küche und sah, daß Luboš Vašek etwas ins Ohr flüsterte.

„Damit du nicht traurig bist“, wiederholte Vašek laut die Worte seines Vaters.

„Hast du aber verrückte Einfälle!“ sagte Anna und sah Luboš nicht einmal an. Dafür konnte Luboš seine Augen nicht von ihr abwenden, wie sie die offenen Haare mit einem Gummi zusammenband. „Räder zu kaufen, wenn wir in Urlaub fahren!“ fügte sie mit unverhohlener Ironie in der Stimme hinzu.

Dann trafen sich ihre Augen. Erst jetzt wurde Anna ganz wach. Alles, was letzte Nacht geschehen war, fiel ihr plötzlich wieder ein. Als ob es nicht neun Jahre gewesen wären, sondern neun Tage, die sie sich nicht gesehen hatten. Anna konnte nicht begreifen, woher ihre plötzliche Sorglosigkeit kam. Erst um halb vier Uhr morgens, als Luboš sie mit dem

Taxi nach Hause brachte, hatte sie sich an Vašek erinnert. Luboš bestand nicht darauf, mit nach oben zu kommen, im Gegenteil, er erklärte, er müsse morgens klingeln, wie er es Vašek in seinem Brief versprochen hatte.

„Ich hoffe, du hast nicht die Absicht, die Räder mit dem Zug nachzuschicken", sagte Anna mit Nachdruck.

Luboš stimmte lebhaft zu. „Natürlich nicht. Mit dem Zug schicken wir bloß deinen Koffer nach."

„Den Schiffskoffer!" übertrieb Vašek.

Anna begriff rein gar nichts. Allerdings verstand auch Vašek nichts. Aber als er auf dem Sofa kniete, die Hände um den Hals des Vaters gelegt, hatte er die Gewißheit, daß sie zu zweit gegen die Mutter standen.

„Und wir?" fragte Anna und füllte Wasser in den Kessel.

„Wir drei fahren mit dem Rad!" erklärte Luboš.

Das war eine umwerfende Nachricht! Vašek jauchzte vor Freude, und Anna verfolgte mit hilflosem Staunen, wie er dem Sofa mit meterhohen Sprüngen den Garaus machte.

„Hab ich dir das noch nicht gesagt?" fragte Luboš unschuldig, als er Annas Verwirrung bemerkte.

„Nein, das hast du mir wirklich noch nicht gesagt!" antwortete sie trocken. Sie spürte, daß sie den verlorenen Boden unter den Füßen wieder fand. „Und in Zukunft schlage dir solche und ähnliche Dummheiten gleich aus dem Kopf", sagte sie sehr schroff, damit kein Zweifel darüber entstand, daß sie nicht nur die Art und Weise meinte, wie sie in die Ferien fuhren.

Vašek blieb mit sperrangelweitem Mund auf dem Sofa knien. Abwechselnd schaute er Luboš an, der noch immer so tat, als sei er Herr der Lage, und Anna, die gewohnt war, das letzte Wort zu haben.

„Ihr zwei – kriegt mich um keinen Preis auf ein Rad!"

IV.

Sie fuhren bei Nieselregen durch die Stadt, auf der Hauptstraße nach Boleslav sprühte es noch, aber hinter Brandejs begann ein warmer Wind zu wehen und zerriß die Reste der

Wolken am Himmel. Vašek fuhr im Zickzack am Straßenrand entlang, begeistert über die Schönheiten des neuen Lebens. In einem Korb am Lenker saß der Hund. Luboš hatte einen riesigen roten Rucksack auf dem Rücken und einen zweiten auf dem Gepäckträger, er pfiff vor sich hin und sah zu, wie Anna den sanften Hügel hochstrampelte. Anna behielt Vašek im Auge und ermahnte ihn ständig, sich am Straßenrand zu halten. Autos fuhren vorbei, die bis unters Dach mit Urlaubsausrüstung vollgestopft waren. Ganze Familien verließen die Stadt mit Koffern und Anhängern. Alle wollten heraus aus der Stadt, hinterließen den beißenden Gestank der Auspuffgase, der den drei Radwanderern direkt ins Gesicht schlug.

„Das nenn ich frische Luft schnappen“, knurrte Anna vor sich hin, und Luboš, als könne er Gedanken lesen, bog in eine Nebenstraße ein. Hier lichtete sich der Verkehr, aber die Traktoren wirbelten graue Staubwolken hoch.

„Warte, Papa“, rief Vašek, „wir haben Mama verloren!“

Luboš sah sich um. Unten an der steinernen Brücke mit der Statue des heiligen Jan Nepomuk stand Anna wütend schimpfend und ruckte mit dem Bein, denn ihre Hose hatte sich in der Kette verklemmt. Sie würdigte weder Vašek noch Luboš eines Blickes, die zu ihr zurückkamen, und so sah sie auch nicht, daß Luboš den Rucksack herunternahm und eine Schere aus der Seitentasche zog. Vašek beobachtete erfreut, wie geschickt sein Vater der überraschten Mutter das Hosenbein über dem Knie abschnitt. Anna konnte sich zu keinem Protest aufraffen. Vašek fühlte sich von der Aktion Luboš' ermuntert, ergriff die Schere und schnitt sich vor den entsetzten Augen Annas Löcher in die Turnschuhe, weil sie ihn am kleinen Zeh drückten. Im Gegensatz zu Luboš, dessen Tat ungesühnt blieb, bekam Vašek von seiner Mutter sofort eine Ohrfeige. Er begriff in diesem Augenblick, daß sie zwischen ihm und Luboš offenbar einen Unterschied machte.

Er ahnte nicht, daß es sich in Wahrheit ganz anders verhielt. Vašeks Vergehen war mit der sofortigen Strafe abgetan, nicht so bei Luboš.

Im nächsten Dorf hielten sie vor dem Wirtshaus an. Luboš brachte Anna ein großes Bier, denn sie lehnte es ab, hineinzugehen und mit ihnen Gulasch zu essen. Sie setzte sich auf die Bordsteinkante und schloß die Augen, um ein wenig zu verschnaufen. Aber das Klirren von Limonadenkästen, die zwei Transportarbeiter am Hintereingang des Wirtshauses aufluden, ließ sie nicht zur Ruhe kommen.

Mit dem Gefühl, im Begriff zu sein, den größten Irrtum ihres Lebens zu begehen, schwang sie sich wieder auf das Rad und folgte Vašek und Luboš.

Am späten Nachmittag erreichten sie eine Waldlandschaft, wo anstelle des Motorengeheuls das Zwitschern der Vögel zu hören war. Sie legten noch ein ganzes Stück Weg zurück, durchquerten ein Dorf mit einem stillen, etwas verkommenen Dorfplatz, ein weiteres mit kreischenden Kindern um ein Karussell und ein drittes mit einem von Wasserlinsen bedeckten Teich. Es dämmerte schon allmählich, als sie den Wald wieder erreichten.

„Hier bleiben wir“, beschloß Luboš und stellte zu Annas Entsetzen an einem lauschigen Fleckchen am Waldrand ein Zelt auf. Dann holte er mit Vašek einen Vorrat an trockenem Holz, sie entfachten ein Feuer und zogen die fettigen Proviantpäckchen aus Annas Tasche. Als es dunkel geworden war, ließen sie sich zum Abendessen nieder.

Vašek biß heißhungrig in sein Schnitzel. „Papa, und ist dort, wo wir hinfahren, Wildnis?“ fragte er mit vollem Mund und beschrieb mit den Händen große Bögen, um seinen Vater nicht im Zweifel zu lassen, daß damit hohe Berge gemeint waren.

„Für dich Wildnis. Für Mama das Paradies“, versicherte ihm Luboš.

Vom Bach her plätscherte es, Anna kühlte im Wasser ihre nackten Füße. „Ich platze schon vor Neugier!“ mischte sie sich sarkastisch in das Gespräch.

„Wenn wir morgen soviel fahren wie heute, sind wir bei Anbruch der Dunkelheit an Ort und Stelle.“

Anna setzte sich mit einem Ruck auf. „Du willst mich wohl verkohlen!“ rief sie und warf Luboš einen vernichtenden Blick zu.

Vašek war ausnahmsweise einer Meinung mit seiner Mutter. „Ich dachte auch, das große Abenteuer liegt irgendwo weiter weg. Vielleicht im Himalaya. Oder in Afrika.“

„Das Abenteuer liegt nirgendwo, Vašek“, sagte Luboš und sah Anna zu, wie sie ein Tuch um ihre nackten Füße schlang. „Das Abenteuer muß der Mensch im Blut haben.“

„Also das hab ich!“ beteuerte Vašek.

„Ich auch. Und deshalb muß Mama mit uns weder nach Afrika noch nach Asien radeln.“

Anna hatte Luboš' weite Trainingshosen angezogen. Sie mußte sie mit beiden Händen festhalten, als sie ins Zelt humpelte. „Da habt ihr mir aber eine Freude gemacht!“ Sie warf Luboš einen nicht gerade freundlichen Blick zu. „Alle beide!“

Anna hatte nicht geahnt, daß sie im Zelt schlafen würden. Wenn Vašek nicht da wäre, würde sie Luboš ordentlich die Meinung geigen. Vašek wich seinem Vater keinen Schritt von der Seite. Was denkt er sich, erboste sich Anna im stillen, sollten sie zu dritt im Zelt schlafen? Wie stellte er sich das vor? Ihren Koffer hatte er mit dem Zug geschickt. Sie hatte nicht einmal ein Nachthemd hier!

Vom Feuer drangen die Stimmen der beiden zu ihr. „Die Menschen denken oft, je weiter sie von zu Hause weg sind, desto größer sind die Erlebnisse“, sagte Luboš und schnitt sich noch ein Stück Brot ab. „Und dabei hat man die größten Wunder der Natur vor der Nase.“ Er sah lächelnd zum Zelt, und es bestand kein Zweifel, daß er Anna meinte.

„Zum Beispiel ein Wildschwein!“ stieß Vašek begeistert hervor.

Luboš verschluckte sich vor Lachen. Vašek klopfte ihm besorgt auf den Rücken.

Das Wunder der Natur in Trainingshosen und mit einem Tuch um den Hals steckte den Kopf aus dem Zelt. „Also was mich angeht, ich seh mich morgen nach einem Hotel um und steige als erstes in die Wanne.“

Statt einer Antwort hörte sie Luboš und Vašek zweistimmig pfeifen. Sie schlug einen Zipfel des Zeltes zurück und sah verdutzt, wie Luboš und Vašek ihre Köpfe in den Nakken gelegt hatten und in inniger Verzückung den blaugrauen Sternenhimmel anschauten. Eine ungute Ahnung beschlich sie. „Moment mal!“ sagte sie. „Du denkst doch nicht etwa, daß ich die ganzen Ferien im Zelt schlafen werde!“

„Sei ganz unbesorgt", versicherte ihr Luboš eifrig. „Auf dich wartet so ein Kämmerchen, daß dir die Augen übergehen werden. Du wirst am Ende gar nicht ins Theater zurück wollen!"

Vašek lauschte mit offenem Mund. Er spürte sein Herz laut schlagen bei dieser schönen Aussicht. „Papa, Papa!" rief er aufgeregt. „Dann würde ich die Schule glatt sausen lassen! Ich würde die Paukerei glatt an den Nagel hängen!"

Als es völlig dunkel geworden war und die Sommersterne am samtschwarzen Himmel leuchteten, löschte Luboš das Feuer und ging zum Zelt. Er ahnte, daß Anna nicht davon begeistert war, die Nacht in einem Zelt mit Vašek zu verbringen, und er machte sich Vorwürfe, daß er nicht zwei Zelte mitgenommen hatte. Vašek hätte sich bestimmt allein nicht gefürchtet.

Drinnen stellte er jedoch erfreut fest, daß Anna sich schon ausgestreckt hatte. Sacht schob er sich näher und nahm ihre Hand. Anna zuckte nicht zurück. Erst etwas später merkte er, daß sie fest schlief.

Am Morgen nahmen sie ein bescheidenes Frühstück zu sich. Anna trank nur einen Becher Tee ohne Zucker und wickelte sich ihr gepunktetes Tuch um den Knöchel. Luboš und Vašek bauten das Zelt ab, dann brachen sie auf.

Die Landschaft veränderte allmählich ihr Gesicht. Das Gelände wurde hügelig, die Landstraße war von Ebereschen gesäumt. Unten leuchteten zwischen den Baumkronen, in denen der Wind spielte, die roten Dächer der Häuser.

Bis zur nächsten Erhebung schienen nur noch ein paar Meter zu fehlen. Anna bemühte sich, nicht hinter Vašek und Luboš zurückzubleiben, und schob das Rad unter Anspannung aller Kräfte bergauf. Aber oben waren weder das Ende des Weges noch das ersehnte Ziel. Das wievielte Mal schon bot sich ihren Blicken ein sich im blauen Dunst verlierender Horizont, die Straße, die sich in langen Biegungen wand, und unten im Talkessel ein verstecktes Dorf in einer Insel von Grün.

Es war schon Mittag, als Luboš in einem Dorf anhielt. Anna stieg vom Rad und lehnte es gegen eine Mauer. Um den hölzernen, von der Sonne ausgetrockneten Zaun schlängelten sich orangefarbene und rote Wicken.

Luboš und Vašek gingen essen. Anna hatte keinen Hunger und kühlte unter der Pumpe im Schatten von Schneeballsträuchern ihr erhitztes Gesicht. Der Dorfplatz war menschenleer. Vor der Kirche, die von einer Steinmauer umgeben war, schwärmten fleißige Bienen um flammend gelb blühende Sträucher. Anna verbot sich, daran zu denken, warum sie hier eigentlich in der Sonnenglut saß. Warum bloß hatte sie zugelassen, daß ihr Koffer mit dem Zug weggeschickt wurde, unbekannt, wohin. Wieso hatte sie vorgestern die Nacht im Hotel und gestern im Zelt verbracht? Warum bestimmte ein anderer ihren Tagesablauf und machte sich nicht die geringste Mühe, ihren Willen zu respektieren? Mitten in ihre Grübeleien platzte Vašek und brachte ihr ein großes Bier. Dann kam auch Luboš aus dem Wirtshaus heraus. Anna ließ sich von seiner Schwärmerei über das geräucherte Eisbein mit herrlichen Borsten auf der dicken Schwarte, die so göttlich im Hals kitzeln, nicht beeindrucken und ging nicht mit ihm hinein. Sie verscheuchte Vašek, der ihr einen Teil seiner kalt gewordenen Portion in einer Papierserviette brachte.

Nach weiteren drei Stunden auf dem Rad hatte Anna von dieser Tour, die Luboš ihr aufgedrängt hatte, die Nase endgültig voll. Obwohl sie es gewohnt war, stundenlang im Saal zu trainieren, spürte sie ihre Beine nicht mehr, ihr Rücken und ihre Schultern taten weh. Sie blieb ständig zurück und beobachtete verbiestert Luboš, wie er sie weiter und weiter trieb. Die gelb werdenden Felder und den See am Wald, in dem sich die hochgewachsenen Kronen der schlanken Birken spiegelten, nahm sie nicht mehr wahr, die schattige Oase des Waldes und das tiefe stille Tal bereiteten ihr keinerlei Freude.

Als es zu dämmern begann, schlugen sie einen staubigen, verlassenen Weg ein, der in einen tiefen Hohlweg überging und bergauf führte. Zusammengewachsene Robiniensträucher bildeten zu beiden Seiten einen undurchdringlichen Wall. Zwischen den dichten Sträuchern bog ein schmaler Pfad ab. Luboš fuhr ihn weiter aufwärts. Wie ein Pferd, das den Geruch des Stalls wittert, legte er an Tempo zu. Vašek schob das Rad schnaufend bergan. Ben lief geräuschlos, er gab keinen Laut von sich. Sie kürzten den Weg ab. Luboš bahnte einen Pfad durch das hohe Gras und fand mit einer Sicherheit, die nur das Gedächtnis der Kindheit kennt, die ersten festen Steine in dem Terrassenhang. Er nahm Annas Rad und trug es hinauf. Anna kroch auf allen vieren über die Steinterrassen. Ihre Hände waren zerkratzt, und die Haare fielen ihr in die Stirn. Vašek war ihr beim Erklimmen des Walls behilflich. Oben angekommen, sank sie ins Gras.

„Ich geb's auf. Du kannst das Zelt aufschlagen", sagte sie leise.

Die Kirschbaumallee verströmte in der Dämmerung einen bitteren Duft. Das alte Kirschbaumholz war mit Harztröpfchen übersät.

„Ich kann nicht", antwortete Luboš. „Im Naturschutzgebiet ist das Zelten verboten."

„Und was willst du damit sagen?" erkundigte sich Anna entnervt und stützte sich auf die Ellbogen. „Daß wir heute auf einem Baum schlafen?"

„Siehst du das Lichtchen dort?" fragte Luboš und half Anna aufzustehen.

„Und du meinst, dort können wir übernachten?" erwiderte Anna, und in ihrer Stimme mischten sich Hoffnung und Skepsis. Durch die Bäume schimmerte ein Gehöft. Auf der Vorderseite leuchteten zwei kleine Fenster.

„Ich geh auf Erkundung!" sagte Vašek entschlossen und trat in die Pedale.

Luboš schlang seinen Arm um Annas Taille und schob mit der anderen Hand das Rad. Die Erde war feucht und verströmte den Duft von frischgemähtem Gras.

„Das sieht nach einer schönen Ruine aus", mutmaßte Anna, und auf ihrer Stirn bildete sich eine kleine Falte. Aus ihrem dreckverschmierten Gesicht blickten die blauen Augen sorgenvoll in die Zukunft.

Der Eingang zum Hof war von einem halb zerfallenen Karnickelstall verbarrikadiert. Unter einem üppigen Strauch vor dem geweißten Heuschuppen, an dem sich wilder Wein rankte, stand eine Hundehütte. Ein Trampelpfad führte durch Brennesseln zu einer alten hölzernen Pumpe.

„Hallo! Ist da jemand?!" rief Vašek kühn in die Stille. Ben stutzte an der Hundehütte und begann wild zu kläffen.

Anna spürte Brandstellen von Brennesseln. Sie linderte den brennenden Schmerz mit Speichel.

Hinten wurde Licht angemacht. Aus dem Stall kam ein stämmiger Mann gelaufen. Er war nicht groß, hatte jedoch breite Schultern, ein verschwitztes rundes Gesicht, einen struppigen Schnurrbart und klare leuchtende Augen.

Luboš stieß einen Freudenschrei aus und ließ das Rad zu Boden gleiten. Anna hielt den Lenker ihres Rades noch fester und schob es in die Mitte des Hofes. Sie beobachtete verblüfft Bens wilde Sprünge und seine lauten Freudenbekundungen über das Wiedersehen Luboš' mit dem fremden Mann, die einander schnaufend umarmten. Dann drehte sich Luboš um und wies stolz auf Anna.

„Ich bin gekommen, Vater, um dir meine Braut zu zeigen."

Luboš' Vater trat näher. Er musterte Anna forschend von Kopf bis Fuß. Sie stand vor ihm in abgewetzten Hosen, einer durchgeschwitzten karierten Bluse und einem um die Hüften geschlungenen Pullover. Hilflos preßte sie die Handgriffe des Fahrradlenkers in den Händen. Mehr noch als einer Braut ähnelte sie einem Heizer, der soeben die Lokomotive verlassen hat. Der Hausherr übersah das großzügig, drückte Anna fest die Hand und sagte:

„Willkommen bei uns zu Hause."

Anna gab keinen Ton von sich, sie lächelte verlegen, und ihre Augen verrieten tiefe Ratlosigkeit.

Vašek, der bei der Hundehütte saß, verfolgte gespannt die Szene. Er umarmte Ben und sagte feierlich: „Siehst du, Ben, das da wird wohl mein Opa sein."

V.

„Also, das ist die Stube", sagte der Großvater mit hörbarem Stolz. Der Raum war geräumig und bot Anna einen schrecklichen Anblick. Auf dem Wäscheschrank, auf den Stühlen und auf dem Sofa lagen Zeitschriften, Bierflaschen, Teile eines alten Rades, das Stück von einem Destillator, ein Luftgewehr und Kressen- und Salatgurkensamen. Über dem Tisch, der voller schmutziger Teller war, hing an einer Metallkette eine alte Lampe. Ihr ursprünglich weißer Schirm war von Fliegendreck besprenkelt. Auf dem Tisch lagen außer den schmutzigen Tellern ein auseinandergenommenes Gerät zum Besprühen von Obststräuchern und ein Erste-Hilfe-Kasten. Die kalten fettigen Makkaroni und der Rest von einem Stück Schweinebauch auf einem der Teller lockten nicht einmal den von der Reise ausgehungerten Ben an.

„Und das ist die Küche." Der Großvater streckte stolz den Arm aus und zeigte auf den Teil der Stube, wo sich zwischen einem alten Ofen und einer Nische ein Schuhschrank und darüber ein Regal mit Kochutensilien befanden.

Der Herd war mit einem Stück Wachstuch bedeckt. Zwischen Fünfliter-Gurkengläsern, die mit Nägeln, Muttern, Butterkeksen und Dauerwurst gefüllt waren, standen Berge schmutziger Töpfe und ein blauer zweiflammiger Kocher. Die Milchkanne mit der abgeplatzten Emaille und die Einweckgläser aller Art haben wohl schon die Zeiten des Türkeneinfalls miterlebt, dachte Anna mit Entsetzen. Den größten Eindruck hinterließ jedoch der Großvater, dessen Gesicht tiefste Befriedigung ausdrückte.

Anna zog sich aus der Küche zurück. Sie spürte, wie Luboš sie am Ellbogen faßte, und ließ sich völlig erschüttert über eine alte Holztreppe nach oben führen. Im Halbdunkel des Bodens roch es angenehm nach vorjährigen Äpfeln, die auf Holzstiegen lagen. Anna schrie leise auf, als sich eine klebrige Spinnwebe in ihren Haaren verfing.

Luboš öffnete eine aus Fichtenbrettern gehauene Tür. Er tastete nach dem Lichtschalter. Die Glühlampe, um die ein vergilbtes Stück Papier gedreht war, warf ein barmherziges Licht auf das Bodenkämmerchen.

„Also das hier war mein Reich", sagte Luboš stolz. „Und jetzt wird es dir gehören." Es klang, als hätte er ihr eben mit freundlicher Großzügigkeit die Hälfte der Burg Karlstein geschenkt.

Anna lehnte am hölzernen Türpfosten, und die Falte auf ihrer Stirn vertiefte sich.

„Das da ist eine sehr praktische Wäschekommode", begann Luboš das alte wurmstichige Mobiliar zu loben, aber er vermochte weder das untere noch das obere Schubfach öffnen.

Er versuchte es mit dem mittleren; das rührte sich zunächst gar nicht, und als er kräftig daran ruckte, hatte er beide Griffe in der Hand. Doch Luboš ließ es sich nicht verdrießen und setzte die Besichtigung fort.

„Und das hier ist ein tadelloser Schrank", pries er ein weiteres Möbelstück an, aber kaum hatte er den Schlüssel angefaßt, flogen die beiden Türflügel aus den oberen Angeln und blieben über Kreuz in den unteren Angeln hängen. Auf die Vorführung des Bettes verzichtete Luboš lieber, er erklärte nur mit vielsagendem Lächeln: „Ein Sofa hole ich noch aus der Scheune."

„Ich verstehe", sagte Anna mit ruhiger Stimme, hinter der sich unterdrückte Wut und Wehleidigkeit gleichermaßen verbargen. „Das ist dein Kämmerchen, bei dem mir die Augen übergehen werden!"

„Aber Anna!" verwahrte sich Luboš gekränkt und heftete seinen Blick unschuldig auf Anna. „Nun sag bloß noch, dir gefällt es hier nicht."

„Wahnsinnig", sagte Anna und schloß hinter sich die Tür. Sie nahm sich mit aller Kraft zusammen, um nicht loszuheulen. „Ich kann vor lauter Begeisterung gar nicht zu mir kommen!" Sie wischte sich die Augenwinkel und sah ein wenig verschwommen ein auseinandergenommenes Rad, eine Steinsammlung, einen schäbigen Teddybären und die Enzyklopädie „Der Weltraum und die Zukunft der Menschheit". „Zwei Tage lang trete ich in die Pedale wie eine Verrückte!" rief sie wehleidig und lief sinnlos hin und her. „Im Zelt stechen mich die Bremsen! Die Fersen voller Blasen, und nun das!" Sie trat gegen einen verstaubten luftleeren Fußball. „Das ist nun deine Überraschung! Dein Paradies!"

„Aber Anička!" sagte Luboš aufmunternd, „das kommt doch alles erst noch. Du wirst schon sehen!" Er schob das Rad beiseite, das ihm im Weg stand, nahm Anna bei der Hand und versuchte, eine Spinnwebe aus ihren Haaren zu pusten. „Hier werden wir zwei ganz allein sein."

Anna wehrte sich, wollte sich aus seiner festen Umarmung befreien, aber Luboš nahm sie einfach auf den Arm und steuerte mit ihr das Bett an. Als er sich auf die Bettkante niederließ, stöhnte das alte Holz auf, das Gestell schwankte, eine Seitenwand löste sich aus den Fugen, die zweite zerbarst, und Anna und Luboš fanden sich auf dem Fußboden in einer Wolke aus Staub und Federn wieder. Anna rappelte sich aus den Trümmern hoch, sie warf einen schrecklichen Blick auf Luboš und sagte: „Also das werden tolle Ferien!“

Unten in der Küche nahm Anna die Kochutensilien, Einweckgläser und schmutzigen Töpfe von der Herdplatte; die Wachstuchdecke warf sie auf den Fußboden und stellte zwei Stühle mit einem Waschzuber darauf. In einen großen Wäschetopf, den sie zuvor gründlich ausgescheuert hatte, goß sie Wasser aus Eimern, die sie in der Diele gefunden hatte, und stellte den Topf auf den Herd. All das schaffte sie, ehe der Großvater den Bienenstock und die Scheune geschlossen und ins Haus zurückgekommen war.

„Warum wird das Wasser nicht warm?“ fragte Anna.

„Weil der Ofen nicht zieht“, sagte der Großvater.

„Und warum zieht der Ofen nicht?“

„Weil der Schornstein schief ist.“

„Und warum ist der Schornstein schief?“

„Verdammt!“ rief der Großvater, denn er sah es nicht gern, wenn die Dinge in der Küche nicht an ihrem Platz waren, und das Verhör widerstrebte seinem friedfertigen Charakter. „Ist das ein Getue wegen einmal Baden!“

Anna ignorierte das laute Zuschlagen der Küchenschranktür und öffnete das Fenster. „Vašek! Vašek!“ rief sie in den dunklen Hof.

„Der Junge soll doch nicht etwa in der Wanne baden?“ fragte der Großvater mit offensichtlicher Verachtung und goß sich zwei Fingerbreit Rum in eine Tasse.

„Ist es bei Ihnen üblich, zu einem Waschzuber Wanne zu sagen?“ fragte Anna mit unverhohlener Ironie.

„Bei uns ist es üblich, abends unter die Pumpe zu gehen!“ erwiderte der Großvater überlegen.

„Aha!“ murmelte Anna. Sie war völlig erschöpft vom Scheuern der angetrockneten Schmutzschicht im Zuber. Sie wischte sich die Schweißtropfen von der Stirn. „Hier herrscht noch das Mittelalter.“

Diese Wort Annas erreichten den Großvater an der Tür. Er drehte sich um, und seine Augen funkelten kämpferisch. „Wie meinst du das?“ fragte er drohend.

„Daß hier seit dem Dreißigjährigen Krieg nicht aufgeräumt wurde!“

Der Großvater ging in die Diele und rief laut nach Luboš. Der kam gerade mit dem Sofa auf dem Rücken aus der Scheune und trabte wie der Recke Bivoj über den Hof.

„Nicht zu fassen! Du bist in der ganzen Welt herumgekommen, aber ein feineres Dämchen konntest du mir wohl nicht in die Hütte bringen, was?“

Luboš hatte keine Zeit für Gespräche prinzipiellen Charakters. Die Last lag schwer auf seinen Schultern, und er beeilte sich, endlich in die Diele zu gelangen. „Sag das nicht, Vater, sag das nicht! Wenn Anna loslegt, bleibt dir die Spucke weg.“

Anna hörte bis in die Küche, wie Luboš sie verteidigte, aber das versöhnte sie nicht. „Spar dir die Komplimente“, rief sie, „und geh Holz hacken, ehe der Herd wieder den Geist aufgibt!“

Anstelle einer Antwort hörte sie nur Stöhnen. Luboš war gegen den Türpfosten gestoßen, das Sofa hatte sich verklemmt, und nun konnte er weder vor noch zurück. Der einzige, der ihm helfen könnte, war der Großvater, aber der wollte sich an keiner Aktion beteiligen, die er nicht selbst ins Leben gerufen hatte. Trotzig setzte er sich auf die Steintreppe gegenüber dem Heuschuppen. Aus den Geräuschen hinter sich schloß er, daß Luboš endlich in die Diele gelangt war. Aus dem Heuschuppen kletterte Vašek die Leiter herunter, aus der Hose und den Haaren ragten getrocknete Grashalme. In der Hand hielt er ein starkes Seil.

„Guck mal, was ich auf dem Boden gefunden hab, Opa.“

„Was heißt hier Opa? Was bin ich denn für ein Opa?“ knurrte der Alte den verwunderten Vašek an, streifte einen Hemdsärmel hoch und ballte die Faust. „Guck dir mal die Muskeln an!“

„Hm“, bestätigte Vašek mit anerkennendem Nicken, als er den Arm betastet hatte, der hart wie ein Stein war, „Muskeln hast du, Opa!“

Der Großvater zog ihn an sich. „Hör mal, du halbe Portion, kein einziger Junge aus dem Dorf hat je Opa zu mir gesagt!“

„Warum sollte auch ein fremder Junge Opa zu dir sagen?“

fragte Vašek mit ungespielter Verwunderung.

„Und du bist kein fremder?“ forschte der Großvater gespannt, aber bevor er eine Antwort erhalten konnte, kam Anna aus der Diele gerannt, sie packte Vašek am Handgelenk und zog ihn hinter sich her. Vašek sträubte sich und rief beschwörend: „Aber nein! Ich bin deiner!“ Seine Worte gingen jedoch teilweise unter, denn seine Mutter hielt ihm den Mund zu und verschwand mit ihm im Haus.

Vašek begriff, daß er dem Reinigungsbad nicht entgehen würde. Unter Annas Aufsicht zog er sich aus und sprang in den Zuber. Das Wasser spritzte auf und bildete eine Pfütze unter dem Stuhl. Vor einem Klaps auf den nackten Po rettete ihn der Großvater, der ihnen in die Küche gefolgt war. Er nahm eine Petroleumlampe, einen Kanister und eine rostige Gartenschere von einem Hocker und setzte sich so nahe wie möglich zu Vašek.

Anna sah das nicht gern, aber Vašek freute sich auf die Konversation.

„Hör mal, ist das nicht Unsinn, was du da redest?“ fragte der Großvater streng. Ebenso mißtrauisch hatte ihn im Winter im Gebirge auch Luboš gefragt. „Wieso bin ich dein Opa?“

„Ich frage dich, wieso bin ich dein Opa?“ wiederholte der Großvater ungeduldig.

„Luboš ist mein Vater. Und seine Mutter ist meine Braut“, sagte Vašek. Anna rubbelte Vašeks Rücken mit dem Waschlappen und befahl trocken:

„Halt den Mund.“

Vašek sah, daß der Großvater ihn entgeistert anstarrte, und vergegenwärtigte sich schnell, daß er alles durcheinandergebracht hatte.

„Also meine Mutter“, er zeigte mit dem Daumen nach oben zu Anna, „ist seine Braut.“

„Ich sag dir, mach den Mund zu und schweig!“ zischte Anna und fuhr ihm sicherheitshalber mit dem Waschlappen über den Mund. Zwar sträubte und wehrte sich Vašek gegen die Gesichtswäsche, aber am Ende strahlte den Großvater ein rosiges, gesundes Gesicht an, und die zutraulichen klaren Augen gaben ihm zu verstehen, daß sie vor der Mutter nur in Andeutungen sprechen konnten.

„Und deshalb mußt du mein Opa sein, verstehst du?“
„Nein“, knurrte der Großvater.
Anna warf den Waschlappen beiseite und ging energisch in die Diele.
„Weißt du was?“ rief der Großvater in einer plötzlichen Erleuchtung. „Ich tue so, als wäre ich dein Großvater!“
„Aber nein!“ antwortete Vašek mit unendlicher Geduld und kniete sich in dem Waschzuber hin. „Du bist mein richtiger Großvater. Verstehst du das jetzt?“
„Nein“, brummte der Großvater begriffsstutzig.
Vašek hielt sich mit zwei Fingern die Nase zu und tauchte unter. Als er den Kopf wieder heraussteckte, lief ihm das Seifenwasser über die Wangen, und obwohl es ihn in den Augen und der Nase zwickte, vermochte er für den Großvater ein Lächeln auf sein Gesicht zu zaubern und ihm zu zeigen, daß er den Streit großmütig aufgab.
„Macht nichts, Opa. Hauptsache, du freust dich, daß du mich hast.“
Der Großvater hob nur verdutzt die Brauen. „Na, damit du es weißt, ich hab mir sehr einen Enkel gewünscht. Aber einen richtigen Enkel. Keine Memme.“
„Ich bin keine Memme!“ Vašek reckte kampflustig sein Kinn gegen den Großvater und hielt sich mit beiden Händen am Rand des Zubers fest.
„Bist du doch!“ beharrte der Großvater.

Als Anna mit dem Handtuch in der Hand in die Küche zurückkam, waren weder der Großvater noch Vašek da. Der Großvater war offensichtlich hinausgegangen, aber wo hatte sich der Junge versteckt? Sie guckte unter den Tisch, warf die Decke vom Bett zurück und fuhr in ihrer Ratlosigkeit auch mit den Händen durch den Zuber mit Seifenwasser.
Plötzlich hörte sie die klangvolle Stimme des Großvaters: „Nein! Er ist keine Memme! Ein Mordskerl! Er ist ein Mordskerl!“
Anna öffnete das Fenster und erstarrte.
„Du liebe Güte!“ schrie sie. In der dunklen Gartenecke stand der Großvater in den Brennesseln und pumpte Wasser aus dem Brunnen, das verstummte Kind hielt er dabei unter der Pumpe fest. Die wiederholten Freudenschreie „Er ist

keine Memme, Luboš, er ist ein Mordskerl!" sollten offenbar Vašeks Tapferkeit stärken. Der Junge zitterte am ganzen Körper. Aus Verwirrung über seinen eigenen Mut und den schrecklichen Schock begann er zu wiehern.

Anna sah, wie vom erhitzten Körper ihres Kindes Dampf aufstieg, lief entsetzt über die Stufen an dem wilden Rosenbusch vorbei, zwischen den Brennesseln hindurch und jammerte: „Das ist kein Großvater! Das ist Herodes!"

Sie ergriff Vašek bei der Hand und zog ihn, nackt, wie er war, zurück ins Haus. Vašek sträubte sich nicht allzusehr, erst in sicherer Entfernung vom Großvater drehte er sich um und deutete scheinheilig an, daß es über seine Kräfte ging, sich aus dem Griff seiner Mutter zu befreien.

Luboš, dem es an diesem Abend offenbar das Gerümpel angetan hatte, zerrte ein eisernes Ofenrohr über den Hof und beachtete weder Vašek noch den Großvater. „Anna! Anička!" rief er, „heute bekommen wir eine schöne Sommernacht!"

Aber Anna zog wortlos den Jungen ins Haus, hinter ihr fiel die Tür geräuschvoll ins Schloß.

Der Rest des Abends verging in drückender Stille. Anna brachte Federbetten und zwei Kissen hinauf auf den Boden. Aus der Kommode nahm sie gestreiftes Bettzeug. Zwischen den gebügelten Laken, die steif wie ein Brett waren, fand sie vertrocknete Stengel von Thymian und Lavendel.

Der Großvater machte sein Bett unten in der Küche zurecht, und für Luboš blieb nur noch eine karierte Baumwolldecke übrig. Er schüttelte Schrauben und Muttern aus ihr heraus, dann streckte er sich in Hosen und Nicki auf dem Sofa unter dem Fenster aus. Während er zu den Fliegenfängern an der Decke schaute, um die es jetzt in der warmen Küche lebhaft zuging, lauschte er der Erklärung des Großvaters, warum er sich keine Kaninchen, kein Schwein und auch keine Puten mehr halte.

„Sie abends zu suchen, wenn ich von der Arbeit komme, das hat mich genervt. Das Schwein hatte den Zaun umgestoßen, und die Puten hab ich jeden Tag unten bei der Landstraße auf dem Baum gefunden. Jetzt habe ich meine Ordnung und meine Ruhe."

Luboš wußte, daß sich der Vater lange nach dem Tode der Mutter bemüht hatte, das Gehöft wie zu ihren Lebzeiten zu erhalten. Aber mit der Zeit gab er alles auf, woran er früher so gehangen hatte.

„Ich verstehe dich, Vater", sagte Luboš und ertappte sich dabei, daß er mehr als an die Sorgen seines Vaters daran dachte, was sich wohl im Zimmer unterm Dach abspielte.

„Ich hab Habada das Dach repariert und den Maršíks aus Dolní Dvůr die Schindeln auf der Scheune verlegt", fuhr der Großvater fort, und Luboš wartete gespannt, wann er endlich ins Bett gehen würde. Aber der Großvater holte sich aus der Diele eine kühle Flasche Bier.

„Die Habadová mischt Zement und macht den Zuarbeiter. Aber im Haus ist ein einziges Durcheinander, auf dem Hof liegt Mist, und die Veranda hat keine Tür."

Der Großvater zog die Wanduhr auf und legte sich endlich hin.

„Auf den Friedhof geh ich auch nicht mehr so oft. Einmal in zwei Wochen wechsle ich die Blumen und gieße das Grab. Weißt du, man muß es hier haben", der Großvater zeigte auf den stattlichen Brustkorb in der offenen Schlafanzugjacke und schloß die Augen.

„Vater?" rief Luboš leise.

Eine Antwort erhielt er nicht mehr. Er stützte sich auf die Ellbogen und sah, daß sich das Deckbett regelmäßig hob und senkte.

Luboš stand auf und nahm dem Vater vorsichtig die Flasche aus der Hand. Den Blick auf den schlafenden Vater gerichtet, verließ er die Küche. Er erinnerte sich, daß am meisten die dritte und die vorletzte Stufe knarrten, deshalb übersprang er sie vorsichtshalber. Auf dem Boden ging er noch umsichtiger vor. Sorgfältig hielt er die Tür aus Fichtenholzbrettern fest, damit sie nicht aus den Angeln fiel, und es gelang ihm, sie ganz geräuschlos wieder zu schließen.

Mit sich selbst zufrieden, schlich er auf Zehenspitzen zum Bett, wo Anna schlief. Kaum hatte er jedoch drei Schritte gemacht, da leuchtete eine Taschenlampe in die Dunkelheit.

„Sss, sss! Hier! Hier bin ich!"

Luboš drehte sich mit einem Ruck um. Auf dem aufgebetteten Sofa saß Vašek und sendete Lichtsignale und ein zärtliches Lächeln zu seinem Vater aus.

„Komm!“ Er klatschte mit der Hand auf das dicke Federbett. „Ich halt für dich einen Platz im Bett frei.“

Luboš seufzte tief und riß seinen Blick von Anna los. „Na, du bist ein lieber Junge.“

„Pst! Weck Mama nicht auf!“ ermahnte ihn Vašek, als er sah, daß sein Vater sich bückte, das Deckbett vom Fußboden aufhob und über Anna warf.

Luboš streichelte Anna wenigstens mit den Augen und stellte sich vor, wie herrlich es sein könnte, wenn er nicht zu Vašek ins Bett müßte.

„Wieso bist du noch wach?“ schimpfte er leise und setzte sich zu Vašek auf den Rand des Sofas, ohne seinen Blick von Annas aufgeknöpfter Pyjamajacke zu lösen.

„Ich wußte, du kommst zu mir!“ verkündete Vašek überzeugt, legte dem Vater die Arme um den Hals und zog ihn zu sich aufs Kopfkissen.

„Aber du schläfst sofort, verstehst du?“

Vašek nickte beflissen und räkelte sich an der Schulter seines Vaters. Luboš hatte über Vašeks Igelkopf hinweg eine gute Aussicht. Durch das kleine Fenster fiel das Licht einer klaren Mondnacht auf das Bett. Anna seufzte im Schlaf, streckte sich, und dabei öffnete sich ihre Pyjamajacke so weit, daß Luboš der Atem stockte. Er beobachtete, wie sie sich auf dem Bett umdrehte, das Deckbett wegstrampelte, es wieder zu sich heranzog und zwischen die Knie klemmte. In diesem Augenblick spürte Luboš, wie sich zwei kleine Beine um seinen Körper wanden.

„Papa, wenn ich an was denke, dann kann ich nicht einschlafen. Geht dir das auch so?“

„Und woran denkst du?“ fragte Luboš mit einem tiefen ungeduldigen Seufzer.

„Wie aus mir ein Bergsteiger wird, wenn es hier keine Berge gibt“, flüsterte Vašek und starrte an die hölzerne Decke.

„Warte ab bis morgen“, sagte der Vater.

Bei dieser hoffnungsträchtigen Antwort lebte Vašek auf. Er kniete blitzschnell im Bett auf und verlangte die volle Wahrheit zu erfahren.

„Gibt es hier irgendwelche Berge? Versteckte?“

„Wirst du schon sehen“, wich Luboš aus, zog Vašek an den

Beinen auf das Laken und zog die Bettdecke hoch, bis der neugierige Kopf ganz verschwand.

Luboš beobachtete sehnsuchtsvoll, wie Annas Pyjamajacke nach oben rutschte, und bemerkte nicht, daß sich Vašeks kleine Hand schon wieder unauffällig unter der Bettdecke hervorschob, daß schon wieder der zerzauste Haarschopf und die neugierigen großen Augen zum Vorschein kamen.

„Papa? Und beginnen wir gleich früh mit der Ausbildung zum Bergsteiger?"

„Vielleicht sofort!" knurrte ihn Luboš an. Er hatte allmählich die Nase voll. „Merk dir: Erstens, ein richtiger Bergsteiger schläft, sobald er sich hingelegt hat."

„Das kann nicht sein!" rief Vašek ehrlich erstaunt. „Dann wäre Mama der beste Bergsteiger der Welt!"

Obwohl Vašeks Stimme über den ganzen Boden hallte, wachte Anna nicht auf. Vašek war munter wie ein Fisch, und Luboš wurde klar, daß dieser Kampf ungleich und also hoffnungslos war. Er verließ das gemütliche Kämmerchen, den aufgekratzten Vašek und die geplagte Anna, die so fest schlief, daß sie nicht einmal wach wurde, als Vašek vom Bett auf Luboš' Rücken sprang und ihn nicht weglassen wollte.

Luboš machte kein Licht in der Küche und wühlte mit dem Gefühl abgrundtiefer Hilflosigkeit den Kopf ins Kissen. Das gleichmäßige Uhrticken wurde zuweilen vom lauten Schnarchen des Großvaters unterbrochen. Obwohl Luboš nie Probleme mit dem Einschlafen hatte, stellte sich diesmal der Schlaf nicht ein. Dafür nahm das Schnarchen des Großvaters derart zu, daß man um Mitternacht nicht einmal das Schlagen der Küchenuhr hörte. Luboš zog sich das Kissen über den Kopf und hielt es so fest mit beiden Händen, daß er kaum noch Luft bekam.

VI.

Am Morgen wachte Anna auf und meinte, das ganze Haus schlafe noch. Als sie jedoch zur Uhr schaute, sprang sie erschrocken hoch. Sie ergriff mit beiden Händen das gestreifte

Deckbett und lief barfuß, nur mit einer Schlafanzugjacke von Luboš bekleidet, in die Diele. Der Blick durch die offene Küchentür versetzte sie endgültig in die unfreundliche Gegenwart zurück. Bei Tageslicht sah die Unordnung noch trostloser aus. Anna schloß die Augen und trat im düsteren Vorgefühl der kommenden Stunden auf den Vorhof. Sie erwartete, irgendwo unterdrücktes Kichern zu hören, aber auf dem Hof war es völlig still. Der steinerne Vorhof war schon von der Sonne erhitzt. Im unteren Zipfel des Gartens lag eine hölzerne Stange mit einem Ende auf dem wackligen Zaun, mit dem anderen in der Astgabel eines alten Birnbaums. Sie lief hinunter zum Zaun, und erst als sie das schwere Federbett über die Stange geworfen hatte, spürte sie, daß sie durch ein Dickicht aus Brennesseln gelaufen war. Sie sah sich um, wie sie schmerzlos zurück zum Vorhof gelangen könnte.

Die Hütte blickte nach Süden, der kleine Hof war einst von allen Seiten mit einem hölzernen Lattenzaun umgeben gewesen. Jetzt war der Zaun an einigen Stellen umgestürzt, hier und da waren einzelne Latten stehengeblieben. Von allen drei Seiten umgab lichter Kiefernwald den Garten. Die Fassade des Hauses war einmal weiß gewesen, jetzt war der Putz abgebröckelt, und über die ganze Front rankte sich wilder Wein. Neben der von Regen und Sonne ausgebleichten Scheunentür blühten üppig Heckenrosen. An der Längsseite des Heuschuppens im Garten standen ein Tisch aus Tannenholz und Bänke. Vor der Sonne schützte eine Pergola, die dicht mit wildem Wein bewachsen war. Anna legte die Handfläche auf die von der Sonne ausgebleichte Tischplatte. Sie roch den Duft des erhitzten Grases und der Brennesseln, und ihr fiel auf, daß alles, was hier schön war, alt war. Die Sträucher, der Heuschuppen, die Bänke und die Pumpe. Als ob die Zeit hier stehengeblieben wäre.

Anna ging um den halbzerfallenen Kaninchenstall herum hinter die Hütte. An der Nordseite zog sich ein Stück umgemähte Wiese am Gehöft entlang. Am Rain wucherten alte unverschnittene Johannisbeersträucher, und dahinter erstreckte sich bis zum Horizont ein Kamillenfeld. Anna kehrte langsam zum Vorhof zurück. Unter dem Fenster auf der westlichen Seite des Gehöfts stand ein riesiges Faß, das mit Regenwasser gefüllt war. Anna schöpfte mit der Hand das weiche Wasser und kühlte sich die von den Brennesseln verbrannten Waden. Sie wollte schon ins Haus gehen und das Frühstück zubereiten, als sie einen Trampelpfad bemerkte, der auf drei herausgerissene Latten im Zaun zustrebte. Ein siebenter Sinn sagte ihr, daß dieser Pfad zu Vašek führte. Sie kroch durch das Loch und betrat den Wald. Durch die Bäume konnte man erkennen, daß der Wald bald enden würde. Am Ende des Wäldchens angelangt, schob sie das hohe Farnkraut auseinander und blieb in stummem Staunen stehen.

Vor ihr neigte sich eine Wiese zu Tal, unten ruhte ein See, der von dichtem Schilf umwachsen und von Weidengestrüpp gesäumt war. Windböen plusterten das Gefieder der Wildenten auf, die auf der Oberfläche schaukelten, und die Wellen klatschten an die Seitenwände eines Boots. Das Boot war jedoch nicht am zugänglichen, sondern am gegenüberliegenden Ufer festgemacht. Anna schloß die Augen und holte tief Luft.

Das von der Morgensonne überstrahlte Tal rief in Anna keine Woge der Rührung über die wunderschöne Natur hervor. Am gegenüberliegenden Ufer des Sees wuchs direkt aus dem Wasser ein steiler Felsen empor, und dort, ungefähr fünf Meter über dem Wasser, saß auf einem Felsvorsprung, auf dem wie durch ein Wunder eine einsame Birke Wurzeln geschlagen hatte, Luboš und hielt Vašek zwischen den Knien fest.

„Zuerst lernen wir den Einbindeknoten", sagte Luboš und gab Vašek ein Stück Seil.

Luboš' Stimme klang klar, denn sie hallte vom Felsen wider.

„Merk dir, den Knoten mußt du auf der Seite des Herzens binden, sonst kannst du dich erdrosseln!" Luboš hob den festgebundenen Vašek in die Höhe. Vašek lachte aus vollem Hals, denn sein Vater ließ das Seil hinunter auf die Oberfläche des Wasser und zog es wieder hoch, so daß Vašek durch die Luft flog wie auf einer Schaukel.

Dieser Anblick verschlug Anna den Atem. Sie lief über die Wiese hinunter, verschwand im hohen Schilf und tauchte dann wieder am Ufer des Sees auf.

„Kommt zurück nach Hause!" rief sie wütend.

„Gibt's schon Frühstück?" schrie der schaukelnde Vašek über den See.

„Nach dem Frühstück fahren wir ab!" rief Anna mit schriller Stimme. Während Vašek neugierig fragte, wohin sie fahren würden, zischte Luboš Vašek an, er solle still sein und schnell runter ins Boot klettern. Dann stieß er hastig vom Ufer ab und paddelte ohne ein einziges Wort zu Anna.

Vašek wunderte sich, warum sie nach dem Frühstück zum Bahnhof wollte. „Hast du noch einen Koffer?" fragte er mit unschuldigem Gesicht und erzählte treuherzig, daß der Briefträger am Morgen zur Hütte gekommen sei und auf einem wackligen Mopedanhänger ihren Schiffskoffer gebracht habe. Anna erfuhr nicht, daß der Briefträger Fanda Korda und Luboš eine Dreiviertelstunde lang den Wagen repariert hatten, der unter dem Gewicht ihres Riesengepäcks zusammengebrochen war.

„Nimmt mich der Junge auf die Schippe?" schrie Anna aufgebracht.

Luboš bemühte sich, so schnell wie möglich mit dem Boot am Ufer anzulegen. Der Wind fegte durch das Schilf und kräuselte das grüne Ufergras. Luboš machte das Boot nicht einmal fest, er sprang heraus. Vašek wollte es dem Vater gleichtun, landete aber bis zu den Knien im Wasser.

„Ich schrieb dir extra meine Bedingungen, und du tust das genaue Gegenteil!"

„Aber Anna", beschwichtigte Luboš außer Atem die erzürnte Mutter, „das hier sind doch keine Berge!"

„Das sehe ich!" entgegnete Anna sarkastisch. „Ich will nicht ins Riesengebirge, und du bringst mich hierher, wo direkt neben der Hütte so ein Felsen aus dem Wasser ragt!"

Luboš war es gelungen, Anna einzuholen, doch er blieb absichtlich ein paar Schritte zurück, denn ihn freuten die Bewegungen, mit denen sie im Laufen die Insekten auf ihren nackten Beinen erschlug.

„Jeder findet es dort am schönsten, wo er geboren ist!" sagte Luboš zu seiner Entschuldigung. „Wenn ich gewußt hätte, daß es dir hier nicht gefällt, dann wäre ich woanders zur Welt gekommen!"

Sie näherten sich schon dem Garten, hier stieg der Hang

steil an. Anna kroch auf allen vieren hinauf, und Luboš freute sich über den schönen Anblick, der sich ihm bot.

„Diese aufreibende Fahrt hab ich ja noch verkraftet. Und dein Kämmerchen, bei dem mir wirklich die Augen übergegangen sind. Und den Großvater, von dem ich noch in der Nacht geträumt hab! Und dieses fürchterliche Gehöft!"

Anna kroch durch die Latten im Zaun und beendete energisch ihre Schimpftirade.

„Aber aus dem Jungen machst du mir keinen Bergsteiger! Ich werde nicht die ganzen Ferien vor Angst zittern, daß er sich an irgendeinem Felsen den Kopf einschlägt!"

Luboš hatte das unangenehme Gefühl, daß er die Situation unterschätzt hatte. Er lehnte sich an den Zaun und wartete auf einen rettenden Gedanken. Vašek hatte sie unterdessen eingeholt und stürmte in den Hof. Er lief durch die Brennesseln hinauf zum Haus.

„Packt eure Sachen zur Abfahrt!" sprach Anna ihr Urteil aus. Vašek war ganz und gar nicht einverstanden. „Papa hat heute morgen zu Opa gesagt, wir bleiben die halben Ferien!"

„Papa kann sagen, was er will, ab heute wird gemacht, was ich sage!" schloß Anna die Debatte ab, und die Haustür fiel geräuschvoll hinter ihr ins Schloß.

Vašek hoffte nicht auf die Hilfe seines Vaters, der langsam zum Haus schlenderte. Er kannte die Mutter besser als alle, und sein Herz krampfte sich in großer Bangigkeit zusammen. „Nein, Mami! Ich laß Opa nicht allein hier!" rief er durch das geöffnete Fenster in die Küche. Aber Anna schloß das Fenster mit dem Riegel.

Vašek lief um die Hausecke. Um das geöffnete Fenster an der Westseite des Hauses zu erreichen, mußte er auf den Rand der alten Regentonne klettern.

„Ich hab mich schon mit Opa angefreundet! Ich hab mir immer einen Opa gewünscht!" rief Vašek, dem Weinen nahe, aber da spürte er Luboš' Hände im Rücken. Er drehte sich um, und sein Vater flüsterte ihm ins Ohr, er solle nicht quengeln, Mama würde von selbst kommen. Wunderbarer, kluger Papa! Als Vašek sich umdrehte, stand Anna schon am Fenster.

„Wieso die halben Ferien?" fragte sie.

„Ist doch jetzt unwichtig, da du nach dem Frühstück abreisen willst", sagte Luboš.

Vašek verschlug es die Sprache. Also das war sein tapferer Vater? Wie konnte er ohne Widerrede gehorchen? Wie konnte er an Abreise denken? Vašek war verzweifelt.

Da lehnte sich die Mutter aus dem Fenster und sagte streng: „Also hört mal zu, ihr beiden! Am Ufer des Sees macht meinetwegen, was ihr wollt. Aber wenn ich euch noch einmal auf dem Felsen dort erwische, könnt ihr was erleben!"

Vašek bezähmte nur mit Mühe den mächtigen Drang loszuschreien, so was könne eine vernünftige Mutter doch nicht verlangen, aber in seinem Rücken spürte er den Vater, der wohlweislich schwieg und abwartete.

„Ansonsten ist Schluß zwischen uns. Also abgemacht?" schloß die Mutter suggestiv.

„Auf mich kannst du dich verlassen", sagte Luboš ruhig und lächelte die Mutter zärtlich an.

„Und was ist mit dir?" wandte sich die Mutter an Vašek. Der holte tief Luft und verkündete eigensinnig:

„Auf mich nicht!"

„Gut!" Anna richtete sich auf und fällte ihr Urteil. „Wir fahren ab."

„Nein! Nein!" rief Vašek. Er machte einen Schritt nach vorn und trat auf das dünne Brett, das über die Tonne gelegt war. Das Brett krachte, und Vašek fiel in die volle Tonne. Das Wasser spritzte hoch auf. Eine Weile tauchte er gar nicht auf, so als wolle er ohne den Großvater, den Vater und die Felsen nicht mehr zurück auf diese Welt. Der Vater griff in die Tonne und zog Vašek mit sicherem Griff an den Hosenträgern aus dem Wasser. Von Vašek rieselten Bäche, und Luboš schüttelte ihn dreimal, vielleicht, um das Wasser von ihm abzuschütteln, vielleicht auch, um ihn zu einem feierlichen Gelöbnis anzufeuern.

„Auf mich kannst du dich verlassen", sagte Vašek leise.

War das nun Regenwasser oder eine Träne, die über sein Gesicht rann?

VII.

Vater eines Kindes zu sein ist die natürlichste Sache von der Welt. Vater zu werden, wenn der Sprößling schon fast neun wird, ist dagegen eine äußerst vertrackte Situation. Von den Windeln an, von den ersten Schritten, bildet sich nämlich zwischen Mutter, Vater und Sprößling eine ganz bestimmte Ordnung heraus. Egal, ob sie gut oder schlecht ist, jedenfalls weiß jedes Familienmitglied zumindest annähernd, woran es ist.

Luboš hatte in dieser Hinsicht keine Erfahrungen und ahnte nur verschwommen, daß er etwas nachzuholen hatte. Er sah über die Schwierigkeiten der ersten Tage hinweg, weil er Selbstvertrauen besaß, und beschloß, Vašek mit zum Einkaufen zu nehmen. Vašek sträubte sich zunächst, denn er vermutete, daß gleich um die Ecke ein Selbstbedienungsladen war, und er mochte Einkaufen nicht sehr. Als er jedoch merkte, daß sie nicht zu Fuß gehen würden, daß der Vater das Rad holte, lebte er auf, band seine Turnschuhe zu und half dem Vater, die Körbe auf dem Gepäckträger zu befestigen.

Als sie über den staubigen Hohlweg durch den Wall verwachsener Robiniensträucher hindurch hinunter zur Kreuzung fuhren, zögerte Luboš ein wenig, ob er nicht doch auf der Asphaltstraße ins Dorf fahren sollte, aber dann bog er, ohne lange zu überlegen, an der Kapelle ab und nahm die Abkürzung.

Sie fuhren über einen grasbewachsenen Fußweg an einem Feld vorbei hinunter zum Bach und über eine steinerne Brücke in ein Tal mit Laubwald. Vašek sah einen Stein durch die Erlenzweige schimmern und rief:

„Guck mal, Papa, ein Felsen!"

„Paß auf den Weg auf und tritt in die Pedalen", sagte Luboš und beobachtete Vašek, wie er nach ihm einen Holzsteg überquerte. Vašek schwankte, denn der Steg war schon alt und morsch, aber kaum hatte er das Gleichgewicht wiedererlangt und war auf den staubigen Weg gefahren, schrie er: „Papa! Dort! Wieder ein Felsen!"

Er ruckte, denn er hatte nicht gesehen, daß er auf einen ausgewaschenen Gesteinsbrocken aufgefahren war. Dann verwandelte sich der Weg in einen Sandpfad, nur hier und da befestigt von abgeschliffenen Sandsteinen.

„Du liebe Güte!" rief Vašek so erregt, daß seine Stimme überkippte. „Hier sind lauter Felsen!"

Ein starker Wind wehte, beugte die hohen Kiefernkronen und trieb den beiden feinen weißen Sand ins Gesicht.

Vašek sprang vom Rad. Sie schritten durch eine Schlucht und befanden sich im Herzen der Felsenstadt. Die Steine auf der Erde waren von einer weißen Staubschicht bedeckt, und die Windböen trugen den Schrei eines Habichts zu ihnen. Über einen Felsbrocken kroch eine Eidechse, und obwohl Vašek nicht viel für Echsen übrig hatte, kam ihm die Idee, sie mit nach Hause zu nehmen und der Mutter zu zeigen, was Luboš vorsichtshalber verhinderte.

Als Vašek nach oben blickte, sah er zwischen den schwankenden Kiefernkronen die Gipfel der Felsen. Dieser Anblick ließ sein Herz höher schlagen. Er glaubte den Ruf der Felsen, des Waldes und des Windes zu vernehmen. In seiner Begeisterung merkte er nicht, daß sein Vater ihn hochgehoben hatte und die kleinen Sommersprossen musterte, die um die Stupsnase und auf den verbrannten Wangen verstreut waren. Luboš brauchte nicht in den Himmel zu schauen, denn in den vor Freude geweiteten Augen sah er alles, die Felsen, die Sonne, das wiedergeborene Paradies seiner Kindheit. Er spürte, wie Vašeks Hände seinen Hals umklammerten, und er wußte, daß dies Annas ablehnende Haltung und den ganzen Ärger rechtfertigte, den er in den letzten Tagen schlucken mußte. Alles deutete darauf hin, daß Vašek seine Anlagen geerbt hatte und auch die rein weibliche Erziehung der vergangenen acht Jahre dies nicht zu tilgen vermocht hatte.

Luboš überkam eine Ahnung, daß seine Freude auch Schattenseiten haben würde, denn Vašek besaß nicht die Seele eines Touristen, sondern eines Bezwingers. Der Junge begann ihn zu betteln, die Bergsteigerseile herauszuholen.

Luboš erinnerte ihn daran, daß die Mutter es ihnen streng verboten hatte, auf Felsen zu klettern.

„Auf *den* Felsen! Nicht auf Felsen!" verbesserte ihn Vašek und erklärte ihm, daß die Rede doch von dem Felsen am See gewesen war und Mama diese Felsen hier mit keinem

Wort erwähnt hatte.

„Weil sie die Abkürzung ins Dorf nicht kennt", sagte Luboš seufzend und ergriff sein Rad, das gegen den Stamm einer niedrigen Kiefer gelehnt stand.

„Papa, Papa. Ich bin doch wie geschaffen zum Klettern!" quengelte Vašek weiter. „Kraft! Geschicklichkeit! Verstand!" Er schlug sich stolz mit der Hand auf die Brust.

Luboš ging los in Richtung Dorf. Bisher hatte ihn das Dilemma zwischen Vašeks Wunsch, Bergsteiger zu werden, und der völlig ablehnenden Haltung Annas gegenüber einem Sommerurlaub im Gebirge nicht sehr beunruhigt. Er hatte gemeint, das Haus seines Vaters in der Nähe der Felsriesen vereine beide Vorstellungen ideal. Er hatte gehofft, daß Anna nur in bezug auf das Gebirge so stur war, und ihm war nicht in den Sinn gekommen, daß Felsen für das Auge der Mutter eines achtjährigen Jungen weitaus gefährlicher sind.

Luboš mußte sich eingestehen, daß er sich so manches anders vorgestellt hatte. Er hatte damit gerechnet, daß Anna dem Zauber des großväterlichen Hauses oder zumindest des Sees und des Tals unterliegen würde. Vor allem hatte er jedoch nicht daran gezweifelt, daß er Anna, wenn schon nicht am Tag, so doch bestimmt in der Nacht erweichen würde. Wenn Anna vor Glück die Sinne schwanden, würde er ihre ablehnende Haltung gegenüber den Felsen und Vašeks Ausbildung zum Bergsteiger mühelos brechen.

Die Überlegungen Luboš' waren so weit gediehen, daß er beschloß, die sinnlosen Verbote getrost zu vergessen. Acht Jahre lang hatte Anna Vašeks Erziehung auf ihre Weise geregelt. Was er mit seinem Sohn in diesen kurzen Wochen tun würde, brauchte er sich nicht vorschreiben zu lassen. Aber diese einfache Logik hatte einen Haken. Immer öfter erinnerte sich Luboš an die Augenblicke, als Annas schlanke Beine mit seinen verschlungen waren, als er ihren beschleunigten Atem gehört hatte. Ihr leises Stöhnen hatte sich so tief seinem Gedächtnis eingeprägt, daß er bei jeder Erinnerung daran geneigt war, alles andere aufzugeben und Anna, wohin auch immer, zu folgen. Doch seine angestrengten Bemühungen, sich mit Hilfe der Augen mit Anna zu verständigen, trugen keine Früchte. Seine vielsagenden Blicke, die er zu ihr aussandte, beantwortete sie entweder überhaupt nicht oder mit einer sarkastischen Bemerkung, die zum Glück weder Vašek noch der Großvater verstehen konnten. Luboš glaubte allmählich selbst nicht mehr, was in der Nacht nach der letzten Vorstellung vor den Ferien geschehen war. Alles war so selbstverständlich, so problemlos abgelaufen, als ob sie einander seit jener denkwürdigen Nacht im Gebirge die ganzen Jahre über geliebt hätten.

Luboš war Optimist und zweifelte nicht daran, daß Anna ihm wieder ihr freundliches Gesicht zeigen würde, und deshalb beschloß er, keinen Anlaß für Mißstimmung zu bieten. Vašek ahnte im Traum nicht, daß seine Interessen soeben von seinem Vater um der eigenen willen geopfert wurden.

„Aber Papa, du hast gesagt, ein richtiger Bergsteiger muß jedes Hindernis überwinden."

„Und zweifelst du an mir?"

„Wenn das Hindernis unsere Mama ist, dann gibst du immer gleich auf."

Luboš lächelte. „Ein richtiger Mann mißt seine Kräfte mit der Natur und nicht mit der Mama."

„Und warum kämpft ein richtiger Mann mit der Natur und nicht mit der Mama?" fragte Vašek unentwegt weiter.

„Damit er sich über den Sieg freuen kann", antwortete der Vater.

„Also freuen wirst du dich bestimmt", sagte Vašek entschieden, „denn unsere Mama zu besiegen, das ist schwerer als einen Achttausender."

Aber Luboš hörte nicht weiter auf das unermüdliche Betteln. Er war in Gedanken schon wieder irgendwo weit weg, als ein lauter Schrei ihn aus seinen Gedanken riß.

„Achtung! Papa! Zur Seite! Aus dem Weg!" brüllte Vašek entsetzt.

Auch die Gänse stoben voller Entsetzen auseinander und sprangen mit wildem Geschnatter in den schmutzigen Teich auf dem Dorfplatz. Ein altes Feuerwehrauto jagte hinter ihnen her. Zu Vašeks Verwunderung widmete jedoch niemand aus dem Dorf diesem bemerkenswerten Auto Aufmerksamkeit, bis auf die kräftige Frau, die aus dem Laden gelaufen kam.

„Verdammter Kerl! Entweder er hockt in der Kneipe oder

er spielt Feuerwehrmann!“ rief sie, und Vašek rätselte, ob sie den Fahrer mit dem pockennarbigen Gesicht oder den Beifahrer im Monteuranzug und einer tief in die Stirn gezogenen Schirmmütze meinte. „Dem Bullen was zu fressen vorwerfen, das kann er nicht!“

Vašek entschied, daß ihre zornigen Worte wohl dem Fahrer galten.

„Der Bulle brüllt wie am Spieß! Und mein Laden steht voller Leute!“

Es sah schon fast so aus, als würde der Fahrer Voves das Feuerwehrauto fluchtartig während der Fahrt verlassen, aber dann zog sich die Vovsová in den Laden zurück, und alle atmeten erleichtert auf.

„Blödes Vehikel! Fährt los, wann es will, und hält an, wann es will!“ schnaufte Voves aufgeregt, als der Wagen, der ein Schmuckstück für ein Museum hätte sein können endlich stand.

„Macht ihr wieder Löschübungen?“ rief Luboš freundschaftlich, und Vašek vermutete, daß sich alle drei von klein auf kannten.

„Ach wo! Die Veteranen veranstalten eine Rallye“, antwortete Wolf stolz und zog eine Tasche mit Werkzeug aus den Eingeweiden des Autos. „Wenn Máňa in diesem Jahr nicht den ersten Preis gewinnt, dann springe ich vom Felsen!“

„Also ich nicht!“ sagte Voves. „Ich werde froh sein, wenn sie so einen Preis gewinnt wie im vorigen Jahr.“

„Was für einen Preis hat Máňa denn im vorigen Jahr gewonnen?“ fragte Vašek verblüfft über die Sprünge, mit denen sich das Feuerwehrauto unversehens in Bewegung gesetzt hatte, und über den geschickten Mechaniker, der während der Fahrt aufsprang.

„Na den letzten!“ rief Voves. Als er sich nach Vašek umdrehte, zog er auch das Lenkrad herum, das Feuerwehrauto kam vom Weg ab und steuerte direkt auf den Teich zu. Die erschreckten Gänse flogen wieder mit wildem Geschnatter aus dem Wasser heraus, und Vašek erwartete ein gewaltiges Rauschen. Aber die rote Máňa vermochte offenbar Wunder zu vollbringen, denn im letzten Augenblick umfuhr sie unter ununterbrochenem Hupen den Teich und stieß gegen die geschlossene Tür des Feuerwehrdepots.

Vašek, der der einzige begeisterte Zuschauer dieser einmaligen Show gewesen war, schob das Rad in den Ständer. Auf einer schwarzen Tafel las er: Kuttelflecksuppe, Eistorte, Hühnerbrust und folgte mit dem Bimmeln der Ladenglocke dem Vater in den Laden.

VIII.

Anna scheuerte mit gesenktem Kopf und zusammengepreßten Lippen das Haus vom Boden bis zum Keller. Sie fuhrwerkte mit der Bürste herum, fegte mit dem Besen die Spinnweben ab und löste in einem Topf vier Stück Kernseife auf, die sie in der Kammer hinter einem verrosteten Wasserkessel gefunden hatte. Das Fensterputzen, das Ausscheuern der Fächer im Küchenschrank und der Bretter in den Wäscheschränken machten ihr nichts aus, aber Hoffnungslosigkeit ergriff von ihr Besitz, als sie im Korb schmutzige Wäsche fand, die schon mit einer leichten Schimmelschicht überzogen war, als ihr aus vergessenen Schubladen alte Arbeitsschuhe, Liebesromane, ein verrosteter Heidelbeerpflükker, ein Topf mit einem löchrigen Boden, eine Hängematte und ein Motor von einer Küchenmaschine entgegenfielen. Sie wußte nicht, wohin mit all den gesprungenen Tellern, Haarklemmen, leeren Bonbonschachteln, in denen Garn, Knöpfe und Hustenpastillen waren. Dafür wußte sie mit Sicherheit, daß vom Großvater keine Hilfe zu erwarten war.

Das Haus war nicht groß, aber sie brauchte volle drei Tage, das Bodenkämmerchen, die Stube und die Kammer aufzuräumen.

Am Donnerstagnachmittag verspürte sie endlich tiefe Befriedigung. Sie sah zu, wie der frisch gescheuerte Fußboden in der Stube durch die Zugluft trocknete. Nun würde sie ihre Sachen und Vašeks Wäsche in die Fächer legen können, deren Bretter den ganzen Tag in der Sonne gelegen hatten. Sie stellte den Kübel mit dem Schmutzwasser unter die Treppe, machte ein paar Kniebeugen, und als sie die Stange ergriff, die die Pergola am Heuschuppen stützte, begrüßte Ben mit lautem Gebell die Ankunft des Großvaters.

„Wo sind die Jungs?“ rief er von weitem.

„Einkaufen“, antwortete Anna.

Der Großvater stellte das Rad ab und ging mit dem Rucksack auf dem Rücken in den Hof. Er blieb in stummer Verblüffung stehen, als er sah, wie Anna in einer ausgeleierten Trainingshose und einem schlapprigen Nicki turnte. Sie hielt sich an der Stange fest und schwang ein Bein so hoch in die Luft, daß sie mit dem Knie die Stirn berührte. Der Großvater schloß die Augen, denn er hatte den Eindruck, er träume, aber als er sie wieder öffnete, stand Anna fest auf einem Bein und hatte das andere schräg nach oben gehoben. In der Grätsche federte sie mit dem ganzen Körper.

„Sind sie noch nicht zurück?“ fragte er gelassen, denn er hatte beschlossen, sich bei Anna über gar nichts mehr zu wundern.

„Sie kommen bestimmt bald zurück. Vašek hat gesagt, sie nehmen eine Abkürzung.“

„Eine Abkürzung? Also wenn sie die Abkürzung genommen haben, dann werden sie nicht mal rechtzeitig zum Abendessen da sein!“ sagte der Großvater und drehte sich noch einmal auf der Treppe um. Als er sah, wie Anna reglos mit einem Bein hinter dem Hals stand, brummte er verständnislos und verschwand im Haus.

Anna hörte die Tür klappen und löste sich erst jetzt aus ihrer unbequemen Haltung. „Ein schönes Irrenhaus ist das hier“, sagte sie halblaut. „Über die Abkürzung kommen sie erst zum Abendessen zurück.“ Sie schüttelte den Kopf, glitt im Spagat ins Gras und berührte mit der Stirn die Erde.

Die paar Sätze, die sie eben mit dem Großvater gewechselt hatte, waren bisher ihr längstes Gespräch gewesen. Vorher hatte er schweigend und mit verbissenem Blick ihre Putzwut beobachtet, so als ob ein schicksalhaftes Verhängnis über ihn hereingebrochen wäre. Anna ertrug die Blicke des Großvaters mit ostentativem Trotz.

„Und wo sind die Kartoffeln?“ tönte Großvaters Ruf aus der Tiefe der Stube.

Anna nahm den Kübel mit dem Schmutzwasser auf und sah sich um.

„Hier waren sie drin!“ Der Großvater schraubte sich bis zum Gürtel aus dem Küchenfenster heraus und stieß seinen

Zeigefinger heftig in einen gesprungenen Steinguttopf. „In diesem Topf!“

„Ach, Sie meinen die vergammelten, alten Kartoffeln?“ fragte Anna und goß das Schmutzwasser auf den Kompost. „Die hab ich weggeworfen.“

Der Großvater verschwand vom Fenster, und aus der Stube drang sein bitterer Seufzer. „So, und mit dem Imbiß ist Sense, Pepa.“

Anna verharrte eine Sekunde reglos, warf dann in einer unguten Vorahnung den Kübel und die Bürste weg und lief ins Haus. Sie ließ die Pantoffeln vor der Tür stehen und rannte barfuß über die kalten Fliesen durch die Diele zur Küche. „Was ist denn das?“ Ihre Stimme zitterte vor Erregung.

Auf den frisch gescheuerten Tannenbrettern, die noch nicht ganz getrocknet waren, prangten schwarze Abdrücke kleiner Hufe. Auf dem Tisch, den Anna unters Fenster gezogen hatte, lag der geöffnete Rucksack des Großvaters. Der Großvater selbst kniete mitten in der Küche und stieß schmatzende Laute aus, um den Gast herauszulocken, der sich furchtsam hinter dem abgestoßenen Geschirrschrank versteckte.

Nach einer Weile kam ein schwarzes Ferkel aus seinem Versteck getippelt und kroch unter den Tisch, wobei es schwarze Tapsen auf dem Fußboden hinterließ.

„Herrgott“, rief Anna mit vor Erregung heiserer Stimme. „Ich werd verrückt! Ich werd hier noch verrückt!“

Das erschreckte Ferkel suchte instinktiv Schutz in der Nähe des Großvaters und sprang ihm, ohne zu zögern, direkt in die Arme.

„Was ist denn das?“ rief Anna mit unverhohlener Verzweiflung.

„Das ist Pepa!“ erklärte der Großvater gelassen und kraulte das zitternde Schwein, das sich an ihn schmiegte, hinter den Ohren.

„Und daß ich das ganze Haus gescheuert habe, das ist Ihnen nicht aufgefallen?“ rief Anna entrüstet.

„Vašek hat sich ein Wildschwein gewünscht. Ich war bei drei Vorsitzenden, in drei LPGs, beim Förster, beim Waldhüter. Weißt du, was es mich gekostet hat, bis ich das hier gefunden habe?“ Das Schwein sah Anna unschuldig an, und der Großvater fuhr fort: „Ein schwarzes Schwein ist heutzutage sehr selten!“ Und weil ihm Anna keine Bewunderung zollte, wandte er sich an das Ferkel und fügte hinzu: „Nicht wahr, Pepa!“

„Heiliger Vater, siehst du das!“ jammerte Anna, die den Anblick nicht mehr ertragen konnte und hinaus auf den Vorhof ging. Sie gab dem Kübel und der Bürste, die ihr im Weg lagen und sie an den dreitägigen Kampf mit Schmutz und Staub erinnerten, einen Tritt. „Das ist vielleicht ein phantastischer Urlaub!“

„Mir scheint, Pepa“, sagte der Großvater, als er mit dem Ferkel im Arm auf den Vorhof trat, „daß der arme Junge mit diesem Weib nichts zu lachen hat.“

Anna nahm den Kübel und ging zur Pumpe. Ein paarmal bewegte sie kräftig den Schwengel, bis das erste Wasser plätscherte.

„Du gönnst ihm bestimmt nichts zu Hause. Ich wette meinen Hals, daß du nicht einmal weißt, wonach sein kleines Herz verlangt.“

„Klar weiß ich das!“ entgegnete Anna, ergriff den Kübel und ging auf das Haus zu. „Einen Schimpansen möchte er, der arme Junge. Der an unserer Lampe schaukelt!“

„Und wundert dich das? Mit dir geht er doch vor Langerweile ein!“ sagte der Großvater mit einem höhnischen Lachen und spielte gleich darauf einen weiteren Trumpf aus: „Als ich in seinem Alter war, wollte ich einen Walfisch im Trog halten!“

„Das überrascht mich keineswegs“, antwortete Anna zu seinem Erstaunen ganz sachlich. „Was er nicht von seinem Vater hat, hat er offenbar von Ihnen geerbt.“

Diese Behauptung beeindruckte den Großvater. Er holte tief Luft, sagte aber nichts.

„Ja, und den Fußboden wischt einer von euch auf“, sagte Anna lakonisch, den Blick auf den Großvater und Pepa geheftet, und stellte vielsagend den Kübel voll Wasser in die Küchentür. „Und Pepa wird das wohl nicht sein!“ fügte sie sarkastisch hinzu. Daraufhin wusch sie sich in der Zinkwanne die Hände und das Gesicht.

Der Großvater bückte sich und ließ das Ferkel vom Arm.

„Also das hab ich doch nicht nötig", sagte er, und seine Stimme zitterte vor Erregung. „Daß du eine ledige Mutter bist, macht mir nichts aus. Mit wem du das Kind hast, interessiert mich nicht! Ich werd für den Jungen getrost den Großvater spielen!"

Anna beobachtete verwundert, wie er vor zurückgehaltener Erregung errötete.

„In diesem Haus hat seit jeher der Mann das Sagen gehabt!" schrie er so laut, daß das Ferkel erschrak und sich unter der Bank verkroch. „Und das bin ich!" schloß er seine Rede und schlug sich mit der Faust auf die Brust, woraufhin er in der Diele verschwand.

Anna lachte leise. An diesem heißen Nachmittag war alle Müdigkeit von ihr abgefallen. Die Müdigkeit von der Reise und vom Saubermachen. Also er wird getrost für ihn den Großvater spielen! Na das ist ein Ding! Anna lachte. Diese Vorstellung amüsierte sie so, daß sie Pepa auf den Arm nahm, der ihr um die Beine herumquirlte. Sie stellte erstaunt fest, daß ein Vorderbein und der ganze Bauch rosa waren und seine Herkunft als Haustier verrieten.

An den drei Tagen, die Anna zum Großreinemachen gebraucht hatte, hatte sie Vašek und Luboš mit einem schnellen Wurstomelett, Hackbraten oder verlorenen Eiern in Senfsoße abgefertigt. Am letzten Tag, als sie den Fußboden in der Küche scheuerte, erklärte sie sogar, sie sollten sich selbst um das Mittagessen kümmern. Luboš stellte draußen einen Campingkocher auf eine Eisenplatte, würzte die Gulaschsuppe aus der Tüte mit Paprika und kochte Eier.

Vašek hatte am Morgen durch die halbgeöffnete Tür gehört, wie sie dem Vater diktierte, was er alles aus dem Dorf mitbringen sollte. Vašek war von der Aussicht auf die Einkaufsfahrt sehr aufgeregt; den ganzen Vormittag verbrachte er auf dem Heuboden, wo er heimlich Bergsteigerseile, ein Messer, eine Kerze, Nägel und aus der Küche stiebitzte Streichhölzer in seinem Rucksack verstaute. Er grübelte, ob er nicht noch eine weggeworfene Kanne von dem Haufen hinter der Scheune holen sollte, aber dann ließ er von dieser Absicht ab. Wenn er erst mit dem Vater auf die Felsen klettern würde, wäre keine Zeit für Picknick. Wieder hörte er die

Mutter, wie sie dem Vater nachrief, er solle noch Backpulver und Seife kaufen, und dann rief ihn der Vater zum Mittagessen. Vašek bekam die Suppe kaum herunter, entweder vor lauter Aufregung über die bevorstehende Fahrt oder weil der Vater weder mit Pfeffer noch mit Gulaschgewürz gespart hatte. Schließlich verschlang er ein hartgekochtes Ei und trieb Luboš an, sich zu beeilen.

Vašek beschloß, nichts zu überstürzen und den Vater nicht in Versuchung zu führen, bevor der rechte Augenblick gekommen war. Wenn der Vater nun beschloß, auf der Landstraße ins Dorf zu fahren? An der Kapelle atmete Vašek auf, denn Luboš bog ohne zu zögern in die Abkürzung ein. Hinter der steinernen Brücke, als er gerade tief Luft geholt hatte, um mit dem Vater zu reden, kam der Briefträger von der Dědič-Mühle mit dem Moped angefahren, er hatte den gleichen Weg. Fanda Korda schob sein Fahrzeug, und Vašek hoffte insgeheim, daß der Briefträger nach der sandigen schattigen Schlucht wieder auf sein Gaspedal treten würde, aber nichts dergleichen geschah. Zum Rauschen des Kiefernwaldes, dem Ruf des Käuzchens, des Kuckucks und dem Pochen des Spechts plätscherte Fandas Geplauder darüber, daß der neue Vorsitzende der LPG im Dorf Kos sei, Jiřina Zwillinge habe und der Hund von Pepls auf dem linken Bein lahme. Vašek entdeckte die ausgebreiteten Schwingen eines kreisenden Turmfalken und war verzweifelt, als er hörte, daß Fanda bei den Erinnerungen an die Schulzeit angekommen war. Als sie an einer Felswand vorbeikamen, fragte er den Briefträger unauffällig, ob er auch Telegramme zustelle und ob er nicht zufällig gerade heute eine eilige Nachricht in seiner schwarzen Tasche habe. Fanda fuhr sich nachdenklich mit der Hand über die kahle Stirn und sagte, für gute Nachrichten sei Zeit genug und für schlechte noch mehr. Jelíneks würden ohnehin erst um sieben Uhr abends zu Hause sein, und die Košťálová erwische er im Kuhstall. Woraufhin er Luboš mitteilte, daß der Sohn der alten Hůnová einen Dreier im Toto gewonnen habe und zusammen mit der Erzieherin des Kindergartens verschwunden sei. Den Vater interessierte es, was im Dorf los war, und Vašek war noch bedrückter, als der Briefträger anschaulich schilderte, wo wer wen beerdigt hatte und wer wo geboren worden war, wobei er ständig abschweifte und immer wieder auf Hanička zurückkam. Vater hörte aufmerksam zu und lachte zuweilen laut auf. Ein paarmal fragte er sogar selbst nach Hanička. Vašek erfuhr, daß Hanička in der Buchhaltung der Genossenschaft arbeitete und noch nicht verheiratet war. Und so durchquerten sie zu Vašeks Kummer die ganze Felsenstadt. Als sie aus dem Wald herauskamen, donnerte es, und ein kurzer Schauer ging nieder. Erst da startete der Briefträger Fanda sein Moped und ließ sie allein die Räder den steilen Hang bergauf bis zum Blauen Wirtshaus schieben.

Im Laden stand eine Schlange. Die Vovsová bewegte sich langsam hinterm Ladentisch, lief aber schnell vor die Tür, wenn sie das Signal des Feuerwehrautos hörte. Vašek interessierte sich diesmal nicht für das rote Löschfahrzeug, das im Kreis um den Dorfplatz fuhr. Er trat ungeduldig von einem Bein auf das andere und wunderte sich, daß sich sein Vater mit allen möglichen Leuten in ein Gespräch einließ. Dann kam die kleine Žofka mit den Zöpfen aus dem Wirtshaus und wollte mit Vašek Hopse spielen. Doch Vašek schwebte nur eines vor – unsichtbar zu werden und sich wie durch Berührung eines Zauberstabs allein mit dem Vater auf den Felsen wiederzufinden. Schon sah er sich, wie er kühn nach oben kletterte, als vor dem Laden ein Auto hupte. Es war nicht die rote Máňa, sondern ein Lkw, und die Fahrer begannen Bier abzuladen.

Als sie dann durch die Felsenstadt zurückfuhren, ermahnte der Vater Vašek, nicht zu bummeln. Vašek wendete seine Augen von den Felsengipfeln ab, heftete sie auf die Erde und klagte, er habe ein Steinchen im Turnschuh. Er lehnte das Rad an einen Baumstamm und setzte sich auf einen Stein.

„Papa, und warum heißt der Felsen Drachenzahn?“ fragte Vašek, und Luboš merkte, daß dies eine Falle war.

„Um uns Angst einzujagen.

„Ich hätte keine Angst vor einem Zahn!“ beteuerte Vašek, und statt den Turnschuh auszuziehen, nahm er den Rucksack von den Schultern. „Aber du hast Angst! Vor meiner Mama! Sonst würdest du mit mir auf den Drachen klettern!“ sagte er vorwurfsvoll. Er öffnete den Rucksack und zog Seile, das Messer, die Taschenlampe und den Kompaß heraus.

„Hör mal, Vašek, weißt du überhaupt, was du von mir verlangst?“ fragte Luboš mit einem tiefen Seufzer, denn er wußte, wenn er Vašeks flehenden Bitten unterlag, würden sich seine eigenen Träume in Nichts auflösen. „Du hast dich wohl noch nie vor einem anderen Menschen geschämt?“ bemühte er sich, in Vašek ein Schuldgefühl auszulösen.

„Du würdest dich wundern, wie oft ich mich schon geschämt habe!“ rief Vašek in einer plötzlichen Eingebung. „Weil ich keinen Vater wie alle Jungs hatte!“ Er senkte den Kopf und wischte sich mit dem Ärmel eine Träne ab. Luboš setzte sich zu Vašek auf den Stein. Der Drachenzahn war von der Nachmittagssonne beschienen und lockte verführerisch. Luboš überlegte, wie er Vašeks und Annas unvereinbare Wünsche unter einen Hut bringen könne.

„Ich hab eine Idee“, sagte er endlich und sah, wie Vašek von neuer Hoffnung belebt wurde. „Ich versuche Mama zu überreden, das schreckliche Verbot selbst aufzuheben.“

„Das würdest du schaffen?“ hauchte Vašek zweifelnd.

„Ich werde tun, was ich kann.“

Vašek stieß einen Freudenschrei aus.

„Aber da müßtest du mir versprechen, daß du mich ab und zu mit Mama allein läßt!“

Vašek hatte keine Ahnung, auf welchen Wegen sich die Gedanken des Vaters bewegten, und stimmte bedingungslos zu: „Du kannst dich auf mich verlassen!“

IX.

Als sie nach Hause kamen, dämmerte es schon. Aus dem Schornstein quollen weiße Rauchwolken. Luboš und Vašek schoben die Räder mit den mit Mehl, Zucker, Zwiebeln, Yoghurt, Gries, Speck und Erdbeeren vollgepackten Körben durch das hohe Gras. Einträchtig beratschlagten sie, wie sie die späte Rückkehr vor der Mutter rechtfertigten wollten.

Luboš schlug gewitzt vor, daß sie anstelle der zwanzig Minuten zwei Stunden in der Schlange gestanden hätten, denn es sei nicht nur Bier gebracht und abgeladen worden, sondern auch Gemüse und Kartoffeln. Vašek flocht ein, der

Molkereiwagen könne gekommen sein und Käse, Pudding, Yoghurt und Kakao gebracht haben. Luboš war aufrichtig erstaunt, denn Vašek hatte ihn in der Vielfalt des Warensortiments weit übertroffen, worauf Vašek ihm erklärte, daß der Ersatzvater seines Freundes mit einem Lkw „Laktos – VEB Prager Molkereibetriebe" fahre. Verbunden durch ein gemeinsames Geheimnis, schlichen sie sich wie zwei Übeltäter ins Haus.

Aber dort stellte ihnen niemand Fragen. In der Stube herrschte eine Art Waffenstillstand. Der Großvater legte im Herd nach, und Anna rührte in einer Schüssel Teig. Luboš stoppte rechtzeitig den eifrigen Vašek, der damit herausplatzen wollte, warum und wie sie aufgehalten worden waren, und schickte ihn das Scheunentor zu schließen.

Anna trug ein hellblaues T-Shirt mit einem ovalen Ausschnitt und hatte im gewaschenen Haar ein blaues Band. Frisch und wie aus dem Ei gepellt beugte sie sich über das Nudelbrett und formte mit den mehlbestäubten Händen kleine Semmeln. Der Duft von zerlassener Butter, Liebstökkel und Beefsteaks, riefen im Großvater seit langem verschüttete Erinnerungen wach. Zu Luboš' Verwunderung verkündete er, er würde am Montag nach Sychrov in die Eisenhandlung fahren, zwei Kilo Nägel kaufen, den Zaun reparieren und neue Stangen zum Wäschetrocknen aufstellen.

Anna lächelte den Großvater an und streute grobes Salz und Kümmel auf die Semmeln. Luboš stand ihr im Weg, als sie Teller aus dem Küchenschrank und ein Blech aus der Röhre holen wollte. Zu seiner großen Freude stellte er fest, daß Anna seinem Blick nicht auswich und sich nicht zurückzog, als sie plötzlich allein in der Küche blieben. Zwischen Ofen und Hocker, den der Großvater stehengelassen hatte, umarmte er Anna liebevoll und zog sie an sich. Wie schön sich heute alles fügte! Luboš spürte, daß die Realität stärker als alle Vorstellungen war, die ihn in den letzten Tagen verfolgt hatten, und das plötzliche Verlangen, Anna zu berühren und ihren beschleunigten Atem zu hören, trübten ihm für einen Augenblick das Bewußtsein. Vašeks Freudenschreie, weckten Luboš gerade rechtzeitig, denn kaum hatte er sich von Anna losgerissen, da stürmte Vašek mit Pepa im

Arm in die Küche.

Anna war ganz rot im Gesicht, legte im Herd nach und jagte Vašek, Pepa und Luboš hinaus. Vašek gehorchte, auch Pepa, nur Luboš sträubte sich sehr, er schien um keinen Preis die Küche verlassen zu wollen. Doch schließlich wurde er vom Großvater auf den Hof gerufen.

Der Großvater rührte in einer Blechbüchse schwarze Farbe und sagte mit dem geheimnisvollen Gesichtsausdruck eines Schamanen: „Ein Keiler ist schließlich auch bloß ein Schwein."

Vašek hielt Pepa an den Vorderbeinen fest, und der Großvater strich ihm die rosa Stellen auf dem Bauch schwarz an. Anna schenkte dieser interessanten Zeremonie überhaupt keine Beachtung.

„Großvater, und können wir Pepa wild machen?"

„Wild machen? Und warum?" fragte der Großvater verdutzt.

„Damit wieder ein Wildschwein aus ihm wird", erklärte Vašek.

„Warum nicht? Aber es wäre eine einzige Schinderei. Die ganzen Ferien hindurch."

Diese Worte ereilten Luboš auf der Treppe und veranlaßten ihn, dem Gespräch zuzuhören.

„Und wenn du nicht arbeiten gehen müßtest, Opa, dann würdest du es schaffen?" fragte Vašek.

„Nein! Nein! Nein!" griff Luboš resolut ein, „Großvater muß arbeiten gehen, und Pepa ist froh, daß er zahm im Stall stehen kann."

Schließlich löste Anna den Diskutierklub auf, trieb Pepa zum Futtertrog und Vašek zur Abendtoilette. Der Großvater ging in den Heuschuppen, um ein Bier aus der Kühlgrube zu holen, und Luboš holte eine Lampe. Er hängte sie an einen Haken in die Pergola.

Sie aßen draußen an dem Tannenholztisch zu Abend. Anna saß mit dem Rücken zur Treppe, die zum Vorhof führte. Auf ihren nackten Armen und dem Hals spürte sie ein leichtes warmes Lüftchen. Die Lampe warf bebende Schatten von Weinblättern auf den Tisch. Die Beefsteaks, die Zwiebeln und die sauren Gurken waren aus den Schüsseln verschwun-

den. Der Großvater an der Stirnseite des Tisches war so mit dem Essen beschäftigt, daß er kein Wort sprach. Luboš vergaß, Anna brennende Blicke zuzuwerfen. Nur Vašek, der Gespräche beim Essen bisher selten genossen hatte, entwickelte seine Betrachtungen über Pepa. Schließlich brachte Anna einen Teller mit Speckkuchen und Salzsemmeln direkt aus der Röhre, Kaffee und Bratäpfel mit Preiselbeeren und Schlagsahne.

Es war schon ganz dunkel geworden, und ein leichter Wind kam auf. Um die Lampe herum schwärmten Nachtfalter. Anna schlug alle Augenblicke mit der Handfläche nach Insekten auf den Tisch, daß die Tassen in die Höhe sprangen. Erstaunt stellte sie fest, daß das weder Nachtfalter noch Bremsen oder anderes Nachtgetier war, sondern Ameisen.

„Und was arbeitest du eigentlich, Opa?" fragte Vašek.

„Also, ich hab drei Hilfsmittel", sagte der Großvater und riß ein Stück Speckkuchen in zwei Teile. „Einen vollkommen trainierten Körper", er ballte die Faust und zeigte Vašek die Muskeln am Arm, „die Überzeugung, daß alles auf der Welt zu schaffen ist, und Nerven wie Stricke!"

„Das sieht man auf Schritt und Tritt", ließ Anna fallen und schlug wieder mit der Hand auf den Tisch. „Verdammt, woher kommen bloß die Ameisen?" Sie griff nach der Zuckerdose und besah sich ihren Inhalt unter der Lampe. Während Luboš eine schreckliche Erklärung einfiel, denn sie hatten die Einkaufskörbe im Wald während des Kletterns auf den Boden gestellt, war Vašeks Aufmerksamkeit ganz von dem Großvater in Anspruch genommen.

„Bist du auch ein Bergsteiger?" fragte Vašek mit großen Augen und starrte den Großvater mit offenem Mund an.

„Kein Bergsteiger kann mir das Wasser reichen!" sagte der Großvater mit leichter Verachtung und sah Luboš nach, der hinter Anna im Haus verschwand. „Ich bin Dachdecker!"

„Und die Seile im Heuschuppen, sind das deine?"

Der Großvater antwortete Vašek nicht. Er zog ihn näher zu sich heran und flüsterte: „Hör mal, du Detektiv, warum läuft Luboš hinter deiner Mutter her?"

Vašek schluckte und sagte: „Vater überredet Mama."

Der Großvater pfiff nur. Vašek kniete sich auf die Bank und flüsterte ihm das große Geheimnis ins Ohr. –

„Heute klappt es. Bestimmt ...“, flüsterte Luboš, als er die Diele betrat und die Tür schloß. Anna nahm das Päckchen mit Würfelzucker aus dem Regal und ließ Luboš nicht ausreden.

„Wo habt ihr den Zucker gekauft?“

„Na im Laden natürlich“, antwortete Luboš mit leichtem Unbehagen. Er wollte sofort das Thema wechseln, aber Anna sagte sehr empört: „Dort werden die Sachen wohl direkt im Ameisenhaufen gelagert!“

Luboš nahm Anna die Schachtel aus der Hand, und als er die wimmelnden Ameisen auf den Zuckerstücken sah, war ihm klar, daß Anna ins Schwarze getroffen hatte.

„Komm lieber mit raus“, Luboš gab nicht auf. „Wir gehen zusammen am See spazieren.“

Anna hatte gegen einen Abendspaziergang offenbar nichts einzuwenden. „Ich möchte nur warten, bis Vašek eingeschlafen ist.“

„Heute schläft er ein, bevor er noch richtig im Bett liegt“, behauptete Luboš, „ich hab ihn ordentlich gescheucht.“

Im stillen gratulierte er sich selbst zu der Aussicht, daß Vašek nach der ersten Lektion auf den Felsen und der Fahrt mit dem Rad bestimmt vom Abendessen weg schlafend ins Bett getragen werden müsse. .

„Morgen werde ich wohl mit euch zum Einkaufen fahren“, sagte Anna, als sie zum Tisch kam und das Abendbrotgeschirr abräumte.

Vašek war keineswegs beim Abendessen eingeschlafen, sondern sprang im Gegenteil sehr munter auf und rief: „Nein! Zum Einkaufen nicht!“

Anna widmete diesem Geschrei zum Glück keine Aufmerksamkeit und versuchte, den widerstrebenden Vašek so schnell wie möglich ins Bett zu treiben.

„Nein! Noch nicht ins Bett!“ schrie Vašek und entwischte zum Großvater.

Erst als der Vater ihm hinter Annas Rücken vielsagend drohte, fühlte sich Vašek veranlaßt, die unterhaltsame Gesellschaft des Großvaters zu verlassen. Beim Abgang drückte ihm Luboš die Zuckerschachtel in die Hand und sah ihn strafend an, so daß Vašek begriff, daß er etwas angestellt hatte, aber er konnte nicht erraten, was. –

„Hör mal, Luboš", begann der Großvater bedächtig, als Anna mit Vašek im Haus verschwunden war. „Wenn Anna merkt, daß du mit dem Jungen auf die Felsen kletterst, wette ich meinen Hals, daß sie keine Stunde länger bleibt."

Luboš freute sich über die plötzliche Sorge des Großvaters. „Und das würde dich ärgern?" fragte er und stellte die Reste des Abendessens auf ein Tablett.

„Überhaupt nicht!" sagte der Großvater überzeugend und nahm den letzten Speckkuchen vom Teller. „Aber wenn uns Anna nun den Jungen wegnimmt? Ist dir nicht klar, daß wir ihn vielleicht nie wiedersehen?!"

Luboš lachte leise und sagte beruhigend: „Wenn nur das dir Sorgen macht, dann kannst du ruhig schlafen gehen."

Gegen halb zehn schien das ganze Haus zu schlafen. In den Fenstern war es dunkel, nur oben in der Bodenkammer leuchtete eine kleine Lampe. Luboš hatte das Gefühl, noch nie so einen langen Abend erlebt zu haben. Er ging ein paarmal um das Gehöft herum, pflückte Glockenblumen und lehnte sich an den Heuschuppen. Vom See her ertönte Froschgequake, und zuweilen zirpte ganz in der Nähe eine Grille im Gras. Luboš spürte den Abendtau auf dem gemähten Gras, und ihm fiel ein, daß die Wiese am See feucht sein würde. Aber er geriet nicht in Panik. Er vertraute seinen Fähigkeiten und wußte, das weder Tau noch Regen, noch ein Gewitter und Wirbelsturm heute abend das verderben konnte, was so schön am Küchenherd begonnen hatte. Luboš schloß die Augen und versank in Gedanken.

Die Haustür öffnete sich, und Lichtstreifen fielen bis zum Heuschuppen. Aus der Dunkelheit tauchte der Großvater auf, gähnte und dehnte den Gummizug des gestreiften Pyjamas über dem vollgestopften Bauch aus. „Huu! Huu!" Der Großvater stieß Laute aus, die dem Ruf eines Käuzchens höchst ähnlich waren.

Aber Luboš beachtete das Käuzchen nicht und beschäftigte sich in seinen Vorstellungen fieberhaft mit dem Gedanken, ob es besser sei, zum See vorauszugehen oder hier in der Scheune zu bleiben, wo frisch getrocknetes Heu war.

Der Großvater ging die Treppen vom Vorhof herunter, sah sich auf dem Hof um, und durch die abendliche Stille hallte wieder der Käuzchenruf: „Huu! Huu! ... Luboš!“

Luboš erstarrte und guckte aus seinem Versteck. Es gab keinen Zweifel, der Großvater holte noch ein Bier!

Luboš warf den Strauß Glockenblumen wütend ins Gras und tauchte in der Dunkelheit unter. Er wartete, bis der Großvater den Heuschuppen öffnete, und schlich zur Haustür. Der Großvater nahm eine Flasche aus der Kühlgrube und sprach Luboš an, ohne sich umzudrehen, als wüßte er ganz sicher, daß sein Sohn hinter seinem Rücken unbeobachtet ins Haus gelangen wollte.

„Hör mal, Luboš, wie hat Anna das eigentlich mit dem Walfisch gemeint?“

Luboš blieb gereizt stehen. „Was für ein Walfisch?“

„Ich hab immer gedacht, ich hätte einen anständigen Menschen aus dir gemacht. Wenn du gewußt hättest, daß Anna von dir ein Kind erwartet, dann hättest du sie doch geheiratet?“

Also das ging dem Großvater im Kopf herum!

„Na klar!“ beruhigte ihn Luboš. Wenn es an der Zeit wäre, würde er es ihm erklären. Aber nicht jetzt.

„Also da fällt mir ein Stein vom Herzen“, sagte der Großvater und trank einen großen Schluck Bier. „Wenn Anna ein Kind von dir hätte und du dich die ganzen Jahre nicht um sie gekümmert hättest, dann würde ich dir bis an mein Lebensende nicht mehr die Hand geben!“

„Aber ich wußte es nicht!“ sagte Luboš und verschwand vor den verdutzten Blicken des Großvaters im Haus. Der blieb im Pyjama mitten auf dem Hof stehen. Er schaute die Sterne an, seine Knie knickten ein, und er sank auf die kleine Mauer.

Luboš drückte leise auf die Klinke und hielt die Brettertür fest, damit sie nicht aus den Angeln fiel. Ebenso geräuschlos schloß er sie und trat so vorsichtig auf, als würde er ein Minenfeld betreten. Anna lag in ihrem blauen T-Shirt auf dem aufgedeckten Bett. Den Rock hatte sie über die Knie gezogen, nur die Hausschuhe, die auf den Fußboden gefallen waren, verrieten, daß sie eingeschlummert war. Luboš war nahezu gerührt von dem Bild: Mit dem blauen Band in den Haaren schlief sie unter dem gedämpften Licht des Pergamentlampenschirms, auf dem Gesicht ein unschuldiges Lächeln. Luboš bückte sich, hob einen Hausschuh auf, und gerade als er Anna wecken wollte, hörte er hinter sich:

„Sss, sss!"

Luboš erschrak und drehte sich um. Aber Vašeks Bett war leer, das große gestreifte Deckbett lag auf dem Fußboden. Vašek kniete im Schlafanzug vor der Holztruhe und hielt etwas in den Händen.

„So! Jetzt reicht es mir!" schimpfte Luboš leise und fügte nachdrücklich hinzu: „Ich kann dir auch den Hintern versohlen!"

„Also wenn du wüßtest, was ich heute für Angst hatte", flüsterte Vašek, „daß ich vor Mama einschlafe! Aber ich hab durchgehalten!" sagte er stolz, und seine Augen lachten voll unbändiger Freude.

Luboš fuhr sich mit der Hand über das Gesicht. Er wußte nicht, ob er vor der Ausdauer des kleinen Menschleins kapitulieren oder ihm ein paar Ohrfeigen verabreichen sollte. Er sah wehleidig zu Anna und sagte trotz seiner Verzweiflung mit ruhiger, strenger Stimme: „In Zukunft brauchst du nicht auf mich zu warten!"

Er erwartete, das Geräusch nackter Füße und das Knarren des alten Sofas zu hören, wenn Vašek ins Bett kroch. Aber in der Mansarde war es still, abgesehen von einem leichten „fuu, fuu, fuu". Luboš zischte wütend: „Was machst du da noch?"

„Ich sortiere", stieß Vašek hervor und richtete seine großen Augen auf den Vater, die voller vertrauensvoller Ergebenheit waren.

„Was sortierst du?" fragte Luboš verständnislos.

„Na den Zucker!" flüsterte Vašek halblaut, und weil sein Vater heute Nacht eine ungewohnt lange Leitung hatte, erklärte er unumwunden: „Ich sammel die Ameisen raus!"

Erst jetzt bemerkte Luboš, daß Vašek die Zuckerschachtel auf dem Fußboden hatte und ein Stück nach dem anderen herausnahm, es von allen Seiten anpustete und in die Zukkerdose legte. „Was ist dir da bloß eingefallen?" stöhnte Luboš angesichts dieser Sisyphusarbeit.

„Ich hab doch Angst, daß Mama mit uns einkaufen fährt!" flüsterte Vašek und nahm das nächste Stück Zucker aus der

Schachtel. „Fuu … fuu … fuu."

Luboš sah ihn ein wenig gerührt an.

„Wo wir so schön angefangen haben", fuhr Vašek fort, und obwohl die Mutter schlief, traute er sich nicht es auszusprechen. „Du weißt, was ich meine, nicht wahr", vergewisserte er sich. „Also damit wir nicht gleich wieder damit aufhören müssen", fügte er besorgt hinzu und sah den Vater mit einem langen, flehenden Blick an.

Luboš entdeckte in Vašeks Augen die ungebärdige Sehnsucht des Bezwingers, er wandte sich ab von der schlafenden Anna und hockte sich neben Vašek.

„Geh, du Dummerchen!" sagte er mit sanfter, zärtlicher Stimme. „Und hör auf mit den Ameisen!" Er nahm Vašek die Zuckerdose aus der einen, ein Stück Zucker aus der anderen Hand und hob ihn hoch. „Merk dir, ein richtiger Mann fürchtet sich vor nichts!" sagte er halblaut.

„Ach sooo!" rief Vašek mit aufgerissenen Augen.

„Du hast Mama schon überredet?"

Luboš ließ Vašek in die Kissen fallen und setzte sich auf den Rand des Sofas. Zwischen dem zweimaligen Knarren des Sofas seufzte er tief: „Also das ist mir noch nicht gelungen."

Er schaute Anna an, die hier so nahe lag, fast in Reichweite, und doch entfernt war wie der Gipfel eines hohen Berges. Mit Trauer in der Seele dachte er, daß Vašek wohl recht gehabt hatte, als er meinte, die Mutter habe zum Schlaf eine tiefere Beziehung als zu irgend etwas anderem.

„Sei nicht traurig, Papa", flüsterte Vašek und zwinkerte dem Vater schelmisch zu, denn er spürte, daß der Vater Sorgen hatte und einer Aufmunterung bedurfte. „Es gelingt dir bestimmt." Er schlang seine Arme um den Hals des Vaters. „Du überredest Mama bestimmt. Ich glaub dir!"

Aber Luboš seufzte so tief und untröstlich, daß Vašek ganz sachlich feststellte: „Weißt du, Papa, der Unterschied zwischen uns beiden ist, daß du so leicht aufgibst."

X.

Anna kam im letzten Moment im Theater an. Sie stürzte die Treppe hinauf. Als sie die Garderobe erreichte, stellte sie fest, daß ein Schloß vor der Tür hing. Sie drückte die Klinke herunter, obwohl sie wußte, daß es keinen Sinn hatte. Sie wollte schreien, brachte aber keinen Ton heraus. Von unten war das Orchester zu hören. Sie erkannte die Ouvertüre. Herrgott, sie haben schon angefangen! Ihr blieben nur neun Minuten, und dabei war sie noch nicht einmal beim Maskenbildner gewesen! Wo war bloß der Schlüssel? Sie schüttete die Handtasche über dem Fußabtreter aus. Den Schlüssel fand sie nicht, zudem konnte sie sich jetzt nicht einmal mehr aufrichten. Sie spürte einen schneidenden Schmerz im Rücken. Half ihr denn niemand aufzustehen?

Wieder drang ein Musikfetzen zu ihr. Heiß wie ein Traum, übervoll von Visionen. Am Himmel glänzten metallisch die Sterne. Der Schrei der Nachtvögel vertrieb die zahmen blauen Turmfalken, die in den Zweigen schaukelten. Die Vision verschwand.

Anna stieg die eiserne Wendeltreppe hinunter. Sie hielt sich am Geländer fest. Sie durfte nicht fallen! Die Musik kam näher, wieder hörte sie den Schrei der Flöten am Brunnen und sah einen blaugrünen Schatten. Auf ihrer Stirn standen Schweißtropfen, sie öffnete die Augen. Sie vermochte nicht, sich aus dem Nebel zu befreien. Sie würde den wartenden Faun, ihren Tanzpartner, nicht erreichen! Zu der wehmütigen Flöte gesellten sich die Harfe und die Streicher! Walzerklänge ertönten. Anna lief bis zum Rand der Bühne. Die erregende Musik drang aus dem Orchesterraum zu ihr, aber da unten war niemand. Nur die verlassenen Instrumente lagen da. Sie wollte weglaufen, konnte sich jedoch wieder nicht von der Stelle rühren. Zwischen den verlassenen Zuschauerplätzen näherten sich ihr aus der Dunkelheit zwei Lichter. Die Angst schnürte ihr die Kehle zusammen. Sie erkannte, daß dieses Tapsen von einem Tier stammte, das sie angreifen wollte. Doch es erwies sich als ein rosa angestrichenes Wesen, das zutraulich wie ein zahmes Ferkel zu ihr ins Bett schlüpfte. Sie spürte die kleinen Pfoten, wie sie sich um ihren Hals legten, und schrie unterdrückt auf.

„Das Frühstück ist fertig!“ Vašek rüttelte sie und begriff nicht, warum ihn die Mutter ein paarmal innig an sich drückte.

„Ihr bringt mich mit diesem Papa noch ins Irrenhaus“, sagte sie höchst erleichtert.

Sie saßen am Tisch auf dem Hof. Luboš brachte auf einem Brettchen Brot und in einer Schale Butter. Unter dem schwarzen Johannisbeerstrauch schnitt er Schnittlauch ab.

Anna goß Milchkaffee aus der Kanne ein und lächelte Luboš zu, eine unmerkliche Entschuldigung für den gestrigen Abend in den Augen. Dann nahm sie ein Stück Zucker und stutzte. Sie betrachtete den Inhalt der Zuckerdose aus der Nähe und sagte erstaunt: „Allmählich glaub ich an Wunder. War hier etwa in der Nacht ein Aschenputtel?“

„Das Aschenputtel“, ertönte es von der Pumpe her, „war ich!“

Anna sah sich um. Vašek wies stolz mit der Zahnbürste auf sich.

„Du hast die Ameisen aus der Zuckerdose gesammelt?“ fragte Anna erstaunt. Vašek beugte sich in seiner aufgeknöpften hellgrünen Pyjamajacke und in roten Stiefeln unter die Pumpe und nickte eifrig.

„Und warum?“

Vašek sprudelte das Wasser aus seinem Mund und sagte: „Damit du nicht mit uns einkaufen fährst.“

Luboš, der das ganze Gespräch unruhig verfolgt hatte, warf jetzt hinter Annas Rücken einen vernichtenden Blick auf Vašek. Er fuchtelte vielsagend mit dem Messer herum. Vašek konnte sich nicht genug wundern, denn kaum drehte sich die Mutter zu Luboš um, hörte er mit diesem seltsamen Gestikulieren auf und tat so, als verstreiche er die feste Butter auf dem Brot.

„Verstehst du das?“ fragte Anna verständnislos und befestigte eine Haarsträhne mit der Spange. „Warum soll ich nicht mit euch einkaufen fahren?“

Luboš schaute Anna verwirrt an und sagte mit etwas heiserer Stimme, die er sich beim gestrigen nächtlichen Warten im feuchten Gras geholt hatte: „Vašek dachte…“ Er lächelte, um Zeit zu gewinnen, aber so blitzartig fiel ihm nichts Geeignetes ein.

Anna half ihm aus der Not: „Du brauchst nicht zu dolmetschen. Ich hör mir das Original an“, sagte sie und wandte sich zu Vašek um.

Vašek war am Ende mit seinem Latein. Er schöpfte Wasser in die Hand und sagte: „Ich dachte ...“, aber er kam nicht weiter als sein Vater und wusch sich die Zahnpasta vom Kinn, dabei suchte er fieberhaft nach einer Ausrede. Zum Glück fiel sein Blick auf den Vater, der hinter Annas Rücken die Hände faltete und sie unter seine Wange legte. Vašek war erleichtert, er hatte den Vater verstanden und sagte: „Damit du Tag und Nacht schlafen kannst.“

Diese Mitteilung verfehlte ihre Wirkung auf Anna nicht, und sie sah sich gerührt zu Luboš um. „Haben wir aber einen lieben Jungen, was?“

Luboš wußte nicht gleich, wohin mit den gefalteten Händen, und so lächelte er nur ein wenig verlegen und bestreute das Butterbrot mit Schnittlauch.

Vašek stimmte der Bemerkung seiner Mutter lebhaft zu, und um sie zu bekräftigen, verkündete er: „Heute gehen wir wieder einkaufen, nicht wahr, Papa?“

Anna sah Luboš an und begriff nicht, warum er ihrem Blick auswich. „Einmal könnt ihr auslassen“, sagte sie großzügig.

„Und die Milch?“ ertönte es von der Pumpe. „Ich möchte Milch, Mama“, bettelte Vašek.

„Verstehst du das?“ Anna schüttelte den Kopf. „Das Kind hatte immer eine Abneigung gegen Milch!“ Dann wandte sie sich mit einem Verdacht an Vašek. „Hör mal, willst du Pepa Milch geben?“

„Nein! Nein! Nein!“ rief Vašek erleichtert. „Papa hat gesagt, ein richtiger ...“ Er hielt im letzten Augenblick inne und deutete mit den Händen das Klettern am Seil an. Luboš konstatierte beruhigt, daß Anna ihm in diesem Moment in die Augen sah und sich nicht im geringsten um Vašek kümmerte.

Der Junge kam in seinen roten Stiefeln zum Tisch gelaufen, setzte sich an die Stirnseite und beendete seinen Satz: „Ein richtiger Tralala muß täglich einen halben Liter Milch trinken.“

„Wie machst du das bloß, daß das Kind bei dir aufs Wort hört?“ wandte die Mutter sich lächelnd an Luboš. Der geriet in Verlegenheit und schaltete das Radio an.

„Du hast wirklich einen kolossalen Einfluß auf das Kind.“

Vašek dirigierte mit einer Scheibe Brot in der einen und einem Stück Wurst in der anderen Hand ein Lied, das im Radio gespielt wurde.

„Warum sollten wir die Prachov-Felsen fürchten,
dudlaj, dudlaj, daa!“

Er ermuntere seinen Vater mit einem Blick, in das Lied einzufallen, aber Luboš senkte den Blick auf die Kaffeetasse.

„Bergsteiger, Männer, Frauen, Kinder
bezwingt den spitzen Fels in Sommer und Winter“,
trällerte Vašek vergnügt. Luboš hob ab und an die Augen zu Anna. Er begegnete einem sehr verständnisvollen Blick, den Anna über den Rand der Tasse hinweg auf ihn heftete.

„Ihr fallt in den Sand
und seht euer Heimatland
niemals wieder, dudlajdaa!“
beendete Vašek die Strophe und biß in die Schnitte. Luboš befürchtete zu Recht, das Lied könne noch ein paar Strophen haben, deshalb schaltete er das Transistorradio lieber aus.

„Ich hoffe, ihr habt euer Versprechen nicht vergessen“, sagte Anna, die der Text an etwas erinnert hatte. „Keinerlei Kletterei auf Felsen!“

„Auf *den* Felsen“, verbesserte sie Vašek mit vollem Mund. „Am See!“

„Nein. Auf Felsen“, betonte Anna nachdrücklich.

Vašek wollte noch etwas sagen, doch er spürte, wie der Vater ihn warnend unter dem Tisch trat.

„Weißt du was, Vašek. Heute fahren wir nirgendwohin. Wir helfen der Mama Kartoffeln schälen.“

Das war ein unerwarteter Schlag!

„Nein, nicht Kartoffeln schälen!“ protestierte Vašek. Und da er unter dem Tisch weitere warnende Signale seines Vaters verspürte, wandte er sich an die Mutter und bettelte: „Ich will Milch, Mama! Ich trinke einen ganzen Liter!“

Anna richtete plötzlich einen verheißungsvollen Blick auf Luboš und schlug vor: „Und wenn Vašek nun allein einkaufen fährt?“ Annas zärtlicher Blick ließ Luboš einen Schauer über den Rücken laufen.

„Wir zwei würden die Kartoffeln auch allein schaffen.“, fügte sie mit verschwörerischem Lächeln hinzu.

Luboš war begeistert und ließ sich von der Vorstellung hinreißen, wie märchenhaft sich die bevorstehenden Vormittagsstunden entwickeln könnten. „Also weißt du, Anna, du bist einfach super!“ hauchte er und umarmte sie mit den Augen.

Vašek lauschte mit offenem Mund, wie sein Vater der Mutter mit gefühlvollem Lächeln Hilfe in der Küche anbot und wie seine Mutter errötete und schelmisch lachte. Er konnte nicht begreifen, wie sein Vater so lausbübisch blikken konnte, wenn ihn in der Küche Geschirrabwasch oder Gemüseputzen erwartete. Auf Vašeks kindlichem Gesicht mischten sich schmerzhafte Enttäuschung und Mißbilligung.

„Na, Papa, wenn du lieber Kartoffeln schälen willst“, sagte er verächtlich, „dann geh ich eben allein einkaufen.“

Ein paar Sekunden herrschte völlige Stille. So eine Stille, daß das Summen einer Hummel zu hören war, die über den wilden Rosenbusch flog.

„Also das geht nicht“, entschied Luboš resolut und erklärte Anna entschuldigend: „Weißt du, ich kann den Jungen nicht allein fahren lassen.“

Bevor Luboš mit Vašek ins Dorf zum Einkaufen gefahren war, hatte er Anna geholfen, die kleine verrostete Waschmaschine auf den Hof zu schieben.

Im Unterschied zum Scheuern der Fußböden im Haus erschien ihr das Wäschewaschen nicht so unerträglich. Sie stellte das Radio an und trällerte vor sich hin. Die gewaschenen Laken, Kopfkissen und Bezüge breitete sie auf dem frischgemähten Gras aus, besprengte sie mit Brunnenwasser aus der Gießkanne und freute sich darauf, daß die Sonne bald herauskommen würde. Aber der Himmel bezog sich, und gegen elf begann es zu regnen. Luboš und Vašek kamen unerwartet schnell vom Einkaufen zurück, und als sie die große Wäsche sahen, verschwanden sie mit Ben im Wald.

Im Wald regnet es vielleicht nicht, dachte Anna geringschätzig, denn sie hatte keine Ahnung, daß es streng verboten ist, bei Regen auf Sandsteinfelsen zu klettern.

Anna wendete gerade in der Küche die Quarkkeulchen in der Pfanne, als sie durch das geöffnete Fenster sah, wie Luboš über den Hof jagte, die Wäsche im Gras übersprang und die Pumpe ansteuerte. Er riß sich sein T-Shirt vom Leibe und ließ einen Strahl des kalten Wassers über sich rinnen. Anna dachte, er müsse wohl von einem Hornissenschwarm überfallen worden sein, aber ehe sie fürsorgliches Mitleid kundtun konnte, vernahm sie seine ausgelassene Stimme:

„Anna! Anička! Liebling! Ich hab eine Idee!"

Anna trat in einer leichten Sommerschürze mit einer Blechschüssel und dem Kochlöffel in der Hand auf den Vorhof.

„Siehst du die Kiefer da?"

Luboš wies auf den Hohlweg, der auf der entgegengesetzten Seite zum Wald lag, aus dem er aufgetaucht war. „Also da treffen wir uns in zehn Minuten."

Anna verscheuchte eine zudringliche Fliege und fragte skeptisch: „Du willst, daß ich mit euch Verstecken spiele?"

„Aber nein! Nur mit mir!" erklärte Luboš eifrig. „Ich hab Vašek in den Wald geführt, damit Pepa Bucheckern fressen kann. Verstehst du jetzt?"

„Nein", sagte Anna und leckte den Löffel mit der Quarkcreme ab, die sie für die Keulchen angerührt hatte.

„Und dann hab ich mich verdrückt!"

„Ach so!" Anna lachte. „Du lädst mich zu einem Rendezvous ein?"

Luboš spritzte sich Wasser in den Nacken und drängte Anna ungeduldig. „Bitte, Anna, hör auf dich zu wundern! Ich hab gerade einen Rekord über zwei Kilometer aufgestellt!"

„Aber ich hab die Keulchen auf dem Herd!" stieß Anna ratlos hervor.

Luboš schritt plötzlich entschlossen auf Anna zu, nahm sie mitsamt der Quarkschüssel mit entwaffnender Selbstverständlichkeit auf die Arme und trug sie ins Haus.

Anna sträubte sich und rief leise: „Nein! Hier nicht!"

Aber Luboš achtete nicht auf Annas Rufe und stieß mit dem Fuß hinter sich die Tür zu. Er stellte Anna in der Diele auf die Fliesen und schloß ab. Anna wehrte sich noch ein wenig, aber nicht sehr energisch, und als Luboš sie auf die Stirn, auf die Wangen und auf den Mund küßte, schwand der letzte Widerstand.

Plötzlich wurde die Stille von lautem Geschrei gestört: „Mami! Mami! Hilfe!"

Anna und Luboš verharrten eine lange Sekunde reglos, doch es bestand kein Zweifel, daß sich der Störenfried sehr schnell näherte.

„Verflixt!" fluchte Luboš. „Das ist nicht Colombo! Das ist Juantorena!"

Anna vertrat Luboš den Weg und hinderte ihn daran, aufzuschließen. „Nein. Nicht hier heraus!" beschwor sie ihn leise. „Spring aus dem Kammerfenster in den Garten und lauf hintenherum in die Scheune."

Aber Luboš war für derartige Umstände überhaupt nicht in Stimmung. Er schob Anna beiseite, schloß die Tür auf und trat auf den Vorhof.

„Was hast du mir versprochen, was?" fuhr er Vašek an, der völlig außer Atem war.

Nach Luboš' Worten blieb er wie angewurzelt stehen. Nachdem er sich etwas verschnauft hatte, schlug er sich in einer plötzlichen Erkenntnis an die Stirn. „Ach so! Ich wußte nicht, daß du die Mama überredest!"

„Und was dachtest du?" fragte der Vater streng.

„Daß du im Wald verlorengegangen bist", antwortete Vašek kleinlaut.

XI.

Abends machte Anna einen Rundgang und schloß sorgfältig Fenster und Türen, damit keine Maus ins Haus konnte. Sie hatte bemerkt, daß sich Vašek oft mit seinem Vater in die Scheune verdrückte. Es dauerte nicht lange, bis sie hinter einem Balken ein Versteck entdeckte. Sie fand Leinen, Seile mit Metallstücken, die Schlingen ähnelten, aber der Verwendungszweck dieser Sachen blieb ihr unklar. Dagegen fesselten eine Jagdtasche und ein Satz Patronen ihre Aufmerksamkeit. Sie nahm sich vor, zu beobachten, was hier im Gange war.

Am Sonntag regnete es zwar nicht, aber der Vorwand des Einkaufens entfiel. Vašek schlug pfiffig vor, sie könnten für den Großvater Bier aus dem Wirtshaus holen, aber der lachte schallend und zeigte Vašek den mit Bierflaschen gefüllten Kühlschrank. Am Montag begann es zu regnen. Vašek war enttäuscht, beruhigte sich jedoch, als er den ganzen Tag mit seinem Vater im Wald herumstromern konnte. Sie kamen erst zum Kaffeetrinken zurück, aber sie hatten noch nicht einmal ihr Brot gegessen, als der Großvater in die Stube stürmte. Er war außer Puste und stieß hervor, er sei eben auf frische Spuren gestoßen. Luboš und Vašek verließen ohne zu zögern die Küche. Anna räumte den Tisch ab, als sie die Tür zur Diele klappen hörte. Sie dachte schon, Luboš sei zurückgekommen, aber es war Vašek. Er trug das Regencape mit der angerissenen Kapuze.

„Papa läßt dir ausrichten, daß du nicht rausgehen sollst", teilte er Anna nach Luft schnappend mit „Im Wald bei der Försterei streicht eine Bärin mit Jungen herum, und Papa hat Angst, daß sie bis hierher kommen könnte."

Anna zeigte sich höchst erschreckt, aber kaum hatte Vašek die Tür hinter sich geschlossen und war verschwunden, brach sie in schallendes Gelächter aus. Alles war klar, Luboš wollte zurückkommen. Sie kämmte sich die Haare und band sie mit dem Gummi zusammen, dann streckte sie sich auf dem Sofa in der Küche aus. Das gleichmäßige Plätschern des Regens an die Fensterscheiben und das Rieseln des Wassers aus der Regenrinne in die Blechtonne unterm Fenster schläferten sie ein. Als die Tür knarrte, schreckte sie aus ihrem leichten Schlummer. Es war nicht Luboš, sondern Pepa, der sich am Ofen wärmen wollte.

Luboš saß in einem wasserundurchlässigen Zeltbahnmantel auf einem Baumstumpf und beobachtete die lebhaften Flämmchen in Vašeks Augen, die seine Freude auf die Begegnung mit dem Raubtier zeigten. Plötzlich packte Luboš ihn am Zipfel seines Regencapes und zog ihn ins Gras.

„Hast du das gehört?“ flüsterte er und zischte warnend.
„Was?“ fragte Vašek verwirrt.
„Hier ist etwas an uns vorbeigegangen.“

Luboš hatte seine Befürchtung so suggestiv geäußert, daß Vašek am ganzen Körper eine leichte Gänsehaut bekam. Er hatte das Gefühl, daß ihn jemand beobachtete, den sie selbst nicht sehen konnten. Als der Wind das hohe Gras auf der Lichtung bewegte, schienen sich die Jungtiere da zu tummeln. Vašek stieß einen Freudenschrei aus.

„Psst! Sonst verscheucht ihr sie!“ zischte der Großvater, der mit Stiefeln und Gummimantel hinter einem Stapel Stangenholz lag. Vašek bat um das Fernglas, aber als er es vom Großvater bekam, war von der Bärin mit ihren Jungen nicht die Spur zu sehen.

Sie kamen erst mit Einbruch der Dunkelheit ins Gehöft zurück. Anna hängte die nassen Trainingshosen, Pullover und T-Shirts über den Ofen, aber Luboš' durchweichte Wollsocken wurden bis zum Morgen nicht trocken.

Nach ein paar Tagen Dauerregen war Vašek unausstehlich. Außer Anna wußten alle, warum. Vašek weigerte sich, im Regen einkaufen zu fahren, und er quengelte, der Vater solle wenigstens mit ihm in den Wald zur Jagd gehen. Luboš, der ein Kreuzworträtsel löste und keine Lust hatte, hinauszugehen, erklärte kurzerhand, die Bären seien in der Nacht schon weitergezogen. Dem Großvater erschien so ein Abschluß des herrlichen Spiels völlig unwürdig.

Als nach einer Woche mittags endlich die grauen Wolken aufrissen und die Sonntagssonne mit voller Kraft aus der gähnenden Öffnung schien, ertönte ein schrecklicher Schrei aus dem Wald. Der Großvater stürmte in den Hof, fuchtelte mit den Händen, schnaufte, und um ihn herum flog wie eine Ehrenbegleitung ein Schwarm Bremsen.

„Opa! Großpapa! Was ist passiert?“ rief Vašek bange und lief dem Großvater entgegen, auf dessen Brust eine blutige Schramme prangte. Der Großvater schilderte auf mitreißende Weise seinen verzweifelten Kampf mit der Bärin und schlug dabei mit den Händen um sich, um die zudringlichen Insekten loszuwerden.

Anna fegte den Vorhof, und während sie den Besen schwang, wechselten auf ihrem Gesicht Belustigung und

Mitleid, als sie sah, wie Vašek erbleichte. Luboš mußte sich sehr zusammenreißen, um nicht laut loszulachen.

Der Großvater versuchte verzweifelt, die Insekten zu verscheuchen, die sich auf seine Brust setzen wollten. Die blutige Schramme, bestehend aus zerdrückten Waldbeeren, lockte nicht nur die Bremsen und Mücken an, sondern auch die Bienen aus dem Bienenstock hinterm Zaun, was ein Glück war, denn so wagte Vašek nicht, näher heranzugehen.

Der Großvater zog sich aus und wusch sich unter der Pumpe. Er stöhnte dabei so glaubwürdig, daß Luboš ihn insgeheim bewunderte. „Ich wette, daß sich die Bärin ab heute nicht mehr in die Nähe unseres Hauses wagt“, schloß der Großvater dieses Kapitel. Von da an hörte die Landschaft um das Gehöft auf, von gefährlichen Raubtieren zu wimmeln, und es blieb bei dem Wildschwein Pepa.

Anna ärgerte es, daß Luboš in den Regentagen nicht ein einziges Mal auf der Küchenschwelle erschienen war. Ihr wurde bewußt, daß sie von morgens bis abends kochte und daß die männliche Belegschaft dies als völlig selbstverständlich hinnahm. Das hatte sie bisher nicht gekannt: Ein regelmäßiger Tagesablauf, das Feuer im Herd unterhalten, die Geschirrtücher auskochen, die Töpfe scheuern, bügeln, lüften und Betten aufschütteln. Zuweilen blätterte sie in alten vergilbten Zeitschriften. Die Meldung beeindruckte sie, daß Arbeiter beim Abriß eines alten Wirtshauses in der Nähe von Stockholm eine Speisekarte aus dem Jahre 1802 gefunden hatten. Außer achtzehn verschiedenen Suppen und einer Reihe weiterer Speisen bot sie auch gebratenen Schwan, Bärentatzen in Weinsoße und gegrillte Eule an. Anna schüttelte sich leicht und schlug lieber das alte Kochbuch auf, das mit schöner Frauenhandschrift geschrieben war.

Am Abend duftete es in der Küche dann nach Zucker und Zimt, und dem ovalen eisernen Tiegel mit Graupenbrei entstieg Knoblauchduft. Die Schüssel mit Auflauf aus frisch gepflückten schwarzen Kirschen wurde noch am Abend leer, für das Frühstück am nächsten Morgen blieb kein bißchen übrig. Der Großvater erzählte nach dem Abendessen sehr anschaulich Geschichten aus seiner Kindheit, denen nicht nur

Vašek mit offenem Mund hingerissen lauschte, sondern auch Luboš. Anna ging ein paarmal in die Diele und auch zum Heuschuppen, sie stellte Pepa die abendliche Portion Kartoffeln mit Suppe unter die Treppe. Als sie zurückkam, war Vašek aus der Küche verschwunden.

Sie nahm die Schürze ab und ging mit leichtem Lächeln, das Luboš galt, wieder auf den Vorhof. Hinter sich hörte sie ein Scharren. Oder war es Luboš' unterdrücktes Lachen?

Sie ging zur Scheune, und als sie die knarrende Tür öffnete, sah sie eine bekannte Gestalt unter einem weißen Laken vorüberhuschen. Ein schreckliches „Huuu" ertönte, und der Strahl der Taschenlampe, der furchteinflößend nach oben gerichtet war, beleuchtete ein verschmiertes Gesicht, auf dem man deutlich die Spuren der Kirschkonfitüre erkennen konnte, die das Gespenst eben noch zum Auflauf gelöffelt hatte. Anna ignorierte das unheildrohende „Huu" und trat zu dem Balkon, an dem eine Warnung hing.

„Achtung! Schwarzer Mann!"
stand da in vertrauter holpriger Handschrift. Auf einem Klotz lag ein Stück angesengtes Papier, und darauf stand:

„Belohnung für die Ergreifung".

Anna hob das Papier auf, und darunter lag ein vergessener Brief, der den Urheber verriet:

„Liebe Oma,

Wie get es dir. Ich hab einen neuen Großvater. Ich hab ihn gern. Großvater hat gern Expeditionen in den Wald und Humor. In der Jugend war er Dachdecker. Er ist heute noch Dachdecker. Er ist ein starker und ehrlicher Mann. Er hat mit einer Bärin gekämpft und sie tapfer besiegt. Ich und Papa wissen das hier keine Bärin im Wald war. Aber Papa sagt ich soll es Opa nicht verraten. Und so hab ich es nicht verraten. Wir haben alle den Opa gern. Ich hab den Opa auch deshalb gern, weil er mir alles erlaubt was vernünftig ist. Ich wollte ein Wildschwein und nun hab ich eins. Es heißt Pepa. Mama füttert Pepa! Ich und Papa fahren einkaufen. Mama lobt uns immer. Und wie get es dir?"

Anna lachte schallend. Einen Augenblick lauschte sie noch, ob sie nicht Luboš' Schritte hörte, aber niemand kam.

Luboš bedrückten andere Probleme, die er rigoros zu lösen gedachte. Am Morgen stand er halb fünf auf, zog sich die Hosen und das Unterhemd über und trat auf den Vorhof. Der Großvater wirtschaftete mit der Sense herum. Ein Teil des unteren Gartens war schon gemäht. Luboš ging wortlos in die Scheune und nahm eine große Axt vom Balken.

„Was würdest du dazu sagen, wenn ich Anna und Vašek die ganzen Ferien hier ließe?“ fragte er wie nebenbei und schlug mit ganzer Kraft in den halb zerfallenen Kaninchenstall.

„Nimmst du sie im August nicht mit ins Gebirge?“ fragte der Großvater verwundert, zog den Schleifstein über die Schneide und mähte weiter.

„Anna will vom Riesengebirge nichts hören.“ Luboš verstummte und schlug wieder mit aller Kraft in das alte Holz, bis der Kaninchenstall in zwei Teile zerfiel. „Und wenn ich Dienst hab, kann ich mich sowieso nicht um sie kümmern.“

„Und was sagt Anna dazu?“ fragte der Großvater, und Luboš freute sich im stillen, daß dem Großvater der Vorschlag offenbar nicht gegen den Strich ging.

„Nichts“, sagte Luboš und kämpfte mit der abgerissenen Tür aus altem verrostetem Maschendraht. „Sie weiß es noch nicht.“

„Also so nicht“, wehrte der Großvater ab, griff in die Tasche seiner Joppe, die am Zaun hing, und schaute auf die Uhr, „ich werd niemanden überreden.“

„Brauchst du nicht“, versicherte Luboš und zerriß mit ganzer Kraft den Käfig. „Du brauchst bloß Vašek zu dir in die Küche zu nehmen. Über Nacht“, fügte er bedeutungsvoll hinzu.

„Du hast Sorgen. Morgens vor fünf“, antwortete der Großvater und zog sich die Joppe über. Er hatte den Garten gemäht und würde noch rechtzeitig zur Arbeit kommen. Das Vesperbrot hatte er auf die Steintreppe vor der Scheune gelegt. Er öffnete die Milchkanne und trank gierig den ausgekühlten Kaffee. „Und wann ist die Hochzeit, wie?“

„Hochzeit?“ Diese Frage verwunderte Luboš einigermaßen. Er hatte keine Lust, irgend etwas zu erklären, aber der Großvater wartete auf eine Antwort, und Luboš war klar, daß er nicht drum herumkommen würde, wollte er die Situation nicht noch komplizierter machen.

„Hochzeit? ... Also, die planen wir erst noch." Er fügte mit einem Lächeln hinzu: „Ich wußte nicht, daß du so altmodisch bist!"

„Ihr beide seid dagegen schrecklich modern!" Der Großvater schüttelte den Kopf und schloß die Milchkanne mit dem Deckel. „Ihr habt ein achtjähriges Kind und plant schon die Hochzeit!"

Luboš hieb die Axt in den Klotz. „Wie oft werde ich dir das noch erklären müssen!

Ich kannte Anna zehn Tage. Dann bin ich in den Himalaya gefahren. Zu der Expedition mit dem geologischen Programm. Das war vor neun Jahren. Seitdem habe ich Anna nicht wiedergesehen. Erst im Winter. Und da hatte sie schon einen achtjährigen Jungen bei sich, verstehst du?"

„Das ist ein sehr schönes Märchen", entgegnete der Großvater ungläubig. Die Mitteilung hatte auf ihn keinen Eindruck gemacht. „Das könnt ihr euch für Vašek aufheben. Mir reicht es, wenn ihr das schwarz auf weiß habt."

Luboš beherrschte sich mühsam. Der Großvater klemmte Klipse an seine Hosenbeine und schob das Rad aus der Scheune. Luboš lief ihm nach.

„Wie du willst, Vater! Wie du willst!" rief er mit entrüsteter Stimme. „Vielleicht adoptiere ich noch mein eigenes Kind! Ich besorg mir auch noch einen Stempel für ihn!" Etwas gedämpfter und gefühlvoller fügte er hinzu: „Hauptsache, er schläft mit dir in der Küche!"

„Das wird er", rief der Großvater, und Luboš lief ihm erfreut nach und schob ihn am Gepäckständer von dem feuchten grasbewachsenen Hang auf den sandigen Fußweg. Er hatte auf einmal Riesenkräfte, denn er dachte voller Freude an das Nachtleben, das nun für ihn beginnen würde.

„Aber erst nach der Hochzeit!" fuhr der Großvater genüßlich fort und ließ Luboš hinter der Scheune stehen, wo er sich nützlicheren Gedanken widmen konnte.

Der Großvater hatte sich als großer Wetterspezialist erwiesen, als er am Vortag verkündet hatte, die Regenzeit sei vorbei. Das hohe Gras, das er morgens gemäht hatte, konnte nachmittags schon gewendet werden. Luboš und Vašek waren einkaufen gefahren, von ihnen fehlte jede Spur.

Luboš war ganz ausgezehrt von der Sehnsucht nach Anna, von der er in den Regentagen notgedrungen Abstand halten mußte – im Haus waren entweder der Großvater, Vašek, Pepa oder Ben, meist alle zusammen.

„Keine Abkürzung!“ ordnete er bei der Einkaufsfahrt nachdrücklich an, als sie sich dem Blauen Wirtshaus näherten. „Mama hat ihr Verbot nicht nur nicht aufgehoben, sie hat es noch bekräftigt.“

„Aber vergangene Woche bist du doch mit mir auf die Felsen geklettert!“

„Weil ich dachte, es gelingt mir, Mama zu überreden!“

„Du mußt dir mehr Mühe geben. Guck mich mal an“, sagte Vašek und drehte den Lenker in die Kurve auf den verbotenen Pfad. Das Vorderrad prallte gegen einen Stein, die Hörnchen fielen ins Gras, die Erdbeeren flogen aus dem Korb, und Vašek stürzte trotz aller Bemühung, die Balance zu halten, vom Rad.

Umgeben von gackernden Hühnern, die der frische Quark angelockt hatte, sammelte Vašek die Hörnchen auf und heftete seinen wehmütigen Blick auf den Weg zwischen den Zäunen. Auf den erträumten, verbotenen Weg, der zwischen Brennesseln und einem wackligen Zaun direkt in die Felsenstadt führte. Vašek weinte leise und schämte sich nicht für seine Tränen.

„Du weißt genau, wie die Lage ist!“ bestand Luboš unerschütterlich auf seinem Willen. „Zuerst war uns der Felsen am See verboten. Aber jetzt ist das Verbot auf alle Felsen der Welt erweitert! Und nur deshalb, weil dir nichts Besseres eingefallen ist, als beim Frühstück ein Lied über Bergsteiger zu singen!“

„Aber Papa! Mama verbietet immerzu etwas!“ sagte Vašek, der es wissen mußte. „Zum Beispiel, als ich mir einen Vater gesucht habe. Ein Verbot nach dem anderen. Und wie froh ist Mama jetzt, daß ich dich gefunden habe!“

Luboš sah den Versucher an, der gefühlvolle Blicke zu ihm aussandte.

„Und wenn sie merkt, daß ich so viel kann wie du“, sagte Vašek bescheiden, „dann wirst du erleben, wie sie sich freut!"

Luboš hatte plötzlich das unabweisliche Gefühl, daß ihm etwas fehlte, was Vašek bravourös beherrschte. Der Junge kam mit den von der Mutter auferlegten Spielregeln wunderbar zurecht. Luboš überlegte nicht lange und schlug den Weg in die Felsenstadt ein.

Als er mit Vašek den Aufstieg auf einen Felsen begann, dachte er daran, was für eine Katastrophe es für einen Jungen sein muß, acht Jahre nur mit der Mutter zu leben. So ein Muttersöhnchen rührt sich keinen Schritt von der Seite seiner Mutter. Mit welchem Stolz beobachtete er seinen Sohn! Nein, es waren nicht die tränenreichen Seufzer Vašeks, die ihn erweicht hatten, es war etwas ganz anderes. Sein Herz schlug höher bei dem Gedanken daran, mit welcher Geschicklichkeit Vašek am Felsen Gelegenheiten zum Festhalten entdeckte, wie sicher er auftrat, wie gewandt er die hervortretenden Stellen am Felsen umging. Er hatte den Jungen fest am Seil, und er wußte, daß nichts passieren konnte. Dennoch verfolgte er mit gespannter Aufmerksamkeit jeden seiner Schritte, als er schon höher war als die Krone der höchsten Kiefer.

Vašek schaute nach unten, und der Atem stockte ihm. Er war so hoch wie noch nie im Leben. Er hörte die Rufe des Vaters, der jeden seiner Schritte anleitete, und er hörte die Schreie des Fasanen, er schaute sich nach den Eichhörnchen in den Kronen der Bäume um und suchte mit scharfen Augen zwischen den Felsriesen, ob sich nicht irgendwo das Nest eines Turmfalken versteckte.

Luboš stand schon in der Felsspalte vor dem ersten Gipfel. „Traversiere nach links! Kleb dich nicht an den Felsen! Gib acht auf das Gleichgewicht! Nach rechts! Noch mehr! Dort in dem Kamin findest du Halt!" Die Anweisungen des Vaters klangen wie paradiesische Musik.

Vašek erfuhr, was eine Sanduhr, ein Kamin, ein Überhang und ein Karabiner sind, und außer dem Einbindeknoten konnte er schon den Jägerknoten und den Sackstich. Er lernte es, jeden Vorsprung zu betasten und zu prüfen, ob der Griff fest saß. Die Vorsprünge im Sandsteinfelsen waren verwittert und hatten die heimtückische Eigenschaft, zu krümeln wie Pfefferkuchen. „Keine Eile! Taste die Sanduhr ab!

Du könntest sie auch in der Hand behalten!"

Vašek lernte es, die Seilschlingen aufzunehmen, die Vater als erster am Seil in die Spalten oder um die Felszacken gehängt hatte. Er erfuhr von seinem Vater, daß Eile beim Aufstieg, aber auch beim Abstieg der schlechteste Ratgeber ist. Vater schärfte ihm ein, genau zu überlegen, was er tut. Wohin mit den Händen, wo die Beine abstützen, wo ausruhen.

Vašek spürte in der schwindelnden Höhe eine stille, erhebende Freude. Schritt für Schritt näherte er sich dem Vater. Sie waren mit einem Seil verbunden. Während Vašek sich langsam seinem Vater näherte, suchte Luboš die günstigste Stelle, an der sie sich abseilen konnten. Heute würden sie nicht weiterklettern.

Plötzlich bekam Luboš einen Schreck. Die Räder standen an einen Kiefernstamm gelehnt, und in die Körbe knallte die Sonne. Die Butter wird zerlaufen sein, die Milch sauer, um die Aprikosen würden die Wespen schwärmen.

„Was nun?" vertraute sich Luboš mit seinen Befürchtungen Vašek an.

„Wir denken uns irgendeine Ausrede aus", empfahl Vašek, ohne zu zögern. „Uns beiden fällt bestimmt was ein!"

Ihre verschwörerischen Überlegungen wurden von einem Schrei unterbrochen. Unten auf dem Weg, der sich um die Felsen wand, kam der Briefträger Fanda auf dem Moped gefahren. Luboš erschrak. Er wußte, daß Fanda zu jenen gehörte, die kein Geheimnis für sich behalten können. Wenn der zu ihnen nach Hause fuhr und Anna alles ausplauderte!

Aber der Briefträger kam auf den Felsen zu, winkte mit einem Telegramm und rief: „Hallo! Luboš! Rippen in Gips! Doppelte Fraktur! Hovorka im Krankenhaus!"

Fanda langte unten am Felsen an und pieckte das Telegramm auf die Spitze einer kleinen Kiefer.

„Was ist passiert?" rief Luboš, denn er wußte, daß es mindestens eine Stunde dauern würde, bis er mit Vašek unten war.

„Was weiß ich!" Der Briefträger wischte sich die schweißnasse Stirn ab. Dann beugte er sich über das Telegramm und las: „Wettkampf in Gefahr stop Anreise gemäß Festlegung stop!"

Das genügte Luboš vollauf. Er wußte, was es bedeutete. Und er wußte auch, daß dies die Strafe für seine Schwindeleien war.

XII.

In der heißen Mittagszeit döste das Haus in schläfriger Stille. Luboš spülte zwei Blecheimer aus und füllte sie bis an den Rand mit eiskaltem Brunnenwasser. Dann schöpfte er mit den Händen Wasser, um sich das erhitzte Gesicht zu kühlen. Schon beim Mittagessen wußte er, daß es so nicht weitergehen konnte, daß er den Dingen zu sehr ihren Lauf gelassen hatte. Kaum war Anna vom Tisch aufgestanden, als Vašek hinter ihrem Rücken einen Haken und ein Stück Sandstein aus der Tasche zog, das er aus der Felsenstadt mitgenommen hatte. Bedeutungsvoll gab er zu verstehen, daß er es nicht erwarten konnte, nachmittags wieder mit dem Vater loszugehen. Zum Glück machte sich Anna noch am Herd mit der zerlassenen Butter zu schaffen, so daß Luboš die Beweisgegenstände beschlagnahmen konnte, bevor sie zum Tisch zurückkam. Daraufhin bettelte Vašek, der Vater solle ihm die Sage vom Drachenzahn erzählen. Luboš hätte Vašek in diesem Augenblick am liebsten in Stücke gerissen, doch er gestand sich gleichzeitig ein, daß er weitere Expeditionen auf die Felsen nicht nur nicht abschlagen konnte, sondern auch nicht mehr abschlagen wollte. Jeder weitere Meter am Felsen, den sie gemeinsam bezwangen, band sie enger aneinander. Luboš spürte, daß dies kein unschuldiges Spiel hinter dem Rücken der Mutter mehr war. Es war ein großes Abenteuer, Vater zu sein und mit dem Sohn an einem Seil zu hängen, darauf wollte er nicht mehr verzichten. Er würde mit Anna sprechen müssen. Er mußte beichten. Und je eher er das tat, desto besser.

Die Tür von der Diele in die warme Küche stand weit offen, und obwohl die Fenster nach vorn und zum Hof geöffnet waren, war kein Lufthauch zu spüren.

Anna saß mit einer Brille auf der Nase und leicht geschürzten Lippen am Tisch und nähte einen Flicken auf Vašeks Hose. Ihre Haare waren sorgfältig aus der gewölbten Stirn gekämmt, ihre zarte Haut war gebräunt, die Augen blickten klar und stets ein wenig verwundert.

„Weißt du, was ich mir wünschte?" fragte Luboš sie. „Die acht Jahre noch einmal zu erleben."

Luboš goß Wasser in den Ofenkessel, und Annas Ahnungslosigkeit ließ seine Schuldgefühle wachsen. Die Küche war vom Duft des Birnenkompotts gesättigt, und die Stille wurde nur von zwei zudringlichen Wespen unterbrochen, die eine Ritze suchten, durch die sie unter den Deckel des großen Topfes gelangen konnten. Anna kämpfte mit dem Fingerhut und dem steifen Lederflicken.

„Ich glaube, Vašek hat mit mir wirklich nicht viel erlebt", sagte sie leise und schnitt den festen schwarzen Faden ab.

Luboš stellte sich vor, was wäre, wenn sie einander nicht wieder begegnet wären. Gehörte es etwa zu den Geheimnissen des Lebens, daß gerade er, der sich nie auf Zufälle verließ und alles mit Zielstrebigkeit erreichte, sich nicht vorstellen konnte, wie sich sein Leben ohne das Zusammenspiel dieser Zufälle gestaltet hätte? Jetzt konnte er sich einfach nicht mehr vorstellen, daß dieses gewöhnliche Wunder eines Sommermittags an ihm vorübergegangen wäre. Der Anblick Annas in der kleinen geblümten Schürze am gescheuerten Küchentisch prägte sich ihm für alle Zeiten ins Gedächtnis ein. Ihm war bewußt, wie seltsam das alles war, und voll Dankbarkeit und Demut, daß die glücklichen Augenblicke nicht an ihm vorübergegangen waren, sagte er: „Ich möchte dir was anvertrauen."

Anna schenkte Luboš ein argloses Lächeln. „Zu dem Felsen am See seh ich alle naselang. Ich hab mich überzeugt, daß du Wort halten kannst."

„Nein, nein, nein", protestierte Luboš wenig überzeugend, „sag das nicht. Sonst behalt ich es für mich." Er zwinkerte Anna schelmisch zu.

„Erklär mir lieber, wie es möglich ist, daß der Junge völlig heil nach Hause kommt, nachdem du mit ihm im Wald hinter einem Wildschwein her warst."

„Weil in dieser Gegend weit und breit das einzige Wildschwein unser Pepa ist", antwortete Luboš zufrieden, denn die Konversation entwickelte sich über die Maßen günstig.

„Aber wenn ihr ins Dorf einkaufen fahrt“, fuhr Anna fort und richtete ihre Augen forschend auf Luboš, „hat der Junge ein zerrissenes Nicki oder einen Dreiangel in den Hosen.“

Luboš lächelte schuldbewußt. Er sah gebannt zu Anna und goß das Wasser statt in den Ofenkessel auf die Herdplatte, daß die Eisenplatten zischten.

„Du mußt mit dem Jungen wirklich herumtoben wie ein Verrückter, vom Einkaufen kommt er immer völlig erledigt zurück.“

Anna stand auf und stach die Nadel in das Körbchen. Luboš wußte, jetzt war der geeignetste Augenblick gekommen. Jetzt mußte er Anna alles gestehen. Er würde ihr die ganze Wahrheit sagen. Von den Felsen. Von den übertretenen Verboten. Und vor allem von dem Telegramm; von der unerwarteten Abberufung. Statt dessen fragte er neugierig: „Was ist mit Vašek?“

„Was soll sein? Nichts. Er ist eingeschlafen“, sagte Anna und legte das Nähzeug in ein Schubfach der Anrichte.

„Er ist eingeschlafen?“ rief Luboš. „Und das sagst du einfach so?“ Luboš stellte die Eimer ab und beschloß unverzüglich, sein Geständnis ein wenig zu verschieben. „Weißt du, wie lange ich auf diesen Augenblick gewartet habe?“ Er wandte sich Anna zu und öffnete mit einem Zug das Schürzenband.

Sie sträubte sich nicht, als Luboš ihr die Brille abnahm.

„Wolltest du mir nicht etwas anvertrauen?“ fragte sie forschend.

„Das hier ist viel wichtiger“, erwiderte Luboš und streifte ihr die Schürze ab. „Du verstehst?“

Anna lachte leise. „Verstehe. Und trotzdem sehe ich dich nur zum Mittagessen und Abendbrot.“

„Zum Frühstück – das hast du vergessen.“

Luboš zog Anna an sich und löste die Schnüre an ihrem Leinenkleid. Die Berührung seiner Lippen auf ihrer nackten Schulter löste bei ihr einen angenehmen Schauer aus.

„Dich muß es viel Überwindung gekostet haben, vom Morgen bis in die Nacht mit dem Jungen im Wald rumzujagen.“

Luboš hörte die Ironie in ihrer Stimme und gestand: „Ich

muß mich überhaupt nicht überwinden", und mit einem spitzbübischen Lächeln fügte er hinzu: „Das geht bei mir ganz von allein."

Anna strahlte Luboš an, und alle Befürchtungen, Vašek könne plötzlich in der Tür auftauchen, wurden von einer überschwenglichen Freude verdrängt. Luboš' Blicke ruhten auf ihr, als würde er sie zum erstenmal sehen. Sie hatte das Verlangen, alles abzuwerfen und nur die Sonne auf der nackten Haut zu spüren, die mit wärmenden Strahlen auf den Fußboden schien. Annas wachsende Erregung riß auch Luboš mit. In seinen Schläfen pochte rhythmisch das Blut, die Sonne färbte sich rot und die uralte Sehnsucht lebte in ihm so heftig auf, daß er die Augen schließen mußte. Der Gedanke an die bevorstehenden Augenblicke erregte ihn, und das quietschende Geräusch, das sich näherte, drang nur aus der Ferne in sein Bewußtsein. Luboš umfing mit seinen Blikken noch einmal Annas sehnsuchtsvolles Gesicht, ihre schön gebauten Schultern, und legte seine Hände um ihre schlanke Taille. Er hörte nicht das Bremsen des Rades, er spürte nur zutiefst befriedigt, daß sich Anna fest an ihn preßte. Wieder schloß er die Augen. Nein, diesmal war es nicht nur das rhythmische Klopfen des eigenen Bluts. In sein Bewußtsein drang das bekannte gleichmäßige Quietschen der Pumpe, das durch das geöffnete Fenster vom Hof hereindrang. Für ein paar Sekunden erstarrte er reglos.

„Also ich weiß beim besten Willen nicht", sagte Anna verstimmt, als Luboš sich von ihr zurückzog, „wo du mit deinen Gedanken bist?!"

Über Annas Schulter hinweg sah Luboš durch das geöffnete Fenster den Großvater, wie er unter dem Wasserstrahl die heißen Füße kühlte.

„Verdammt!" rief Luboš mit Zorn in der Stimme. „Ich möchte bloß wissen, wie die das in anderen Familien machen!" Er schlug mit der Faust gegen den Kachelofen.

Anna band schnell die Schleifen ihres Kleides auf der linken Schulter zu. Sie sah hinaus und meinte bissig: „Andere haben vielleicht einen Großvater, der die Arbeitszeit einhält."

Luboš ging auf den Vorhof und rief in der törichten Hoffnung, der Großvater könne wieder verschwinden: „Vater?

Was machst du denn hier?“

„Ich hab Urlaub genommen, Kinder!“ rief der Großvater vergnügt. „Damit hier nichts passiert.“ Dabei bemühte er sich, Luboš bedeutungsvoll anzublinzeln.

Luboš lief mit düsterem Gesicht in die Diele und knallte die Tür hinter sich zu. Anna überkam die bange Ahnung, Luboš könne in seinem Zorn das Regal mit den Kompottgläsern, dem Öl und dem Honig umwerfen, er könne in unbedachter Wut die Gräupchen, den Würfelzucker, den Senf und den Tee auf dem Steinfußboden verstreuen. Sie unterbrach das Zubinden ihres Kleides und lief zu ihm.

„Weißt du, daß es so am besten ist?“ redete Anna beruhigend auf ihn ein. Luboš wußte es nicht und schlug hilflos mit der Stirn gegen die kühle Wand.

Der Anblick von Luboš Verzweiflung erfüllte Anna mit Zärtlichkeit. Sie lehnte sich an seine Schulter und flüsterte aufmunternd: „Der Großvater wird mit Vašek einkaufen fahren, und wir beide werden endlich Zeit für uns haben.“

Luboš hörte jedoch das beruhigende Flüstern nicht, er nahm nur Annas Berührung wahr und spürte wieder die Glückseligkeit dieser Mittagsstunde. Mit dem plötzlichen Entschluß, keine Sekunde mehr zu verschwenden, trat er zur Tür und schloß ab.

Anna erschrak. Sie wollte in die Küche flüchten, um Luboš Zeit zu geben, zur Besinnung zu kommen, aber ehe sie die Schwelle übertreten konnte, spürte sie seine ungeduldigen Hände auf ihrem Körper. Er zog sie an sich und schloß sie fest in die Arme. Anna sträubte sich nicht lange und hatte doch das ungute Gefühl, daß gleich etwas geschehen mußte.

„Mami! Mami! Hilfe! Hilfeee!“ ertönte von oben herzzerreißendes Wehklagen.

Die Bodentür klappte, auf der Treppe tappten nackte Füße herunter, dazwischen hörte man Schluchzen. Dann tauchte Vašek auf: im zerknautschten Pyjama, mit schweißnasser Stirn, den Kopf schmerzerfüllt zur Seite geneigt.

„Mami! Mami! Mich hat eine Wespe gestochen!“

Bevor Vašek in Annas Arme springen konnte, blieb er entgeistert auf der letzten Stufe stehen und riß die Augen auf.

Der Vater hatte tief Luft geholt und den Kopf in einen

Wasserkübel gesteckt, der unter der Treppe auf einem Hokker stand.

Vašek vergaß seinen Kummer. Was war hier los? Die Mutter lief nervös hin und her, schloß die Tür auf, band die Schürze fest und wollte Vašek hinausschieben.

Aber Vašek sträubte sich. Er beugte sich zum Vater und tippte ihm besorgt auf die Schulter. „Papa! Papa! Was machst du?"

Die Mutter erwischte ihn am Schlafanzug. „Geh! Geh schon!" drängte sie ungeduldig und versuchte ihn gewaltsam auf den Hof zu schieben.

Vašek drehte sich um und sah, daß der Kopf des Vaters aus dem Eimer auftauchte, über sein Gesicht rannen Wassertropfen, er atmete heftig. Plötzlich ging Vašek ein Licht auf.

„Großvater! Opa!" rief er voller Freude über seinen einmaligen Vater. „Papa hat sich ein neues Spiel ausgedacht! Taucher! Wer es am längsten unter Wasser aushält!"

Der Großvater verstand das sofort und sagte: „Da brauchen wir aber eine Stoppuhr!"

XIII.

In der Krone des hundertjährigen Baumes am Kamillenfeld spielte der Wind. Der Baum war nicht allzu weit von der Nordseite des Gehöfts entfernt, und dennoch war in der buschigen Krone niemand zu entdecken. Das Gespräch in den Zweigen war leise und ernsthaft.

„Wenn ich pfeife, dann fallen die Blätter von den Bäumen!" sagte der Großvater stolz.

„Das ist gar nichts. Wenn ich pfeife, dann brechen die Zweige!" sagte Luboš noch stolzer.

„Das ist überhaupt gar nichts. Wenn ich pfeife …", sagte Vašek so suggestiv, daß der Großvater vor Verwunderung den Mund und Luboš die Augen aufriß. Aber wie sehr Vašek seine Phantasie auch anstrengte, er wußte nicht, wie er den Vater und den Großvater übertrumpfen konnte, und deshalb pfiff er so laut auf den Fingern, daß es bis ins Dorf zu hören sein mußte.

Der Großvater ernüchterte ihn augenblicklich mit einer Kopfnuß und sagte daraufhin bedächtig, wenn auch unlogisch: „Gut. Du bist gewählt!"

„Da möchte ich doch gern wissen, wieso nicht ich!" protestierte der Vater.

Aber der Großvater hatte sich das Recht genommen zu entscheiden. Er saß auf einem starken Ast, der einen bequemen Sitz bildete. „Du könntest irgendwo die Zeit vergessen, und wir würden hier hocken bis zum Jüngsten Gericht!"

Luboš gab sich nur unwillig mit der Begründung des Großvaters zufrieden, legte sich auf einen geraden Ast und sah verdrossen hinunter zum Haus.

„Ins feindliche Lager muß ...", der Großvater verstummte und schaute Vašek bedeutungsvoll an.

„... der Zuverlässigste", ergänzte Vašek und zeigte auf sich.

„Klarer Fall", bestätigte der Großvater und beachtete den verstimmten Vater nicht sonderlich. „Paß bloß auf, daß du nicht in Gefangenschaft gerätst!"

Vašek nickte eifrig und stutzte dann. „Aber Opa, ich seh keinen Feind!"

„Und Mama?" fragte der Großvater mit Nachdruck.

„Ach soo!" rief Vašek hocherfreut über diese Entdeckung. „Mama ist unser Feind!"

„Ich bin dagegen!" protestierte schwach der Vater.

„Sei nicht traurig, Papa! Du wirst auch mal gewählt!" tröstete Vašek seinen Vater nicht sehr überzeugend und sah hinunter.

Auch vom tiefsten Ast aus war die Höhe schwindelerregend! Vašek stockte der Atem. Er suchte eine Ritze in der rissigen Borke des hundertjährigen Baumes, in die er die Spitze seines Turnschuhs setzen konnte, aber schließlich griff er auf die starken, sicheren Arme des Großvaters zurück. Luboš fühlte sich zurückgesetzt und mißverstanden und verfolgte wortlos, wie sich der Großvater bemühte, Vašek so weit wie möglich herunterzulassen, damit der Aufprall auf die Erde nicht so hart wurde. Der Großvater hielt Vašek jedoch so krampfhaft fest, daß er ihm fast die Schulter ausgerenkt hätte. Luboš konnte das nicht länger mit ansehen, er zischte gereizt, der Großvater erschrak und ließ Vašek ohne Warnung ins Gras fallen. Vašek schrie vor Schreck über den plötzlichen Fall auf, aber dann klopfte er sich ab und schlich davon wie ein Hund.

Das Kamillenfeld erstreckte sich vom Baum bis zum Garten hinter dem Haus. Die natürliche Grenze wurde von einem hohen Rain gebildet, der mit ausladenden alten Johannisbeersträuchern besetzt war. Die nördliche Wiese war nie bebaut worden, hier wuchs wildes, mit Ried vermischtes Gras. Jetzt war die Wiese frisch gemäht, und das Heu hatte in Schobern den gestrigen Nachtregen überstanden.

Vašek kroch auf allen vieren durch das gelb blühende Feld. In der sonnenerwärmten Kamille schwärmten die Bienen, und Vašek wedelte verzweifelt mit den Händen. Als er sich zu dem Baum umwandte, um ein Signal abzugeben, daß unerwartete Komplikationen eingetreten waren, winkte ihm der Großvater in den Zweigen aufmunternd zu.

Luboš ahnte, daß die Entsendung Vašeks nach etwas Eßbarem der Vorwand zu einem ernsthaften Gespräch war. Und darauf hatte er nicht die geringste Lust. Nachmittags hatte er gar nicht aus dem Haus gewollt, er war darauf erpicht, allein mit Anna zu bleiben, aber um keinen großen Verdacht zu erregen, mußte er mit der Stoppuhr zum See. Das Taucherspiel wurde dem Großvater und Vašek zum Glück bald langweilig, aber schließlich ließ sich Luboš dazu überreden, von einem Brett ins Wasser zu springen. Sie verbrachten so zwei vergnügte Stunden voller ausgelassenem Geschrei, und als der Großvater anregte, in der restlichen Zeit eine großartige Aussicht zu genießen, mußte Luboš einsehen, daß der Großvater und Vašek ohne seine Hilfe gar nicht bis in die Krone des Baumes hätten klettern können.

„Damit ich es nicht vergesse. Ich hab mit Kos gesprochen", sagte der Großvater und zog das Fernglas aus dem Futteral. „Ihr könnt hier heiraten. In Kamenice!"

Für Vašek wäre das eine tolle Nachricht gewesen. Aber Vašek kroch über das Feld, und Luboš bekundete keine Begeisterung. Er verdrehte sogar die Augen gen Himmel. Bei ihm ging es zum einen Ohr hinein und zum anderen hinaus, daß der Großvater schon Wolf und Voves überzeugt hatte, Trauzeugen zu sein, mit der Jeřábková aus dem Wirtshaus hatte er das feierliche Mittagessen besprochen, und am Freitag, als er in der Friedhofsgärtnerei Nelken gekauft hatte, hatte er auch bei der Stejskalová ein Wort über den Hochzeitsstrauß verloren.

Der Großvater hatte zum Glück keine Ahnung, wie wenig Aufmerksamkeit Luboš seinem umfangreichen und detaillierten Plan schenkte, er verfolgte mit dem Fernglas Vašek, wie er bis an den Feldrand durch die Kamille robbte. Vašek drehte sich nicht mehr nach dem Baum um, er wehrte sich heftig gegen die Angriffe der stachelbewehrten Insekten.

Der Großvater war stolz auf seinen tapferen Enkel und schilderte in lebhaften Farben, wie das Schloß von Kamenice nach der Rekonstruktion aussehe, daß der Hochzeitssaal einen Kachelofen habe und Teppiche sogar an den Wänden hingen, ein Plattenspieler und ein paar Platten seien da, von denen ihm nicht eine einzige gefalle. Seine Schilderung wurde gekrönt von der Erklärung, er habe die „Treue Liebe" aus der „Verkauften Braut" in Jičín bestellt und selbst schon einen Toast auf die Neuvermählten aufgeschrieben. „Am Ende würde ich unauffällig auf Vašek und die Felsen überleiten", schloß der Großvater zufrieden.

„Also da wird sich Anna riesig freuen, wenn sie bei der eigenen Hochzeit erfährt, daß sie Vašek auf die Felsen lassen soll", wandte Luboš skeptisch ein und nahm dem Großvater das Fernglas aus der Hand. Er hatte die ganze Zeit Anna beobachtet, wie sie unlustig reife Johannisbeeren von den Zweigen eines ausladenden Strauches pflückte. Er freute sich darauf, mehr zu entdecken, aber als er das Ferngals schärfer einstellte, senkte sie gerade den Kopf, und ihr Gesicht war ganz im Schatten des großen Strohhuts.

„In so einem Augenblick ist jede Frau vor Glück außer sich", behauptete der Großvater überzeugt. „Zum Schluß weiß sie gar nicht mehr, wozu sie alles ja gesagt hat."

Anna beugte sich über den Johannisbeerstrauch, und in den Ausschnitt der Bluse, die nur mit drei Knöpfen geschlossen war, schien die Sonne. Eine Hummel schwirrte um sie herum, und bei dem Versuch, sie wegzujagen, öffnete sich die Bluse vielversprechend.

„Und dafür, daß ihr bis zur Hochzeit nicht an die Felsen rankommt, werde ich sorgen!" sagte der Großvater zum

Schluß nachdrücklich.

„Mit einemmal brauchst du für alles Papiere!“ schimpfte Luboš. „Als wir beide auf die Felsen geklettert sind, hattest du auch keine Erlaubnis!“

„Und erinnerst du dich nicht, was für ein Donnerwetter Mutter losgelassen hat, als sie uns auf dem Felsen erwischt hat?“ fragte der Großvater und nahm Luboš das Fernglas weg wie ein ungeeignetes Spielzeug.

Luboš erinnerte sich. Aber er leugnete es absichtlich, um die Situation nicht noch komplizierter zu machen.

„Sie hat bis nach der Kirmes nicht mehr mit uns gesprochen!“ sagte der Großvater erregt. „Und du hast keine Ahnung, was es mich für Mühe gekostet hat, sie zu Verstand zu bringen!“

Der Großvater putzte die Gläser des Feldstechers, und Luboš gestand mit einer Aufrichtigkeit, die ihn selbst überraschte: „Aber wir beide sind weiter auf die Felsen geklettert. Und ich muß bald anfangen zu packen!“

„Wieso? Bleibst du nicht wenigstens bis Ende Juli?“

Anstelle einer Antwort nahm Luboš das zusammengefaltete Telegramm aus der Tasche. Der Großvater las die zwei Zeilen, und sein Gesicht verdüsterte sich.

„Und Anna? Was sagt sie dazu?“

„Nichts.“

„Sie weiß noch nichts davon, was?“ fragte der Großvater entrüstet.

„Ich will ihr nicht die letzten Tage verderben.“

Luboš’ Sorglosigkeit ärgerte den Großvater sehr. Er erklärte mit Nachdruck, mit so einem verantwortungslosen Menschen wolle er keine Minute mehr auf dem Baum verbringen. Beide würden augenblicklich nach Hause gehen, und er selbst werde aufpassen, daß die Sache in Ordnung komme, ehe es zu spät sei.

In dem Augenblick, als er am Seil herunterklettern wollte, sah er eine kleine Gestalt springen und winken.

Obwohl der Großvater voller Zorn war, konnte er doch nicht widerstehen und blickte noch einmal durch das Fernglas. Auf sein Gesicht stahl sich ein Lächeln, und dann lachte er aus vollem Halse. „Na so was! Also nein! Ja das ist doch …“

Er reichte das Fernglas lachend Luboš.

Auf dem schmalen Wiesenstreifen an der Nordseite des Hauses standen Heuschober aufgereiht. Um auf den Vorhof und dann in die Küche zu gelangen, mußte Vašek unbeobachtet den Rücken des Feindes passieren. Das gelang ihm ausgezeichnet, denn er sprang von einem Heuschober zum anderen. Plötzlich beugte sich Anna jedoch über die volle Schüssel mit Johannisbeeren. Vašek schlußfolgerte gewitzt, daß die Mutter wohl vom Hang heruntergehen würde, und wenn er nicht ertappt werden wollte, mußte er hinter einen Heuschober zurückweichen. Vašeks Intuition war ganz richtig gewesen. Anna ging zum Haus. Auf der Bank an der Nordseite des Hauses stellte sie die Schüssel mit den Johannisbeeren ab.

Luboš verfolgte von seinem Beobachtungsposten auf dem Baum, wie Anna am Haus entlang ging, und er richtete das Fernglas entzückt auf ihre elastischen nackten Beine. Er sah auch Vašek, wie er vorsichtig aus seinem Versteck hinter dem Heuschober hervorkam und sich in Sprüngen der Hausecke näherte. Daraufhin tat sich eine Weile nichts, außer daß sich der Großvater und Luboš auf dem Baum um das Fernglas zankten. Als der Großvater es endlich an sich gebracht hatte, war er enttäuscht: Vašek wartete immer noch an der Hausecke. Was war geschehen? Warum ging Vašek nicht weiter? Und jetzt trat er sogar den Rückzug an! Der Großvater zischte ärgerlich, doch dann ging ihm ein Licht auf.

Vašek wartete, daß die Mutter ins Haus gehen würde, aber Anna nahm vom Tisch unter der Pergola eine Tasse und holte sich Wasser vom Brunnen. Allen dreien war plötzlich klar, daß der Feind nur trinken wollte und gleich zurückkommen würde.

Der Großvater und Luboš hatten gut lachen auf dem Baum. Aber Vašek! Was sollte er tun? Er erschrak gewaltig. Entweder er würde vom Feind ertappt oder er müßte schmählich unverrichteterdinge zum Baum zurückkehren. Da fiel sein Blick auf eine kleine rostige Wanne, die an der Mauer des Hauses lehnte. Das war der rettende Einfall! Vašek zögerte nicht. Er stülpte die Wanne über sich und regte sich nicht.

Der Großvater jubelte über Vašeks grandiosen Einfall. Er ahnte nicht, daß Anna genug hatte vom Johannisbeerpflükken und sich auf die Bank neben der Wanne setzen würde. Eine größere Freude konnte Anna dem Großvater und Luboš nicht machen.

Anna hatte es für diesen Tag wirklich satt. Sie setzte sich, trank einen tiefen Schluck Wasser und schaute sich forschend in der Umgebung um, ob sie nicht irgendwo ein bekanntes Gesicht entdeckte. Aber weit und breit keine Menschenseele! Sie waren alle drei Gott weiß wohin verschwunden.

Ein wenig verdächtig war ihr Ben, der mit wildem Bellen wie aus dem Häuschen um die Wanne herumjagte, aber dann kümmerte sie sich nicht weiter um den Hund. Sie sah nicht, daß durch ein Loch im Blech ein verzweifeltes Auge lugte. Vašek bibberte vor Angst, der Hund könnte ihn verraten, aber er konnte ihn nur leise anzischen, sonst hätte der Feind ihn gehört. Er wartete ungeduldig, daß die Mutter endlich aufstehen würde und er sein ungastliches Versteck verlassen konnte. Plötzlich hörte er jedoch einen dröhnenden Schlag und dann noch einen. Was war geschehen? Luboš wäre vor Lachen fast von seinem Ast gefallen, als er sah, daß Anna beide Beine auf die Wanne gelegt hatte. Der Großvater gab donnernde Lachsalven von sich.

Anna horchte auf. Was waren das für entfernte Geräusche. War das eine Täuschung? Nein, sie hatte es wieder gehört! Als ob ein Ast gebrochen wäre.

Sie sprang mit einem Satz von der Bank hoch und lief ein paar Schritte zum Rain. „Vašek! Vašek! Warte, wenn du runterkommst!“ rief sie laut zu dem Baum und ahnte nicht, daß Luboš vor lauter Lachen endlich vom Baum gefallen war. Hinter ihrem Rücken hob sich vorsichtig die Wanne und entwich zum Haus. Als sie sich umdrehte, sah sie zu ihrer Verwunderung, wie die Wanne, von kleinen Beinen getragen, um die Ecke verschwand.

Vašek nahm in der Küche dunkelbraune Pfefferkuchen aus der Röhre und stopfte sie unter sein Nicki. Plötzlich erstarrte er.

„Wer holt sich denn hier meine Pfefferkuchen?“

Die Stimme des Feindes! Vašek faßte Mut und drehte sich um. Die Mutter stand in der Tür und sah ihn so sonderbar an. Vielleicht verwirrte ihn der breite Strohhut, der ihr zusammen mit den blauen Turnhosen so gut stand. Vašek hatte das Gefühl, daß seine Mutter ihm noch nie so nahe gewesen war.

„Mami! Mami! Du sagst es doch nicht weiter! Daß du mich erwischt hast!" rief Vašek mit vollem Mund.

Die Mutter lächelte ihn strahlend an. „Aber ich hab dir doch gar nichts verboten."

„Du nicht. Aber Papa und Opa würden mir Punkte abziehen!" teilte ihr Vašek vertrauensvoll mit, wobei die Pfefferkuchenkrümel vom Mund stoben. Er sah sich wachsam um, bevor der das Geheimnis verriet: „Großvater hat ein neues Spiel ausgedacht. Und das hat schrecklich strenge Regeln!"

Die Mutter lächelte verständnisvoll. Sie sah sehr jung aus in den Turnhosen, und Vašek bedauerte, daß sie nicht mit ihnen spielen konnte, denn dann würden er, der Vater und der Großvater den Feind verlieren.

„Nimm dir, soviel du essen kannst. Aber das hier", sie zeigte auf Vašeks ausgebeultes Nicki, wo er schon das halbe Blech Pfefferkuchen untergebracht hatte, „das läßt du zu Hause!"

„Aber Papa und Opa haben auch Hunger!" wandte Vašek bittend ein und schenkte dem Feind einen treuherzigen Blick.

„Und warum kommt Papa nicht nach Hause essen?" fragte die Mutter forschend.

„Das ist ein Geheimnis. Schrecklich geheim", flüsterte Vašek verschwörerisch. Er sah sich in der Stube um, schaute in die Diele und aus den offenen Fenstern, und als er niemanden entdeckte, trat er näher an die Mutter heran und forderte sie mit einem Wink auf, sich zu ihm herunterzubeugen. „Papa wollte nach Hause gehen", flüsterte er dem Feind ins Ohr. „Aber er hatte Angst, weißt du?"

Anna mußte sich abwenden. Sie spürte plötzlich, daß sie sich nicht beherrschen konnte und gleich herausplatzen würde. Ein warmes Gefühl überflutete sie, sie fühlte sich glücklich an diesem späten Sommernachmittag, an dem sie

Geheimnisse mit ihrem Sohn hatte.

„Vater hatte Angst? Das kann doch nicht sein!“ flüsterte sie vertraulich zurück.

„Doch. Er hatte Angst, daß du ihn bis zum Abendessen nicht mehr rausläßt“, erklärte er unumwunden. Er ahnte nicht, daß die Mutter seit Mittag nur an den Vater gedacht hatte.

XIV.

Die Sonne war schon untergegangen, als sie zurückkamen. Vašek rannte zum Küchenschrank, schnappte sich eine Tasse und trank in tiefen Zügen das kalte Wasser. Der Großvater und Luboš blieben auf dem Hof, sie trugen zwei wacklige Stühle zur Pumpe, stellten darauf einen Zuber, in den sie Wasser aus dem Faß füllten.

Anna räumte in der Küche die vollen Einweckgläser weg und verfolgte durch das geöffnete Fenster, wie sich Vašek unter der Aufsicht des Großvaters auszog, wie er sich scherzend sträubte. Seit dem ersten Abend badete ihn der Großvater mit wachsender Begeisterung. In seiner Turnhose, deren Gummi in den fetten Bauch einschnitt, stand er wie eine aktionsbereite Badefrau an der Pumpe.

Anna fragte sich, was so furchtbar interessant an dem abendlichen Bad eines schmutzigen Jungen sein konnte. Sie begriff nicht, warum sich Luboš diese Show kein einziges Mal entgehen ließ. Anna hatte das Gefühl, Luboš könne auch einmal darauf verzichten, zumal die Badestunde zu den wenigen Augenblicken gehörte, in denen sie allein sein konnten. Heute hatte sie besonders darauf gewartet, in der Diele Schritte zu hören. Sie glaubte, so wie es sie unwiderstehlich zu Luboš zog, müsse es ihn auch zu ihr ziehen. Gleich bei der Rückkehr hatte Luboš zwar die Hände auf das Fensterbrett gestützt und in die dämmrige Küche geflüstert: „Anička, Liebling, heute werden wir die ganze Nacht zusammen sein!“ Doch gleich darauf, offenbar wurde er vom Großvater verfolgt, sprang er ins Gras und tat so, als würde er Schnecken sammeln.

Draußen war es schon kühl. Anna zog die Strickjacke über, nahm den geflickten Steinguttopf und trat auf den Vorhof. Niemand beachtete sie, nur Pepa schaute selig zu, als Anna ihm gekochte Kartoffeln in den Trog schüttete und sie mit einem Rest Knoblauchsuppe übergoß. Von dem Waschzuber drangen ausgelassene Schreie von Vašek und dem Großvater herüber, die sich gegenseitig die Köpfe mit Shampoon einseiften.

„Das Abendessen ist in der Röhre“, sagte Anna säuerlich und kraulte das schwarze Ferkel hinter den Ohren, um zu zeigen, daß sie Pepa den dreien vorzog. „Ihr könnt euch selbst bedienen!“

„Und was gibt’s zum Abendbrot?“ rief Vašek neugierig.

Anna drehte sich auf der Treppe um und sagte mit diebischer Freude in der Stimme: „Nudeln mit Mohn!“

Der Großvater brummte mißmutig, und als Anna in der Diele verschwunden war, sah er Luboš argwöhnisch an. „Hast du Anna schon gesagt, daß du wegfährst?“

Luboš zischte den Großvater an, er solle den Mund halten.

„Und wenn ihr euch den ganzen Tag über nicht genug ausgetobt habt, dann könnt ihr alle drei in der Küche schlafen!“ erscholl Annas bissige Stimme vom Küchenfenster her.

Vašek rann zwar das Seifenwasser in die Augen, aber von dem Vorschlag der Mutter war er so begeistert, daß er laut zu jubeln begann. Luboš schaute fragend zu Anna. Sie verzog über den Freudenausbruch das Gesicht, richtete sich auf und schlug das Fenster zu.

Bei Vater und Großvater hinterließ das Knallen des Fensters Eindruck, Vašek hingegen, der die Launen der Mutter genau kannte, machte sich nichts daraus, sondern nutzte im Gegenteil die plötzliche Unaufmerksamkeit des Großvaters und spritzte eine Handvoll Wasser direkt auf dessen nackten, ahnungslosen Bauch. Der Großvater quiekte, und ehe Vašek zur Besinnung kam, wurde er von Kopf bis Fuß mit eiskaltem Wasser übergossen. Dann begann eine Wasserschlacht, eine der großartigsten dieses Sommers, denn die feindlichen Seiten täuschten nur vor, gegeneinander zu kämpfen. In Wirklichkeit schaukelten der Großvater und Vašek den Zuber, damit das Wasser bis zu Luboš spritzte. Der

Vater nahm jedoch den Wellenschlag nicht wahr, sein verständnisloser Blick hing am Küchenfenster. Und noch lange, nachdem er von Kopf bis zu den Füßen übergossen worden war, und noch als er das nasse T-Shirt und die Hosen auf eine Leine hängte, fand er keine Antwort auf die Frage, warum Anna böse auf ihn war.

Anna machte im Mansardenzimmer Licht. Sie lehnte die Spiegelscherbe an die Wand, setzte sich auf die wacklige Kommode und trocknete sich die gewaschenen Haare. Durch das Gehöft schallten merkwürdige Geräusche. Im Ofen heulte es wild. Türen klappten und langgezogene Pfiffe gellten.

Anna stand auf und trat zum Fenster. Im ersten Augenblick glaubte sie, Luboš unten zu sehen. Aber auf dem Hof war niemand. Sie blieb nachdenklich am Fenster stehen und beschloß, nicht hinunterzugehen. Luboš sollte von selbst kommen.

Ganz unten aus dem Koffer zog sie einen hellgelben Morgenmantel hervor, der ihr wunderbar stand. Sie glättete die Falten der Bettdecke mit dem ausgeblichenen türkischen Muster. Als sie sich hinlegte, sah sie durch das geöffnete Fenster den Abendstern am dunkelblauen Himmel. Sie lauschte wieder den sonderbaren Geräuschen. Sie hörte Türenknallen, gedämpftes Gelächter und das laute Wettern des Großvaters. Sie nahm eine Zeitschrift zur Hand, aber sie merkte bald, daß sie nur gedankenlos darin blätterte. Bevor sie das Licht löschte, sah sie noch einmal in den Spiegel.

Endlich war alles still.

„Gottseidank", sagte Anna mit einem Seufzer der Erleichterung. Sie schaute erwartungsvoll zur Tür. Die Luft im Zimmer war gesättigt vom Duft der gesammelten Kamillenblüten und dem Geruch alter verstaubter Bücher.

Das Leben ist voller Überraschungen, dachte Anna. Sie verspürte eine prickelnde Unruhe, wie sie sie bisher nicht gekannt hatte. Trotz aller Sünden Luboš', die sich in den letzten Tagen angehäuft hatten, sehnte sie sich nach seiner Gegenwart. Sie wußte, in dieser Nacht mußten sie sich nichts erklären.

Von halb zehn bis zehn sah Anna mindestens fünfmal unruhig zur Uhr. Wenn Luboš nun nichts begriffen hatte? Sie hatte doch Vašek nach unten in die Küche schlafen geschickt, damit sie mit Luboš ungestört die ganze Nacht verbringen konnte. Die Minuten schleppten sich immer langsamer dahin. Anna erinnerte sich, wie sie die drei angefahren hatte. Wenn Luboš dies nun auf sich bezogen hatte? Diesen Gedanken ließ sie schnell fallen. Sie wußte, Luboš würde sich nicht so schnell abschrecken lassen. Ruhelos stand sie auf und sah hinunter auf den dunklen Hof. Wenn sie sich nun mißverstanden hatten? Wenn Luboš nun hinter dem Heuschuppen wartete? Wenn er sie nun am See suchte? Der Himmel hatte sie bezogen, und vom Wasser her wehte ein feuchtkalter Wind.

Sie faßte einen raschen Entschluß: Nichts sollte dem Zufall überlassen bleiben. Geräuschlos öffnete sie die Brettertür. Um keine Aufmerksamkeit zu erregen, zog sie die Hausschuhe aus und trat vorsichtig auf die erste Stufe.

Ungeduldig stieg sie die Treppe hinunter, ihr Herz klopfte. Zuerst wollte sie auf den Hof gehen, dann in die Scheune schauen. Sie würde es nicht zulassen, daß diese Nacht mit einem Mißverständnis endete. Leise ging sie an der Küchentür vorüber, aber dann hielt sie inne. Sie wollte sich nur überzeugen, ob Vašek schon schlief. Sie strich eine Strähne aus der Stirn und beugte sich vor das Schlüsselloch.

In diesem Augenblick brach eine Lachsalve los. Anna erschrak so, daß sie von der Tür zurücksprang. Sie atmete stoßweise. „Na so was!" sagte sie entgeistert, als sie sich wieder vor das Schlüsselloch beugte. „So was! Also nein!" wiederholte sie fassungslos. Da waren alle drei – der Großvater, Vašek und Luboš. Sie saßen am Tisch, wieherten, daß die Fensterscheiben klirrten, tranken Bier und spielten Karten!

Anna unterdrückte das Bedürfnis, hineinzuplatzen und Ordnung zu schaffen. Sie rannte nach oben und schlug hinter sich die Tür zu. Hilflos vergrub sie den Kopf im Kissen. Es gab keinen Grund zum Weinen. Und Anna weinte auch nicht. Nur ein bitteres trauriges Gefühl stieg in ihr hoch; Luboš hatte weder hinter der Scheune noch hinter dem Heuschuppen auf sie gewartet! Er hatte sie gegen eine Partie Rommé eingetauscht!

Anna ahnte nicht, daß auch durch Luboš' Kopf die ganze Zeit verlockende Bilder zogen, die den wunderbaren Verlauf des Abends vorwegnahmen. Der Großvater hatte sich nach dem Baden eine Schürze umgebunden und war in die Rolle einer Hausfrau geschlüpft. Noch bevor Luboš und Vašek vom abendlichen Rundgang zurückkamen, bevor sie Pepa in den Stall gesperrt und die Heuschober mit einer Zeltplane zugedeckt hatten, bog sich der Küchentisch unter der Last von sauren Gurken, Wurst, Mixed pickles, blauen Zwiebeln, Knoblauch und eingelegten grünen Tomaten. Auf dem Herd bruzelte frischer Speck, und frisches Brot vom Bäcker lag in Scheiben geschnitten auf Servietten. Vašek stürzte sich mit wildem Appetit auf die Würste, Luboš vermied den Knoblauch zunächst, aber dann konnte er nicht widerstehen, und alle spülten den beißenden Geschmack der Zwiebel mit einem kühlen Bier herunter. Von dem großartigen Festmahl wollte Luboš sich jedoch eigentlich nicht halten lassen. Er blieb in der Küche nur deshalb noch sitzen, weil die Großvater darauf bestand, Rommé um Geld zu spielen, und dabei fing er an Geschichten zu erzählen, die sich Luboš nie entgehen ließ.

XV.

Am nächsten Morgen blieb Anna länger als gewöhnlich im Bett. Sie löste ein Kreuzworträtsel aus einer alten „Welt in Bildern", in „Květy" las sie über eine Oldtimerparade und die Fünflinge in Ungarn und im „Zápisník" über die Roboter, die im Vormarsch waren. Sie konnte es nicht erwarten, von unten Stimmen zu hören, und sie freute sich darauf, wie sie es ihnen heimzahlen würde. Zumindest würde sie sich lange bitten lassen, Frühstück zu machen. Weil es unten still blieb, füllte sie noch einen Psychotest aus und erfuhr, daß sie ein Mensch mit Intuition, Voraussicht und Vermutungen sei. Daß sie einen entwickelten Sinn für Atmosphäre habe, stimmungsabhängig, manchmal etwas zerstreut und spleenig sei. Daß sie sich für die Motive und Handlungsweisen anderer interessiert und die Menschen für sie erregende Wesen sind.

Als sie hinunter in die Küche kam, stellte sie angesichts der schmutzigen Kaffeetassen fest, daß die erregenden Wesen schon längst weg waren. Nur Pepa stand in der Tür und gab mit seinem treuherzigen Blick zu verstehen, daß er gerne etwas fressen würde. Anna seufzte, zerschnitt schweigend trockenes Brot und füllte den Trog mit Milch. So, Pepa, mein einziger treuer Freund, meine Urlaubsgesellschaft, seufzte Anna. Wenn das Mutter sehen würde! Anna erinnerte sich an ihre Prophezeiungen. All die auf die Schnelle genähten Kleider hingen ohne Verwendung auf dem Boden im Schrank. Wenn die drei sie wenigstens ab und zu mitnehmen würden! Ein Ausflug ins Dorf erschien ihr jetzt wie eine außerordentliche Abwechslung.

Anna schüttelte die Betten auf, öffnete die Fenster, aß einen halben kalten Dalken und kochte sich einen Kaffee. So geht das nicht weiter, dachte sie und beschloß, etwas zu unternehmen, um Luboš zu zeigen, daß sie von nun an nicht mehr allein zu Hause sitzen und sich mit Pepa unterhalten wollte. Sie stellte einen Fünflitertopf auf den Herd, und bis das Wasser warm war, holte sie noch ein paar Eimer zum Spülen. Sie hatte das Gefühl, als lebte sie schon jahrelang hier, so daß sie sich den Vormittag gar nicht mehr anders vorstellen konnte als am Trog mit dem Waschbrett. Das Leben mit der automatischen Waschmaschine erschien ihr wie ein kühner Traum.

Die Sonne näherte sich schon dem Mittag, und die Schatten wurden kürzer, als ein dichtbelaubter Zweig an der Hausecke auftauchte. Er wechselte mit einigen Sprüngen zur anderen Ecke, wobei er sich unter dem Küchenfenster tief zu Boden duckte. Erst bei der Regentonne blieb er stehen und teilte sich langsam. Zwischen den Espenblättern tauchte das erstaunte Gesicht Luboš' auf. Der Vater, offensichtlich als Apache verkleidet, glotzte fassungslos zum unteren Teil des Gartens, wo aus dem Transistorradio ein Tango erklang und Pepa mit seinem Rüssel im Mist wühlte. Was Luboš jedoch am meisten überraschte, war Annas Erscheinung, die sich in einem langen geblümten Leinenkleid mit einem Dekolleté auf dem Rücken und einem weißen Hut über den Waschtrog beugte. Zuerst fiel Luboš ein, Anna könnte erfahren haben, daß im benachbarten Dolánky Tanz sein sollte. Ob sie bis zum Abend ihren Rücken braun brennen lassen wollte? Oder wollte sie vielleicht ins Kino nach Červený Újezd? Oder hatte ihr der Großvater vom Jahrmarkt in Štěpanovice erzählt? Er ahnte nicht, daß Anna den Strohhut wegen der Fliegen tief in die Stirn gezogen hatte und der lange Rock ihre Beine bedeckte, damit sie nicht ständig nach den zudringlichen Bremsen schlagen mußte.

Luboš zögerte keinen Augenblick länger, er warf den maskierenden Zweig ab und näherte sich Anna mit seinen hohen Gummistiefeln. In der kurzen ausgefransten Hose, die an ausgeleierten Hosenträgern hing, steckten Lärchenzweige, und auf dem ausgewaschenen Nicki mit drei geöffneten Knöpfen schaukelte rhythmisch an einem Strick eine Pfeife. Sein Blick ließ keinen Zweifel offen, was für ein Spiel er diesmal im Sinn hatte.

„Na? Ganz allein?“ flüsterte er begehrlich und sah sich dabei vorsichtig auf dem Hof, im Garten und hinterm Zaun um.

„Nein“, entgegnete Anna und würdigte ihn keines Blickes. „Ich hab hier Gesellschaft. Pepa.“

Luboš war sichtlich erleichtert, sah sich aber dennoch nach dem offenen Tor um. „Und was machst du hier?“ setzte er die intelligente Konversation fort, als er sich überzeugt hatte, daß sich auch in der Scheune niemand versteckte.

„Ich vergnüge mich hier“, sagte Anna freundlich und schüttelte Vašeks Nicki, daß es klatschte.

Luboš legte die Hand auf Annas nackten Rücken. Statt sich wie erwartet an ihn zu schmiegen, richtete sich Anna auf und bemerkte trocken: „Achtung, Vašek! Er würde dir Punkte abziehen.“

Luboš lachte kurz auf und sagte selbstsicher: „Sei ganz unbesorgt. Wenn ich Vašek nicht sehe, kann er mich auch nicht sehen.“

Er begleitete Anna bis zur Wäscheleine, und als sie die Arme hob, um ein Geschirrtuch aufzuhängen, küßte er sie zwischen die Schultern. „Das ist ein Gesetz der Optik, Liebling“, sagte er zärtlich und zog sie an sich.

„Er hat ein Fernglas“, gab Anna ironisch zu bedenken.

Luboš sprang zurück und musterte wachsam die Baumkronen.

„Ich möchte zu gern wissen, wer dem Kind so eine Waffe in die Hand gegeben hat!"

„Du weißt, wo der Junge ist?" fragte Luboš forschend.

„Wahrscheinlich hinterm Schornstein!"

Obwohl Luboš der ironische Ton nicht entgangen war, suchte er mit seinen Blicken gründlich das Dach und das Bodenfenster ab. Da von Vašek keine Spur zu sehen war, beruhigte er sich wieder und sah Anna vorwurfsvoll an. „Das ist aber ein blöder Scherz!" Er hob bedeutungsvoll die Augenbrauen. „Endlich sind wir mal allein, und die Mama kriegt ein Böckchen!"

Anna hob den Kopf. In ihren hellblauen Augen stand Mitleid. Luboš' Nicki war aus den kurzen Hosen gerutscht, und an den Stiefeln klebte noch der feuchte Schlamm aus dem Sumpf im Wald. An seinem Gürtel hing ein Messer.

Aus dem Transistor tönte sinnliche Musik. Über die Sonne zog eine Wolke hinweg.

„Wenn es nur an mir liegen würde, wäre ich ständig bei dir! Aber ich hab auch meine Pflichten, verstehst du?" erklärte er und richtete seine schuldbewußten Augen auf Anna.

„Ich verstehe", sagte Anna trocken und zog ihm einen Lärchenzweig aus dem Gürtel. „Du arbeitest rund um die Uhr, was?"

Luboš drehte sich dezent zur Seite und entledigte sich vor den Augen des verdutzten Pepa in Windeseile der Zweige, Blätter, Blumen und Disteln, die ihm als Verkleidung gedient hatten.

„Und wenn du den Jungen mal mit dem Großvater eine Weile allein im Wald lassen würdest, dann könnte dir was entgehen, nicht?"

„Hm", bestätigte Luboš aufrichtig, doch unter Annas vernichtendem Blick widerrief er seine Behauptung sofort: „Ich meine, nein."

„Aber ja!" widersprach Anna und zog ein indianisches Stirnband mit Fasanenfedern aus seiner Hose.

„Sonst würdest du nämlich mit ihnen nicht bis Mitternacht Karten spielen!"

Die Musik verstummte. Das Zeitzeichen meldete elf Uhr

dreißig. Aber Luboš schenkte der „Viertelstunde für die Frau“ keine Aufmerksamkeit. Er versuchte sich alle zärtlichen Worte ins Gedächtnis zu rufen, die ein liebender Mann einer Frau sagt, und beendete seine Rede mit einem großen Vorwurf: „Aber du hattest abgeschlossen! Ich hab bei dir angeklopft!“

„Angeklopft! Angeklopft!“ äffte Anna so gereizt nach, daß Luboš keine Hoffnung blieb, seine Worte könnten Eindruck auf sie gemacht haben. „Um halb zwölf in der Nacht!“

Luboš blieb vor Staunen die Sprache weg. „Du hast auf mich gewartet?“ fragte er schließlich leise.

Anstelle einer Antwort schüttelte Anna ein Tischtuch aus, daß die Tropfen durch die Luft stoben.

Luboš ließ sich nicht beirren. Er folgte Anna bis zum alten Birnbaum, und als sie das feuchte Tischtuch über die Leine warf, hielt er ihr Kinn fest, daß sie ihm in die Augen sehen mußte.

Anna würdigte Luboš jedoch keines Blickes, und so bemerkte sie nicht, was für eine erstaunliche Veränderung mit ihm vorging. Hinter den in der Sonne leuchtenden blonden Haaren Annas hatte Luboš nämlich in der Bodenluke die zwei Gläser des Feldstechers glänzen sehen. Und als das Fernglas herabsank, starrten ihn die neugierigen, weitgeöffneten Augen Vašeks an. Luboš griff instinktiv nach einem nassen Handtuch.

„Wenn ich das geahnt hätte ...“, sagte er schuldbewußt zu Anna und deutete seinem Sohn mit auffälligen Gesten an, er solle sich verziehen, und zwar schnell.

Anna nahm ihm das Wäschestück aus der Hand wie ein unpassendes Spielzeug. Kaum hatte sie sich abgewandt, griff Luboš hinter ihrem Rücken augenblicklich nach einem anderen Tuch und signalisierte zur Bodenluke wieder eindringlich den sofortigen Rückzug.

Obwohl sonst sehr schnell von Begriff, verließ Vašek seinen hervorragenden Standort nicht. Er sah den Vater, wie er mit dem nassen Tuch winkte und hörte die Mutter sagen: „Was schwenkst du denn immerzu das Handtuch?“

„Mir ist schrecklich heiß, wenn du mir böse bist“, antwortete der Vater schlagfertig und wischte sich die feuchte Stirn ab.

„Aber ich bin doch gar nicht böse auf dich“, sagte die Mutter versöhnlich und lächelte den Vater endlich ein wenig an.

Der Vater paßte den Augenblick ab, als Anna einen Vorhang über die Leine warf. Er bückte sich schnell, nahm einen Apfel aus dem Gras und holte aus, um ihn Vašek an den Kopf zu werfen. Er hoffte inbrünstig, daß Vašek das Feld räumen würde. Das erstemal fing Vašek den Apfel bravourös mit der Hand, ohne dabei aus der Luke zu fallen. Das zweite- und drittemal scheiterte die Aktion, da Anna sich im falschen Augenblick umsah und verständnislos fragte: „Was fuchtelst du denn immer so herum?“

Luboš lachte verlegen, trat von einem Bein aufs andere, warf den Apfel in die Luft und fing ihn wieder auf.

Vašek beobachtete staunend das Benehmen seines Vaters. Einen weitaus größeren Eindruck machte dessen Spiel mit dem Apfel jedoch auf die Mutter. Sie hatte schon seit langem den Verdacht, daß sich Luboš zu sehr von Vašek beeinflussen ließ. Demnächst würde er sich noch mit ihm auf die Schulbank setzen. Diese Aussicht mißfiel Anna außerordentlich, und so beschloß sie, ihm lieber alles zu verzeihen, und zwar gleich.

Vašek sah, daß die Mutter mit dem Wäscheaufhängen fertig war. Er setzte das Fernglas an die Augen und stellte schärfer ein. Die schönen blauen Augen der Mutter sagten dem Vater, daß sie ihn sehr gern hatte. Vašek freute sich. Er verstand nicht, warum der Vater zurückwich, warum er warnend den Kopf schüttelte und zischte: „Nein! Nicht hier!“

Die Mutter nahm dem Vater den angebissenen Apfel aus der Hand und warf ihn über den Zaun. Dann schlang sie ihre Arme um seinen Hals und küßte ihn so schön, wie Vašek es noch nie gesehen hatte!

Der Vater schluckte nur verwirrt und schlug halblaut vor: „Hier nicht. Wir müssen uns irgendwohin verdrücken.“

Das Gesicht der Mutter verdüsterte sich.

„Weißt du was?“ rief sie mit unerwartet schriller Stimme, daß sogar das Ferkel erschrak. „Für deine blöden Spiele such dir jemand anders!“

XVI.

Vašek ließ nie etwas auf seine Mutter kommen. Doch die heimlichen Ausflüge zu den Felsen verursachten bei ihm keinerlei Gewissensbisse. Ihn quälte der Gedanke nicht, daß die Sünden sich auf dem Kopf des Vaters häuften. Im Gegenteil. Vašek hatte schon oft unerlaubte Dinge getan, aber so richtig kostete er den Geschmack der verbotenen Frucht erst hier mit dem Vater aus. Vašeks Freude war grenzenlos und wurde von keinen bösen Ahnungen getrübt. Schließlich war der Vater hier bei ihm. Der Vater war stark, stärker als die Mutter, und so konnte nichts geschehen.

Dennoch mußte Vašek immer wieder seinen Erfindergeist anstrengen, damit sie zu den Felsen konnten. Nicht daß er den Vater überzeugen mußte, wie das zu Beginn des Sommers gewesen war. Im Gegenteil, der Vater fand immer größeren Gefallen an der Kletterei mit dem Sohn. Aber die Mutter kümmerte sich jetzt sehr um ihre Einkaufsfahrten, und das war noch nicht einmal das schlimmste. Zu einem unerwarteten Hindernis war der Großvater geworden, seit er sich tagelang im Haus aufhielt. Es war viel schwieriger, den Großvater zu überlisten als die Mutter. Er ließ sich keine Gelegenheit entgehen, ob er nun die Toilettentür reparierte oder die Sickergrube reinigte, ein paar mahnende Sätze fallenzulassen, die er meist mit gedämpfter Stimme vortrug. Die Bemerkungen beinhalteten strenge Verbote und Warnungen mit anschaulich geschilderten Folgen. Und alle betrafen die Kletteraktionen.

Vašek ging das im Kopf herum, und als es ihnen am Donnerstag nach dem Mittagessen gelang, unauffällig zu verschwinden, fragte er den Vater geradezu: „Papa, warum paßt Opa so auf uns auf?“

„Weil er mit uns spielen will.“

„Und warum will er mit uns nicht Bergsteiger spielen?“

„Wenn er das ganze Jahr auf den Dächern herumklettert, brauchst du dich nicht zu wundern, daß er sich im Urlaub einen anderen Zeitvertreib sucht.“

Vašek staunte und fragte den Vater den ganzen Weg bis in den Wald aus. Am Felsen legte er das Rad hin, und als er durch die niedrigen Kiefern ging, spürte er eine zarte Spinnwebe im Gesicht. Er wischte sie mit der Hand ab und zerquetschte die Spinne mit den Fingern. Im selben Augenblick stutzte er. Ihm fiel die Mutter ein, die beim Anblick von Spinnen schrecklich kreischte und auf einen Stuhl sprang. Er dachte auch an den Großvater, der es nicht zuließ, daß in seinem Haus eine Spinne totgeschlagen wurde, denn eine Spinne bringt Glück. Vašek löste das Problem meist zur größten Zufriedenheit seiner Mutter. Er nahm die Spinne in die Hand, ohne ihr etwas zuleide zu tun, warf sie in die abgeplatzte Waschschüssel und goß das Wasser mitsamt der Spinne in den Ausguß. Dem Großvater erzählte er nichts von diesem bewährten Vorgehen, und wenn die Mutter vom Stuhl stieg, gab sie ihm aus Dankbarkeit einen Kuß. Jetzt hatte er die Spinne jedoch erstmals getötet, und nur deshalb, weil sie ihr Netz über den Weg gespannt hatte. Wenn ihm der Tod des unschuldigen Geschöpfes nun Unglück brachte?

Vašek umarmte den Felsen mit beiden Armen, beugte sich zurück und schloß die Augen. Er spürte den warmen Stein und hörte in der Nachmittagsstille die Grillen in den Kronen der blauschwarzen Kiefern zirpen. Als er dann die Augen öffnete, erblickte er auf dem Hintergrund des blauen Himmels einen verkrümmten Kiefernzweig. Dieser knorrige Zweig gefiel ihm nicht, dennoch vermochte er nicht die Augen abzuwenden. Er sah den Vater, wie er den Felsen bezwang, wie er Schritt für Schritt nach oben stieg, mit erfahrenen Tritten eine geeignete Stelle für die Schuhspitze suchte, wie er mit sicheren Händen den Felsen abtastete, um einen zuverlässigen Griff zu finden. Plötzlich verdüsterte sich die Sonne. Vašek preßte sich noch fester an den Stein. Er durfte nicht aufschreien. Auf die alte vertrocknete Kiefer setzte sich ein schwarzer Vogel und breitete die Schwingen aus. War das ein Falke oder ein Adler? „Papa, Papa, bitte, sieh dich nicht um!“ wollte Vašek rufen, denn ihm schien, der Raubvogel wollte sich von hinten auf den Vater stürzen. Aber er brachte nur ein leises Wimmern heraus.

Der Vater sah sich um und schien keinen Schreck zu bekommen. Er heftete nur seine Augen auf den Vogel, der mit den Flügeln schlug und verschwand. Vašek war in diesem Augenblick zumute, als ob auch von seiner Seele ein schwarzer Vogel weggeflogen wäre. Wunderbarer Vater! Vašek war stolz auf ihn und begann vor lauter Freude zu singen.

„Bergsteiger, Kinder und Frauen,
sollt dem spitzen Fels nicht trauen
Ihr fallt in den Sand
und euer Heimatland
seht ihr nie wieder, dudlajdaaa!"

Luboš wandte sich nach unten und schrie: „Hör auf mit der Arie und laß das Seil locker!"

Vašek lockerte das Seil und setzte seinen Gesang fort.

„Anna, was ist bloß
mit deinem Seil heut los?"

Der Vater unterbrach ihn wieder, diesmal schärfer: „Hast du mich nicht gehört?"

„Aber ich hab das Seil gelockert", verteidigte sich Vašek und zeigte, daß er mit dem Seil wie mit einem Lasso werfen konnte.

„Merkst du nicht, daß es eingeklemmt ist?" rief der Vater.

Vašek sah, daß der Vater keinen Schritt nach vorn machen konnte, denn das Seil war zum Zerreißen gespannt. Er schaute sich ratlos um. Von seinem Platz am Felsen aus hing das Seil frei von einem Karabinerhaken zum anderen. Vašek sprang auf einen Stein, kroch über zwei Felsspalten und rief dann erfreut: „Jetzt seh ich's! Dort hinter dem Stein! Da hat es sich verklemmt!"

Weil ihm ihr gemeinsames Seil bei der Bewegung hinderlich war, warf er den Klettergürtel ab und rief dem Vater mit beruhigender Stimme zu: „Keine Bange! Ich klettere gleich hin!"

„Halt!" schrie Luboš. „Keinen Schritt weiter! Ich klettere selbst hin!"

Aber Vašek achtete nicht auf die Rufe seines Vaters. Er hatte auch die Spinne und den schwarzen Vogel vergessen. Er hatte alles vergessen, die Mutter und die warnenden Worte des Großvaters, und er dachte nur noch daran, daß er das in dem Riß zwischen den Felsbrocken verklemmte Seil lösen mußte. Ohne Sicherungsseil, ganz allein. Das war so berauschend, daß er die warnenden Rufe des Vaters nicht hörte. Noch ein paar Schritte nach oben, und er hatte den ersten Überhang vor sich. Den würde er von der westlichen Seite her umgehen. Dabei konnte nicht passieren.

In diesem Augenblick verschwand er aus Luboš Gesichtsfeld. Dem Vater traten die Schweißtropfen auf die Stirn. Er konnte Vašek nicht aufhalten. Mit jedem weiteren Schritt wuchs das Gefahrenrisiko. Die Angst, Vašek könnte etwas passieren, war ihm ein schlechter Ratgeber. Er stieg ab, und dabei vergaß er, wenn er schon beim Aufstieg nicht hasten durfte, so galt das doppelt für den Abstieg. Einmal war ihm schon ein Fuß ausgeglitten. Er war einen halben Meter heruntergerutscht. Er hielt sich mit den Händen an einer Sanduhr fest. Unter den Füßen spürte er glatten Stein, kein Fleckchen, wo wenigstens die Spitze des Turnschuhs Halt gefunden hätte. Er schloß seine Hände noch fester um den Griff. Es war der einzige Punkt, an dem er sich hielt. Nun mußte er den nächsten finden, aber er konnte immer noch nicht die richtige Stelle zum Auftreten entdecken. Ihm schoß durch den Kopf, daß er ein Stück zurückgehen mußte, um einen anderen Weg nach unten zu finden. In diesem Augenblick geschah es. Der morsche Griff blieb in seiner Hand. Er konnte nicht einmal aufschreien.

Vašek bemerkte, daß das Seil wild schwankte, und dann blieb es gespannt wie eine Saite. Er lief ein paar Schritte über den Stein und erstarrte: Der Vater hing an dem Überhang und schaukelte am Seil wie ein Erhängter.

„Papa!“ schrie Vašek zu Tode entsetzt. „Papa!“

„Brüll nicht“, sagte der baumelnde Vater.

Vašeks vor Grauen geweitete Augen füllten sich mit Tränen. Wenn das Seil nun nicht hielt? Wenn nun der Haken, mit dem es gesichert war, herausbröckelte? Vašek sah unter dem baumelnden Vater einen steilen Abhang, und Todesangst überflutete ihn.

„Hilfe!“ rief er schluchzend, „Mami, Hilfeee!“ heulte er wie ein verwundetes Tier. Er kletterte hinab, und lief wie von Sinnen hinaus aus der Felsenstadt. Er hörte den Vater nicht, der ihm so laut nachrief, daß die Felsen den Widerhall seiner Stimme zurückwarfen: „Vašek! Zurück! Verdammt! Zurück!“

Der Turmfalke, der zurückgekommen war, umflog dreimal den schattigen Felsüberhang und ließ sich mit drohend ausgebreiteten Schwingen auf dem verkrümmten Ast des verdorrten Baumes nieder.

In jedem Urlaub verschlang Anna Krimis, die sie sich in der Theaterbibliothek auslieh. Das gehörte einfach zum Sommer, denn während der Saison fand sie keine Zeit zum Lesen. In diesem Jahr jedoch hatte sie keinen einzigen Krimi gelesen. „Radúz und Mahulena" hatte sie schon dreimal aufgeschlagen, aber bisher war sie nicht weiter als bis zu Seite fünf gekommen. Wie entfernt waren die Bilder des romantischen Märchens vom Alltag des diesjährigen Juli!

Anna lag im Gras und beobachtete den von der Sonne beschienenen stillen Felsen am See. Sie war schon zum drittenmal hier in dieser Woche und hatte nie jemanden erwischt. Heute beim Mittagessen hatte sie wieder das gedämpfte Zischeln Vašeks und Luboš' und die drohenden, unverständlichen Worte des Großvaters gehört. Was für Geheimnisse konnten sie vor ihr haben? Einen geheimen Briefkasten im Wald? Einen Indianerpfad. Anna drehte sich auf den Rücken. Die Nachmittagssonne hing in einem leichten weißen Dunst über dem Tal. Sie hatte sich schon damit abgefunden, daß man sie aus ihrer Mitte ausgeschlossen hatte, sie hatte verstanden, daß all die unschuldigen Spiele erst ihren Sinn erhielten, wenn jemand da war, vor dem sie streng geheimgehalten werden mußten. Und dieser jemand, ob ihr das nun gefiel oder nicht, war sie.

Anna stand auf, hob das Handtuch auf und zog das Leinenkleid über den Badeanzug. Oben am Wald drehte sie sich noch einmal um. Der Wind kräuselte die Oberfläche des Sees, und Wildenten flogen mit Geschrei aus dem Schilf auf. Dann trat wieder feierliche Stille ein. Das Gefühl des vollkommenen Glücks birgt in sich Spuren von Bangigkeit, dachte Anna.

„Verdammt! Wohin man sich auch wendet, überall steht Marmelade oder Eingewecktes rum!" Den aufgebrachten Großvater hörte man bis zum Zaun schimpfen.

Anna schob sich durch die losen Latten des Gartenzaunes. Der wilde Wein hatte üppig ausgeschlagen, die Triebe hielten sich mit feinen Krallen an der geweißten Wand des Gehöfts fest. Anna erinnerte sich an den rostigen Drahtzaun, an dem zwei alte dürre Johannisbeersträucher dahinsiechten. Die Erinnerungen an den Hof in Michle mit Aussicht auf den Schornstein des Gaswerks gehörten zu den lichten Erinnerungen der Kindheit. Wieder verspürte sie Freude darüber, daß Vašek seine Ferienheimat gerade hier gefunden hatte, wo alles so üppig wucherte, auch die Brennesseln und die wilden Rosen, und wo sich die Sträucher unter den reifen Beeren bogen.

„Verdammt! Dieses Frauenzimmer wird noch Tannenzapfen einkochen. Da will man eine Tasse holen und braucht für die eigene Speisekammer einen Kompaß!“

„Den Kompaß nehmen Sie lieber mit in den Wald und denken sich ein Spiel für zwei aus“, sagte Anna und zog das gelüftete gestreifte Federbett von der Stange. „Ich wäre Ihnen dankbar, wenn Sie mal nur mit Vašek spielen und Luboš bei mir zu Hause lassen würden!“

Wie dem auch sei, sie mußte den Großvater noch nach ein paar leeren Einweckgläsern fragen. Auf dem Kirschbaum im Hohlweg, der seit Jahren nicht verschnitten worden war, platzten seit dem Regen gestern Nacht die dunkelroten Früchte. Es wäre eine Sünde, sie auf dem Baum zu lassen. So in Gedanken war Anna bis zum Heuschuppen gegangen, wo sie erschrocken aufschrie,

„Herrgott! Was machen Sie denn da wieder?!“ Ein unbeschreiblicher Anblick bot sich ihr.

„Was? Was! Ich suche Tassen!“ verwahrte sich der Großvater. Dann stand er flink aus der Hocke auf, um sich Anna zu präsentieren.

Annas Augen weiteten sich in ungläubigem Staunen.

Der Großvater trug eine ausgeleierte Trainingshose von der Farbe ausgelaugter Gurken, sein dicker Bauch wurde von einem roten Nicki umspannt. Grüne Grashalme, die an einem Stirnband befestigt waren, hingen ihm bis auf die Schultern, und auf dem Kopf hatte er einen Hut von der Farbe einer rohen Mohrrübe. Damit die Verwandlung in einen Wassermann vollkommen war, hatte er zwei halbe Ping-Pong-Bälle an einem Gummi befestigt, die er jedoch noch nicht vor den Augen trug, sondern auf der Stirn wie eine Rennfahrerbrille.

„Na? Was sagst du dazu?“ fragte der Großvater mit unverhohlenem Stolz. Er spreizte sich vor Anna und schüttelte die grünen Grashalme.

Anna bemerkte kopfschüttelnd, daß der Großvater auch grüne Handschuhe anhatte, und als er näher trat, wich sie zurück.

„Woher haben Sie diese grauenvolle Kostümierung?"

„Das ist ein Erinnerungsstück der Familie!" sagte der Großvater stolz. „Das letztemal haben wir Luboš damit erschreckt." Er verschwieg bescheiden, daß er das Stirnband aus Schilf heimlich um fünf Uhr morgens gebastelt und es mit grüner Farbe angestrichen hatte. „Das wird dem Jungen Freude machen, was meinst du?"

„Hm. Ich seh ihn schon vor mir", erwiderte Anna skeptisch, warf sich das gestreifte Federbett über die Schulter und ging zum Haus. „Er wird einen fürchterlichen Schreck kriegen. Und das nennen Sie Freude!"

Der Großvater ließ sich die Vorfreude auf den Jux nicht verderben. „Na ja. Eine Frau. Keinen Sinn für so was!"

Auf dem Vorhof sah sich Anna noch einmal um. Der Großvater hatte den Gummi heruntergezogen, und statt der Augen glotzten sie zwei halbe Ping-Pong-Bälle an. Sie verzog das Gesicht und schlug die Tür hinter sich zu.

Erst jetzt ging Anna ein Licht auf, warum der Großvater in den letzten Tagen die Dunggrube neben der Scheune leer gemacht hatte. Wollte er sich dort als Wassermann einnisten? Sie öffnete das Fenster und sah hinaus.

Der Großvater hatte Weidenruten in die Erde gesteckt und sie mit farbigen Bändern geschmückt. Am Rand der Grube hatte er Tassen aufgestellt. Gerade als er Nadel und Faden herauszog, um den Gummi in den Trainingshosen weiter zu machen, erscholl vom Wald her markerschütterndes Geschrei, das keinen Zweifel darüber ließ, daß sich Vašek mit der Schnelligkeit eines Kugelblitzes dem Gehöft näherte.

„Opa! Opa!" hörte der Wassermann die kreischende Stimme seines Enkels, und sein Herz machte vor Freude einen Hüpfer.

„Hilfeee! Opa! Hilfee!!!" erscholl wieder und immer näher Vašeks verzweifelte Stimme. Der Großvater schwang sich mit einem Satz überraschend gewandt in die Sickergrube. Der Gummi mußte warten. Eine bessere Konstellation der

Sterne konnte er sich gar nicht wünschen. Vašek war aus irgendeinem Grunde aufgeregt, er würde sich leicht überrumpeln lassen. Der Großvater freute sich schon, wie es dem Jungen die Sprache verschlagen würde.

Vašek jagte durch die Scheune, warf das Rad hin und rannte mit ununterbrochenem Geschrei auf den Vorhof. „Hilfe! Opa! Hilfe! Vater hängt am Felsen!" Das war eine bestürzende Nachricht! Der Großvater vergaß seine Rolle als Wassermann, richtete sich in der Grube auf und rief: „An welchem?"

„Am Drachenzahn!" berichtete Vašek, doch plötzlich versteinerte sein Gesicht. Aus der Sickergrube kletterte der Wassermann, strengte sich gewaltig an, war aber in der schrecklichen Aufregung nicht imstande seinen dicken Bauch über den Rand der Grube zu hieven.

Vašek riß die Augen so weit auf, daß das Weiße mehr leuchtete als die Ping-Pong-Bälle des Wassermanns.

„Mami! Mamiii! Hilfee!" kreischte Vašek mit fürchterlicher Stimme. „Der Wassermann!"

Die Mutter stürzte auf den Vorhof, und Vašek vergrub sein Gesicht in ihrer Schürze.

Also ist es dem Großvater tatsächlich gelungen, den Jungen zu erschrecken, dachte Anna gereizt und tröstete zärtlich das Opfer des Wassermanns. Sie streichelte ihn über die zerzausten, verschwitzten Haare und war entschlossen, ihn vor weiteren Aktionen des entsetzlichen Großvaters zu schützen. Der Wassermann jedoch entstieg der Grube und zeigte kein Interesse mehr an Vašek. Er stolperte über einen Eimer und stieß das Scheunentor so heftig auf, daß es aus den Angeln flog.

Anna beugte sich in einer plötzlichen unguten Ahnung zu Vašek herunter. „Was ist mit Vater?"

Vašek war zunächst nicht zu einer Antwort in der Lage. Die Mutter schüttelte ihn heftig. „Ich frage dich, was mit Vater ist!" drängte sie mit schriller, besorgter Stimme.

„Er hängt", gestand Vašek weinerlich und klemmte sich die Nase mit einer Wäscheklammer zu, die er aus der Schürze der Mutter gefischt hatte. Der Großvater verbreitete nämlich mit seinen Stiefeln Jauchegestank auf dem Hof.

„Sehen Sie nur, Großvater", rief Anna und lief zur

Scheune, „das Kind hat durch Sie einen Schock erlitten!“

Aber als sie auf der Tenne ankam, hörte sie nur noch das sich entfernende Quietschen des alten Rades, mit dem der Großvater zum Hohlweg fuhr.

Anna überlegte keine Sekunde, sie ergriff Vašeks Rad und folgte ihm. Auch Vašek zögerte nicht länger. Er zog das Rad der Mutter aus dem Schuppen. Er mußte im Stehen treten, der Sattel war zu hoch.

Obwohl Ben begriff, daß diesmal etwas ganz Außerordentliches im Gange war. Er gab seinen Beinen Befehl, die schnellste Gangart einzulegen, und holte Vašek am Hohlweg ein.

XVII.

An diesem schicksalhaften Nachmittag gegen halb fünf sollte der Briefträger Fanda schon längst zu Hause sein. Doch am Vortag waren beim Ausästen der Bäume die Telefonleitungen beschädigt worden, und deshalb mußte Fanda zweimal auf die Post nach Dolní Dvůr, weil weder im Gemeinderat noch im Kindergarten, noch in der LPG die Telefone funktionierten. Am nächsten Sonnabend sollte auf dem Anger Kirmes und abends Tanz sein. Fanda brauchte kein Telefon. Er wußte längst, daß zu Ekls die Schwiegermutter aus Pardubice und zu Sommers zwei Nichten aus dem Böhmerwald kommen wollten, daß der stotternde Jára den alten Apfelbaum gefällt hatte, um Holz zum Fischräuchern zu haben. Wie eine Bombe hatte die Nachricht im Dorf eingeschlagen, Rychman vom Weiler bereite die Hochzeit für Luboš vor. Die Braut hatte zwar noch keiner gesehen, aber daß sie ein Kind hatte, wußte schon das ganze Dorf. Die Jeřábková aus dem Wirtshaus erzählte jedem, den sie traf, der Junge esse Mixed pickles mit Pferdewurst und weiche Luboš nicht von der Seite. Die Vovsová aus dem Laden war erfolgreicher. Während Luboš ein Schwätzchen mit Jarmila aus der Gärtnerei machte, gelang es ihr, den Jungen auszuhorchen. Sie erklärte, so ein zutrauliches und aufrichtiges Kind habe sie noch nicht gesehen. Die Gerüchte drangen bis in die Konservenfabrik, wo Fanda vor der Mittagspause die Nachricht dementierte, Luboš Rychman würde eine Tänzerin aus dem „Kessel Buntes“ heiraten, die vier uneheliche Kinder habe.

Der eigentliche Grund für die Verspätung des Briefträgers war weder die Konservenfabrik noch das Telefon, sondern Hanička. Als Fanda mittags ins Pentagon kam – so wurde das hiesige Verwaltungsgebäude der LPG genannt –, kam ihm Hanička aus der Buchhaltung auf dem Gang entgegen und bot ihm zu seiner Verblüffung an, er könne sie nachmittags nach Hause begleiten. Fanda mochte Hanička sehr, denn sie besaß eine zarte weiße Haut und ein schönes Häuschen von den Eltern. Vor lauter Freude verriet er Hanička als Gegenleistung, daß die Hochzeit von Luboš Rychman eine bombensichere Sache sei, er würde sogar wetten, daß das Fest noch früher als geplant stattfinde. Er machte ein geheimnisvolles Gesicht und bemerkte nicht, daß Hanička bleich wie eine Kalkwand wurde. Zum Schluß fügte er hinzu, in dem Koffer, den er zu Beginn der Ferien vom Bahnhof zum Weiler gebracht hatte, müsse die ganze Aussteuer gewesen sein.

Hanička kam weder um halb drei noch um drei. Um halb vier saß er noch im Ausschank, von wo aus er das Tor des Pentagon im Auge hatte. Obwohl ihm schon seit ein paar Jahren kein einziges Haar mehr auf dem Schädel sproß, hatte das seiner Intelligenz keinen Abbruch getan, und sein Gedächtnis war so gut, daß er oft gebeten wurde, die gleiche Geschichte doch nicht zum fünftenmal zu wiederholen. Heute aber konnte er sich beim besten Willen nicht erklären, was geschehen war. Seine Enttäuschung und Ratlosigkeit spülte er mit ein paar tiefen Schlucken Bier herunter. Um Viertel fünf setzte er sich auf sein Moped und fuhr ins Dorf. Fanda behauptete von sich, Augen zu haben, denen nichts entgeht, aber auch auf dem Weg entdeckte er Hanička nicht. Er konnte nicht ahnen, daß die Mitteilung von der geplanten Hochzeit auf Hanička so gewirkt hatte, daß sie den Rest des Nachmittags weinend hinter dem kaputten Traktor auf dem anderen Ende des Hofs verbrachte und sich dann über den Garten in die Felder verdrückte.

Unterdessen fuhr Fanda in miserabler Laune die kurvenreiche Straße hinunter zum See.

„Aus dem Weg! Achtung! Aus dem Weg!“

Fanda hörte eine bekannte Stimme, die sich von der anderen Seite des Sees näherte, und dann schoß aus der Kurve, die von dichten Erlen verdeckt war, ein Rad. Was jedoch auf dem Rad saß und in die Pedalen trat, war kein menschliches Wesen. Fanda erblickte im Wind wehende grüne Haare und anstelle der Augen weiße Kugeln. Die verstörte Stimme des fahrenden Ungeheuers jagte ihm Angst ein.

„Zur Seite! Fanda! Zur Seite!“

Fanda wich in letzter Sekunde dem Rad um Haaresbreite aus. Er geriet auf seinem Moped ins Schleudern und drehte sich schockiert nach dem Ungetüm um. Da krachte und splitterte es.

Die Augen, denen nichts entgeht, sahen die Oberfläche des Sees mit schwindelerregender Schnelligkeit auf sich zukommen. Ist das heute ein Tag, jammerte Fanda im Geist, denn mit seiner durchdringenden Intelligenz hatte er erfaßt, daß er die Kurve nicht richig ausgefahren hatte und mit seinem Moped über die hölzerne Mole in den See jagte. Fanda hielt den Lenker krampfhaft fest. Noch fünf Meter! Noch drei! „Leb wohl, Hanička! Meine Liebe, leb wohl!“ rief er mit ersterbender Stimme, sein Moped bäumte sich unter ihm auf wie ein Pferd, und dann fiel er laut aufklatschend in den See. Das Wasser spritzte hoch auf, und auf der Oberfläche bildeten sich weite Kreise. Noch lange stiegen Luftblasen hoch, die entweder aus einem kaputten Schlauch oder von Fanda stammten.

Nach einer Weile tauchte in der Nähe des Damms ein mit einer Schicht grüner Wasserlinsen bedeckter Kopf auf. In der „Wasserleiche“, wie der See im Volksmund genannt wurde, mußte offenbar nur noch das Moped gesucht werden. Der Briefträger schnappte heftig nach Luft, spuckte Wasser aus und flüsterte entsetzt: „Der Wassermann, und sagte Fanda zu mir!“

In schwindelerregend kurzer Zeit, die einen neuen Rekord bei der Tour de France bedeutet hätte, erreichte der Großvater mit dem Rad die Felsenstadt. Er fuhr über die Steinbrücke und durch die Klamm, auf dem Sandweg sank sein

Rad ein. Als er absprang, sah er, wie Luboš sich gerade am Felsen abseilte, es fehlten nur noch an die fünf Meter, dann hätte er festen Boden unter den Füßen.

„Pfui Teufel, hat mich der Bengel erschreckt!" sagte der Großvater erleichtert für sich. Zu Luboš gewandt rief er wütend: „Was hast du hier bloß angestellt?"

„Ach nichts. Ich bin nur etwas in Panik geraten, als ich mir vorstellte, was geschehen könnte, wenn Vašek mir nicht gehorchen würde." Luboš verschwieg aus taktischen Gründen, daß Vašek ohne Sicherung auf den Felsen geklettert war.

„Und warum sollte er dir gehorchen, was?" lamentierte der Großvater und lehnte sein Rad an eine Kiefer. „Gehorchst du mir etwa? Dich kann man doch nicht mal einen Moment aus den Augen lassen." Der Großvater kraxelte nach oben zum Fuß des Felsens. Er schnaufte und redete Luboš mit ein paar pathetischen Worten ins Gemüt. Bevor Luboš jedoch von Rührung über seinen Vater übermannt wurde, der herbeigeeilt war, ihm das Leben zu retten, drehte er sich um. Zwei Ping-Pong-Bälle starrten ihn an, und ein grasgrüner Riesenkopf sprach mit der Stimme des Vaters.

„Aaaa", schrie Luboš und ließ vor Schreck das Seil los. Aus einer Höhe von drei Metern stürzte er auf den Felsen.

„Herrgott, Vater, machst du blöde Witze!" schimpfte Luboš, nachdem er sich vergewissert hatte, daß er sich nur die Haut am Unterarm abgeschürft und die Hosen am Hintern zerrissen hatte.

Aber zu einer weiteren Konversation kam es nicht. Luboš hörte ein Rad klirren und hob in einer unguten Ahnung den Kopf. Aus der Klamm kam zu seinem Entsetzen Anna geradelt. Luboš stand schnell auf und stellte fest, daß es in seinem Knöchel stach. Er achtete nicht auf den Schmerz, warf schnell den Klettergürtel von den Schultern und beförderte das rote Seil mit einem Fußtritt unauffällig hinter einen Baum. Mit einer Hand hielt er sich hinten die zerrissene Hose zu, mit der anderen winkte er so gut er konnte einen Willkommensgruß.

„Anička, Liebling, wie kommst du denn hierher?" rief er in freudig überraschtem Ton, während er mit den Augen Vašek durchbohrte, der hinter der Mutter angefahren kam.

„Schöne Schwindler!" rief Anna empört und sprang vom

Rad.

„Ich nicht! Ich bin der Wassermann!“ verteidigte sich der Großvater und lief Anna entgegen, wodurch er sie daran hindern wollte, nach oben zum Felsen zu klettern. Anna ließ sich jedoch nicht aufhalten, ihr war es gleich, daß ihre Sandalen voller Sand waren. Sie bemerkte, daß Luboš auf einem Bein hinkte, was bei ihr nicht das geringste Mitleid erweckte.

„Fahrt ihr hierher einkaufen?“ Sie wies erregt auf die Körbe im Sand unter der Kiefer.

Luboš hatte die Lebensmittel beim teuflischen Ablauf der heutigen Ereignisse völlig vergessen. Kleinlaut erklärte er mit niedergeschlagenen Augen: „Nein, zum Einkaufen fahren wir in den Laden.“

„Und was macht ihr hier?“ fragte Anna scharf.

Luboš hielt krampfhaft den Dreiangel hinten in der Hose fest und versuchte Zeit zu gewinnen. „Hier?“

Vašek dachte voller Angst, der Vater könne auf den Kopf gefallen sein oder sich sonst etwas Schlimmes getan haben, denn er stand vor der Mutter und stotterte.

„So … hier … also hier …“

Vašek konnte das nicht länger ertragen, er hob auffällig die Augenbrauen und zischte. Doch statt die Aufmerksamkeit des Vaters auf sich zu ziehen, sah sich die Mutter um. Als sie Vašek wie wild mit den Armen fuchteln sah, gab sie ihm eine Kopfnuß. Vašek schwieg kleinlaut, aber die Mutter schnappte ihn bei den Hosenträgern und schob ihn vor sich. Vašek lief zu seinem Vater und sagte eindringlich: „Hier führt der Weg lang, nicht wahr, Papa.“

„Hm.“ Der Vater lächelte die Mutter an. Und da Anna sehr aufgebracht aussah, wies er bestätigend vor seine Füße: „Hier entlang führt der Weg. So. Ungefähr. Irgendwie hier rum.“

„Und was ist das?“ fragte Anna unheildrohend und griff nach dem roten Bergsteigerseil, das zusammengerollt hinter dem Baum lag. „Eine Wäscheleine?“

Niemand antwortete.

Der Großvater nahm seinen Grasputz ab und beobachtete gespannt die Szene.

Anna hob die Stimme. „Ist es nicht schon genug, daß ihr

tagelang bloß Blödsinn macht!“ Vašek verdrückte sich vor ihrem Blick hinter Luboš’ Rücken und gab sich Mühe, nicht aufzufallen.

„Ich habe es euch ausdrücklich verboten, auf Felsen zu klettern!“ Sie sah Luboš streng an. „Und du hast mir dein Wort darauf gegeben!“

„Schrei nicht, Anička, schrei nicht!“

„Also was war hier los?“

„Was hier los war? Na schön, ich will dir alles gestehn.“

Vašek klopfte das Herz.

„Ich bin raufgeklettert. Ich wollte mich vor Vašek aufspielen“, sagte Luboš langsam. Er wollte Zeit gewinnen. „Ich bin eben eitel und dumm!“

„Und Vašek?“

Wieder breitete sich Stille aus. Der Turmfalke kehrte auf den verdorrten Zweig zurück, und der Specht vergaß zu klopfen.

„Na, also, Vašek“, begann Luboš munter, doch dann wußte er nicht weiter. Lieber hätte er eine mittelalterliche Folterung als den vorwurfsvollen Blick Annas ertragen. „Vašek hat nur zugeguckt. Er hat mir zugeguckt“, fuhr er dann fort, und Vašek stellte überrascht fest, daß sein Vater sehr gut und überzeugend lügen konnte.

„Und das soll ich dir glauben?“ schrie Anna und warf das Sein in den Sand. „Daß du auf den Felsen geklettert bist und Vašek nur zugeguckt hat?“

Sie wartete nicht auf Antwort, sondern drehte ihnen den Rücken zu.

„Du solltest mehr Vertrauen zu mir haben. Er ist doch mein Kind. Mit mir kann ihm nichts passieren!“ rief Luboš Anna nach, und Vašek nickte zustimmend. Aber plötzlich wurde er blaß, denn der Großvater war der Mutter entgegengetreten. Jetzt würde die Mutter erfahren, wie alles war, dachte Vašek niedergeschlagen.

„Sei vernünftig, Anička“, sagte der Großvater überraschend sanft. „Wenn der Junge oben auf dem Felsen gewesen wäre, dann hätte er doch nicht nach Hause kommen und Hilfe holen können!“

Wundervoller Großvater! Vašek atmete erleichtert auf und dachte an all die Drohungen, mit denen der Großvater seine absoluten Verbote unterstrichen hatte und die zu übertreten nahezu ein Vergnügen für Vašek und den Vater gewesen war. Man braucht eben im Leben einen weisen Großvater, der im rechten Moment treffende Worte findet.

„Wenn du dir mal den Hals brichst“, sagte Anna und bedachte Luboš mit einem vernichtenden Blick, „dann ist mir das völlig schnuppe.“

Vašek wußte nicht, ob er zum Großvater laufen sollte, um ihm seine Bewunderung auszudrücken, oder ob er in diesem schweren Augenblick beim Vater bleiben sollte. Er sah seiner Mutter nach, die die Felsenstadt verließ. Der Großvater nahm sein Rad und schickte sich an, ihr zu folgen.

„Bist ein prima Wassermann! Hast uns nicht absaufen lassen!“ rief Vašek ihm nach. Der Großvater drohte jedoch anstelle eines freundschaftlichen Abschiedsgrußes mit der Faust.

Luboš hockte sich hin und sah weder der Mutter noch dem Großvater nach. Vašek wußte, daß den Vater das Gewissen drückte.

„Sei doch nicht traurig!“ flüsterte er und hockte sich neben den Vater. Wie gut er diese schweren Augenblicke kannte! Wie tief er mit dem Vater fühlte. Wie gern hätte er ihn von seinen Selbstvorwürfen befreit!

„Mama hat auch nicht die Wahrheit gesagt“, sagte Vašek leise.

„Du glaubst, sie würde doch um mich ein Tränchen vergießen?“ fragte Luboš mit leichtem Lächeln.

„Ein Tränchen?“ hauchte Vašek, verwundert darüber, wie wenig der Vater über das Leben mit der Mutter wußte. „Einen ganzen Bach!“

XVIII.

Mit gebeugtem Kopf und unheildrohend zusammengepreßten Lippen rührte Anna in den kochenden Heidelbeeren und goß sie in die heiß ausgespülten Gläser. Sie seufzte laut und gönnte niemandem auch nur einen Blick. Nicht einmal Ben und Pepa. Vater und Großvater ließen sich lieber gar nicht erst in der Küche blicken.

Alles deutete darauf hin, daß der Vater diesmal nicht auf der abendlichen Badezeremonie bestand, und auch der Großvater schien heute kein Interesse dafür zu haben. Vašek freute sich im stillen, einmal der allabendlichen Reinigungsaktion zu entgehen, aber kaum wollte er sich aus der Küche verdrücken, packte ihn seine Mutter mit geübtem Griff am Nicki und zog ihn wieder herein. Sie nahm einen Waschlappen, einen Eimer Wasser und setzte Vašek auf den Hocker neben dem Ofen. Sie hatte sich noch immer nicht von dem Schock am Nachmittag erholt. Während sie die kleinen mageren Beine und schmutzigen Füße schrubbte, sah sie im Schein der Nachmittagssonne unheilverkündende Felsvorsprünge und Überhänge vor sich. Daß Vašek so oft in die Nähe der Felsen gelangt war und nicht einmal versucht haben sollte, hinaufzuklettern, konnte sie nicht glauben. Aber sie glaubte auch nicht, daß Luboš es fertigbrachte, vor Vašek zu lügen. Wie hätte er ihr dann je wieder in die Augen sehen können. Diese Überlegungen lasteten auf ihr wie zwei Mühlsteine. Immer wieder sah sie die scharfen Umrisse der Felsengipfel vor dem Himmel, und erst jetzt wurde ihr klar, weshalb sie die ganze Zeit die Felsenstadt vor ihr verheimlicht hatten!

Vašek nutzte die Unaufmerksamkeit der Mutter aus, entwandt sich ihrem Griff, schlüpfte mit einem ungewaschenen Fuß in die Schlafanzughose und zog sich das Nicki mit dem Schiffsrufer über den Kopf.

Er lief auf den Vorhof, doch vom Vater und vom Großvater war keine Spur zu sehen.

Von Westen her jagten Wolken heran. Die sommerliche Dämmerung tauchte in rötliches Licht. Dann blitzte es, und die Stille über dem Haus wurde von einem Donnerschlag zerrissen.

Vašek wurde von dem Donner überrascht, als er sich gerade bei geöffneter Tür auf der Toilette in ein Buch vertieft hatte. Er schrie auf, überließ Kapitän Nemo seinem Schicksal auf dem Brettchen und dampfte ab ins Haus.

Der Großvater suchte lange, bis er Luboš auf den Steinterassen hinter der Kirschbaumallee fand. Luboš freute sich nicht, denn er ahnte, was kommen würde. Er wollte allein sein mit seinem angekratzten Gewissen.

„Na?" fragte der Großvater scharf. „Hast du Anna schon gesagt, daß du am Mittwoch fährst?"

Luboš erhob sich von der Steinmauer und betrachtete mit erfahrenem Blick den Himmel. Obwohl alles darauf hindeutete, daß ein Gewitter aufzog, machte Luboš ein zufriedenes Gesicht.

„Luboš!" rief der Großvater lauter, als er keine Antwort bekam. „Du kannst dich von mir auf was gefaßt machen!"

„Keine Bange. Ich krieg das hin", antwortete Luboš voller Selbstvertrauen.

Über dem Haus blitzte es wieder. Der Großvater schüttelte nur zweifelnd den Kopf und war ehrlich neugierig, wie Luboš aus dieser Klemme herauskommen wollte. Das Grollen des Donners wälzte sich über den Himmel, und bei dem Kreuzweg, wo der Fußweg in die Felsenstadt abzweigte, spaltete der Blitz einen Baum.

In der Küche war es still. Nur der Platschen der Regentropfen in die Regenrinne aus Blech und auf das Dach der Hundehütte war durch das halbgeöffnete Fenster zu hören. Ab und an tobten stürmische Windböen um das Haus.

Anna schnitt Quadrate aus Folie zu, legte sie in lauwarmes Wasser und verschloß dann mit ihnen die Gläser mit den Heidelbeeren. Vašek und Luboš deckten den Tisch für das Abendessen.

Luboš breitete auf dem Tisch eine alte, stellenweise schon eingerissene Leinenkarte aus. Er schob die Eierschalen bis an den Rand der Tischplatte und zeigte mit dem Rührlöffel, mit dem er Teig gemischt hatte, auf die Mitte der Karte.

„Paßt alle auf! Was seht ihr hier?"

Vašek starrte den Vater mit offenem Mund an. Der griff in die Gewürzdose, streute Majoran, Pfeffer und Knoblauchsalz in den Kartoffelteig.

„Das ist der Plan für einen Generalangriff!" sagte der Vater.

„Und was greifen wir an, Papa?" fragte Vašek neugierig.

Der Vater sah sich mit einem strahlenden Lächeln nach der Mutter um. Völlig überflüssig allerdings, denn sie würdigte ihn keines Blickes.

Der Großvater warf einen trockenen Tannenzweig in den Herd, eine Flamme züngelte heraus und zog sich gierig durch den Schornstein. Der Schornstein bebte durch den Sog des Feuers, Anna hielt es nicht mehr aus und sprach endlich:

„Lassen Sie das, Großvater! Uns brennt noch das Dach über dem Kopf ab!“

Sie kannte diese Anfälle des Großvaters, bei denen er sich mit den Elementen messen wollte. Vergangenen Sonntag wäre es beinahe passiert. Anna war gerade draußen, um Schnittlauch für die Suppe zu holen, als sie sah, wie ein paar brennende Papierfetzen aus dem Schornstein flogen.

Erleichtert verfolgte sie, daß der Großvater seinen Platz am Ofen verließ, aber er ging nur zum Küchenschrank und nahm sich eine Buchtel vom Vortag heraus.

„Und lassen Sie die Buchteln, Großvater“, ermahnte ihn Anna wieder. „Sonst können Sie abends nichts essen!“

„Glaubst du, was die beiden Sträflinge da machen, kann man essen?“ rief der Großvater und schwenkte ärgerlich den Arm zum Tisch, so daß der Zucker von der Buchtel nach allen Seiten spritzte. Vašek wischte sich ein Auge aus und begriff nicht, warum der Großvater so vielsagend demonstrierte, daß er mit ihm und Vater nichts gemein hatte.

„Ruhe, Großvater. Der Kommandeur hat das Wort“, sagte Vašek und schnipselte eifrig Gurke.

„Der Großvater geht nach Norden“, sagte Luboš und fuhr mit dem Finger über die Karte, „um den ‚Schlangenstein‘ herum, dann zum ‚Kreuz‘ und bis hierher zur ‚Tänzerin‘.“

Der Großvater trat vom Herd zum Tisch, setzte seine Brille auf und beugte sich interessiert über die alte Karte.

„Mutter geht nach Süden“, fuhr Luboš fort und bedachte sie mit einem zärtlichen Blick, doch im Gegensatz zum Großvater ging sie achtlos am Tisch vorüber. „Um den Bach herum und immer stromaufwärts. Vašek folgt den Spuren des Großvaters. Und ich“, der Vater machte eine bedeutungsvolle Pause und sah Anna an, die sich auf dem Sofa unterm Fenster ausstreckte, „ich werde der Mutter nachspüren!“

Ob Luboš’ Worte auf die Mutter Eindruck gemacht hatten

oder nicht, ließ sich nicht feststellen, denn Anna drehte dem Tisch den Rücken zu. Dafür rief Vašek begeistert:

„Papa kennt doch die besten Spiele, stimmt's, Opa!"

Der Großvater war nicht so ganz seiner Meinung. Anstelle einer Antwort donnerte es, und auf das nasse Laub trommelten Regentropfen. Anna wäre gern aus der Küche gegangen, aber die Vorstellung, bei dem Gewitter allein auf dem Boden zu sein, machte ihr Angst. Sie lauschte, wie draußen der Regen strömte, und bemühte sich, Luboš' Stimme zu überhören. In Gedanken war sie immer noch bei den Felsen. Warum nur war sie so vertrauensselig gewesen? Warum hatte ihr nicht eine innere Stimme gesagt, daß sie hintergangen wurde? Sie drehte sich auf dem Küchensofa um und öffnete die Augen.

Unter der brennenden Küchenlampe beriet der Generalstab über die Entwicklung der morgigen Angriffsoperation. Schließlich besiegelte der Kommandeur den Plan. „Gegen drei ist Treffpunkt hier. Vorm Wirtshaus. Anschließend Eis. Würstchen. Punkteverteilung. Rückkehr. Abends zu Hause Preisverteilung."

Luboš sah sich um, und bevor Anna seinem Blick ausweichen konnte, begegnete er ihren erstaunten Augen. Er sah sie zärtlich an und sagte: „Für die bewiesene Geduld. Und anderes."

Anna zischte entrüstet und drehte sich wieder um.

„Und wenn sich Mama verirrt?" überlegte Vašek besorgt. Seine Augen funkelten vor Freude über einen plötzlichen guten Einfall. „Am besten wäre es, wir würden alle drei Mama verfolgen!"

„Hör mal, Colombo, überlaß das mir", wies der Vater schroff den guten Einfall Vašeks zurück. „Du gehst nach Norden, verstehst du! Ich schaff das allein mit Mama!"

Vašek spürte, wie ihn der Vater unterm Tisch leicht gegen das Bein trat. Endlich ging ihm ein Licht auf! Er tippte sich mit der Gurke an die Stirn. „Aaa! Ach so!" Er lachte erstickt und gab seinem Vater taktvoll zu verstehen, daß er die Abmachung nicht vergessen hatte.

Anna war Vašeks unterdrücktes Lachen jedoch verdächtig. Sie sah zum Tisch und stand dann mit einem Ruck vom Sofa auf. „Siehst du denn nicht, was das Kind tut?" fuhr sie den Vater streng an. Sie wartete jedoch nicht auf Antwort und verpaßte Vašek eine Ohrfeige. „Wohin schnippelst du denn die Gurke?!“

Der Großvater riß seinen Blick von der Karte los und stellte verdutzt fest, daß seine Buchteln von einer Schicht Gurkenraspeln bedeckt waren.

„Na ja!“ schrie der Großvater erregt. „Auf meine Buchteln!“

Vašek nahm weder die Ohrfeige von der Mutter noch die zweite vom Großvater wahr. Mit unendlicher Bewunderung blickte er seinen Vater an und sagte mit strahlendem Lächeln: „Du bist einfach super, Papa, daß du nicht aufgegeben hast. Tatsache, du bist genauso wie ich!“

XIX.

Es sah so aus, als ob aus dem Ausflug nichts werden würde, denn die ganze Nacht hatte es heftig geregnet. Doch nach den vierzehn heißen Tagen hatte die ausgetrocknete Erde die nächtlichen Regenströme schnell aufgesogen.

Vašek und der Großvater schliefen noch, als Luboš hinter dem Haus die Grashaufen auseinanderwarf und Anna in der Küche belegte Brote mit Käse für unterwegs zurechtmachte. Sie füllte die Feldflaschen mit Zitronentee und steckte in Vašeks Rucksack saure Bonbons, Äpfel und gekochte Eier.

Vašek war von den Vorbereitungen auf den Ausflug seltsam erregt, so daß er sich sogar ohne Aufforderung wusch, und sein Glück war fast vollkommen, als ihm der Vater die alte Leinenkarte anvertraute. Das Fernglas hatte er heimlich auf dem Boden des Rucksacks verstaut, dafür ließ er das Regencape, das ihm die Mutter zu einem handlichen Päckchen zusammengelegt hatte, unbemerkt zu Hause. Der Großvater bummelte beim Frühstück und kicherte leise. Dann ging er in den Schuppen, nahm einen Spaten und eine kleine Gartenharke mit fünf Zinken. Vašek fragte neugierig, wozu sie die Geräte brauchen würden, aber der Großvater wies mit dem Kopf bedeutungsvoll zur Diele, aus der gedämpfte Stimmen drangen.

„Wir zwei“, sagte er und zeigte auf sich und Vašek, „werden es den beiden Abenteurern“, womit er die Mutter und den Vater meinte, „noch zeigen!“

Luboš umging die Felsenstadt mit Anna auf der Chaussee. Erst bei der Kapelle, als er die alte, vom gestrigen Blitzeinschlag gespaltene Linde sah, bog er auf den Feldweg ein.

Anna hatte ihr weites blaues Klaid mit dem ovalen Ausschnitt angezogen. Morgens wollte Luboš ihr noch raten, Trainingshosen oder etwas Bequemeres für die Tour anzuziehen, aber er hielt rechtzeitig inne, denn ihm fiel ein, daß der heutige Ausflug nichts mit Sport zu tun haben würde. Luboš war sich des Ernstes der Stunde bewußt, in der er Anna alles gestehen wollte. Er ging mit leicht gesenktem Kopf ein paar Schritte hinter Anna und betrachtete ihre Beine. Er bewunderte, mit welcher Sicherheit Anna in den hochhackigen Leinenpantoffeln über den huckligen grasbewachsenen Rain schritt.

Anna hatte keine Ahnung von Luboš' Gedankengängen. Sie hoffte, er würde sich an die Nacht vor dem Beginn der Ferien erinnern, als er sie vom Theater ins Hotel gebracht hatte; wenn er ihre Nähe spürte, würden in seinem Gedächtnis die Erinnerungen an die gemeinsamen Stunden aufkommen. Sie wartete auf ihn, und sie gingen eng nebeneinander den Rain entlang. Anna überlegte fieberhaft, warum Luboš nicht seinen Arm um sie legte; warum er nicht an jenen Mittag anknüpfte, als sie einander in der Küche umarmt hatten. Sie wandte Luboš ihre klaren blauen Augen zu, aber Luboš bemerkte die zärtliche Herausforderung nicht. Er hatte seinen schuldbewußten Blick zu Boden gerichtet. Dann spürte er die Berührung ihrer kühlen Hand.

„Du brauchst mir nichts zu erklären“, sagte Anna leise. „Mir ist alles klar. Eure Einkäufe. Auch die Ameisen. Du bist Tag für Tag auf die Felsen geklettert.“

Luboš nickte eifrig, und bevor er sagen konnte, wie sehr sie ihn überrascht hatte, blieb Anna stehen und fuhr mit ein wenig belegter Stimme fort: „Du hast dich geopfert und bist hochgeklettert, damit Vašek wenigstens zusehen konnte, weil ich ihm die Kletterei verboten hatte, nicht wahr?“

Luboš spürte den bekannten Schauer über den Rücken

rieseln und lächelte Anna tapfer an. „Na ... so ein großes Opfer war das nun wieder nicht.“ Er wagte nicht, in ihre vertrauensvollen Augen zu blicken.

Sie gingen nebeneinander durch das hohe Gras. Anna ließ Luboš nicht mehr los. Er spürte ihre schlanken Finger in seiner Handfläche, er hörte ihr helles Lachen und vermochte kaum, die hohen Wolken, die Disteln und die Kiefern wahrzunehmen, die das sonnige Tal von allen Seiten umgaben. Beschämt von den guten Eigenschaften, mit denen ihn Anna so reich ausstaffierte, beschloß er ein spätes Bekenntnis abzulegen.

„Wenn du wüßtest, was für Vorwürfe ich mir mache. Aber was ich auch getan hab, das schlimmste ist, was ich nicht getan hab.“

Anna verstand nicht, was das bedeuten sollte. Er ließ ihre Hand los.

„Anna, ich werde nie im Leben nachholen können, was ich an dem Jungen versäumt habe.“ Luboš verstummte und sah Anna in die Augen. „Acht Lebensjahre.“

Anna senkte den Kopf und kniff die Augen zu. Ihr Herz krampfte sich zusammen.

„Erst hier ist mir das klargeworden. Erst hier, als ich mit Vašek von morgens bis abends zusammen war. Ich habe begriffen, um was ich ihn gebracht habe und um was ich mich selbst gebracht habe.“

Anna hörte Luboš' Stimme wie aus weiter Ferne. Sie beschattete ihr Gesicht mit der Hand. Am See standen weidenbewachsene Inselchen, aus den gut versteckten Nestern erschollen die Rufe der Jungvögel. Dieses Bild des friedlichen Tals prägte sich fest in ihr Gedächtnis ein. Ein paar Sekunden blieb sie abgewandt stehen. Sie wischte sich mit der Hand über die Augenwinkel. Ihr lag auf der Zunge, daß sie es auch bedauerte, ihn nicht ein paar Jahre früher wiedergetroffen zu haben.

„Wenn du wüßtest, was du nicht weißt“, sagte Luboš leise, aber weiter kam er mit seiner Beichte nicht. Anna schrie laut auf, denn sie hatte eine Schlange im Gras entdeckt. Luboš beteuerte, daß das nur eine Blindschleiche sei. Anna ließ sich nicht beschwichtigen und rettete sich in Luboš' Arme.

„Im August fahre ich mit dir, wohin du willst. Von mir aus

mit dem Rad. Meinetwegen können wir auch im Zelt schlafen. Ich tu alles, was du willst“, flüsterte Anna und schmiegte sich immer enger an Luboš, obwohl die Schlange längst über alle Berge war. „Und wenn du willst, fahr ich mit dir im August auch ins Riesengebirge.“

Luboš merkte, wie ihm wieder alle Vorsätze zerrannen, er wußte nur nicht, ob das von dem Kräuterduft kam, den Anna ausströmte, oder ob es von ihrer Art zu denken herrührte, die ihn ratlos machte.

Anna hob die Augen und legte die Arme um seinen Hals. „Obwohl ich am liebsten mit dir hierbleiben würde.“ Luboš sah sie begriffsstutzig an. „Na, beim Großvater!“ erklärte Anna, und als sie über das Tal schaute, fügte sie mit aufrichtiger Bewunderung hinzu: „Du hattest recht. Das hier ist der schönste Platz auf der Welt.“

„Und die Hochzeit könnte auch hier sein. Am Dienstag.“

„Also du hast wirklich nur Unsinn im Kopf!“ hauchte Anna überrascht und schob ihn von sich. Sie hatte sich daran gewöhnt, daß Vašek, ihre Mutter und der Großvater von Hochzeit sprachen, aber daß nun auch noch Luboš davon anfangen würde, hatte sie wirklich nicht erwartet. „Wo und wann die Hochzeit ist, das spielt doch keine Rolle“, fügte sie versöhnlicher hinzu.

„Doch!“ widersprach Luboš, und als Anna ihren forschenden Blick auf ihn richtete, lachte er kurz. „Für dich nicht. Aber der Großvater würde sich freuen. Und Vašek kann es kaum noch erwarten!“

Anna erklärte daraufhin, daß sie keinerlei Erfahrungen mit dem Heiraten habe, und es zeigte sich, daß es auch Luboš so ging. Beide vermuteten, daß man Formulare ausfüllen und etwas unterschreiben müsse, daß man bestimmt den Personalausweis brauchen würde, woraufhin Anna einfiel, daß ihr Ausweis verfallen war, so daß von einer Hochzeit am Sonnabend sowieso keine Rede sein konnte.

Dem stimmte Luboš zu, denn er wußte, was Anna nicht wußte, daß er nämlich am Sonnabend ohnehin nicht mehr da sein würde. Er beschloß, ihr zu erklären, was in seinen Kräften stand. Zunächst malte er die Zukunft der nächsten Tage in den sattesten Farben aus. Anna verstand nur soviel, daß sich am Vorabend der Hochzeit gewöhnlich das ganze

Dorf versammelt, der Bräutigam nimmt Abschied von der Freiheit, die Musik kommt, spielt der Braut auf, alle kriegen zu essen und zu trinken, man tanzt. Anna konnte ihm nur schwer folgen, vor allem bestand sie darauf, daß Luboš ihr erklärte, wieso der Vorabend der Hochzeit gefeiert werden solle, wenn am nächsten Tag ohnehin keine stattfinden würde, woraufhin Luboš sagte, sie solle nicht kleinlich sein, Hochzeit werde sein, wenn er zurückkomme.

Anna fragte zum Glück nicht, wer zurückkomme und woher. Sie begriff nur, daß der Großvater dem Dorf die Braut zeigen wollte und es schon jedermann mitgeteilt hatte. Luboš erwartete, Anna würde einwenden, sie habe für so einen feierlichen Augenblick nichts anzuziehen. Er sagte ihr, daß sie am besten in dem langen geblümten Kleid mit dem tiefen Ausschnitt auf dem Rücken aussehe. Daraufhin fragte Anna, ob Luboš vielleicht das Kleid meinte, in dem sie schon eine Woche lang Pepa das Futter brachte, und Luboš bestätigte dies. Schließlich überraschte ihn Anna mit einem sehr vernünftigen Vorschlag.

„Heute ist Sonntag, am Montag schicke ich meiner Mutter einen Brief. Am Mittwoch wird sie ihn haben und am Freitag kommt sie." Anna lachte Luboš an und sagte: „Soll es so sein, wie du es willst. Am Sonnabend gehen wir als Ehepaar ins Dorf."

Luboš wollte Anna berichtigen, daß sie erst nach der Hochzeitszeremonie ein Ehepaar wären, am Sonnabend würden sie erst verlobt sein, aber dann beschloß er, nicht darauf herumzureiten, und fragte nur vorsichtig: „Und früher ginge das nicht,"

„Was hast du denn noch auszusetzen?"

„Wenn du wüßtest, was du nicht weißt", seufzte Luboš und trat verlegen von einem Bein auf das andere, so daß er Anna entfernt an Vašek erinnerte, wenn dieser einen Eintrag aus der Schule nach Hause brachte.

Aber Anna schien, daß sie den Formalitäten des gemeinsamen Zusammenlebens schon zuviel kostbare Zeit gewidmet hatten. Als Luboš flüsterte: „Ich würde es dir sagen. Alles", umarmte sie ihn und flüsterte: „Lieber nicht".

„Aber ich sag es dir. Ich muß es dir sagen."

„Sag jetzt nichts mehr." Anna nahm Luboš' Gesicht in die

Hände und ermahnte ihn leise. „Halt jetzt endlich den Mund."

Annas leises Flüstern vertrieb alle Zweifel, Luboš schloß die Augen und ließ sich mit dem Gedanken, daß er heute schon genug zugegeben hatte, gern dazu überreden, sich mit wichtigeren Dingen zu beschäftigen.

XX.

Vašek verließ als letzter das Haus. Er schloß die Tür zur Diele ab und legte den Schlüssel unter einen lockeren Stein auf dem Vorhof. Er zählte zweimal bis hundert, um dem Großvater einen genügend großen Vorsprung zu geben, dann überquerte er mit schleichenden Sprüngen die Wiese an der Nordseite des Hauses, das Kamillenfeld und die ebene Fläche hinter der Eiche. Er scheuchte ein Rebhuhn mit Küken aus der Gerste auf und kroch auf allen vieren bis zum Waldrand. Dort kamen ihm Bedenken, ob er nicht doch früher die Spur des Großvaters hätte aufnehmen sollen, aber in diesem Augenblick sah er ihn hinter einem dichten Gebüsch friedlich Himbeeren essen. Er wollte ihm zurufen, das sei nicht abgemacht, aber er fürchtete, der Großvater würde versuchen, ihm die Verfolgung auszureden. In letzter Zeit erzählte der Großvater gern lange Geschichten, und Vašek war sein aufmerksamster Zuhörer. Manche Geschichten hatte er schon zweimal gehört, und manche würde sich Vašek auch ein drittes Mal erzählen lassen. Aber nicht heute.

Vašek setzte sich auf den Rain, nahm einen Apfel aus dem Rucksack, ein Stück Mohnkuchen, breitete im Gras die Karte aus und wartete, bis sich der Verfolgte an Waldfrüchten satt gegessen hatte und ihm endlich aus den Augen verschwand. Vašek studierte noch einmal genau seine Strecke „auf den Spuren des Großvaters", dann legte er die Karte wieder zusammen, zog die Riemen des Rucksacks fest und machte sich geräuschlos wie ein Luchs an die Verfolgung seines Opfers. Anfangs sah er zuweilen noch die flache Mütze zwischen den Tannen, und einige Male schimmerte das Spatenblatt oder das grün-rot karierte Hemd durch die

Bäume, das nicht einmal im Dickicht zu übersehen war. Vašek achtete auf die Spuren, damit es richtig spannend war. Da vernahm er höchst merkwürdige Laute, die er erst nach einer Weile als Gesang des Großvaters entschlüsselte.

Die Spuren führten ihn in dichtes Jungholz. Auf dem Boden lagen trockene Zweige, und ihr Knacken störte Vašek. Plötzlich verstummte der Gesang. Obwohl Vašek sich bemühte, so vorsichtig wie möglich aufzutreten, hörte er nichts als das Geräusch seiner eigenen Schritte. Von Zeit zu Zeit war ein kurzer Flügelschlag in den Baumkronen zu hören. Einen Raubvogel entdeckte Vašek nicht, doch auf dem Boden sah er einen weißen ausgetrockneten Knochen. Er schob mit einem Stock das feuchte Laub beiseite. War es der Schädel eines Vogels oder eines kleinen Hasen? Vašek überlegte, ob er die Knochen sofort einer Untersuchung unterziehen sollte, aber dann beschloß er, nur die Fundstelle zu kennzeichnen. Er spitzte einen trockenen Zweig an, und steckte ihn in den Waldboden. Das leise Klatschen großer Schwingen näherte sich. Vašek hob den Kopf. War das ein Adler oder ein Geier? Vašek vergaß seinen Fund, preßte den Griff des Messers fest in die Hand und ging weiter.

Der Wald, durch den er nun lief, war von Heidelbeersträuchern bewachsen. Vašek fürchtete schon, wieder den Verfolgten beim Naschen zu sehen, aber von dem karierten Hemd war weit und breit keine Spur. Vašek sprang über die moosbewachsenen Steine und sah sich forschend nach allen Seiten um. Zwischen den kräftigen hohen Stämmen der Tannen hätte er die robuste Gestalt nicht übersehen können! Ihm kam die Idee, der Großvater könnte sich in der Felsenschlucht versteckt halten. Beflügelt von seinem Einfall, lief er zu dem Felshang. Aber der Verfolgte schien wie vom Erdboden verschluckt. Vašek sah vor sich deutliche Spuren, die jedoch ganz entschieden nicht vom Großvater stammten! Noch einmal warf er einen Blick auf das Federbüschel vor seinen Füßen, dann wich er erschrocken zurück. In der Schlucht hatte sich etwas bewegt. Ohne Rücksicht darauf, ob er nach Norden lief oder nicht, stürmte Vašek zum nächstliegenden Waldzipfel. Atemlos fiel er mit dem Gesicht ins Gras. Sein Herz schlug vor Angst bis zum Hals. Was sollte er tun? Jetzt hatte er die Orientierung und den Großvater endgültig verloren!

Es dauerte einige Zeit, bis ihm einfiel, daß er ja im Rucksack die Karte hatte. Er zog sie heraus, konnte aber die Stelle, wo er gerade war, nicht finden. Um seinen Standort zu bestimmen, mußte er auf einen Baum klettern. Er suchte sich eine hohe Tanne mit kräftigen ausladenden Ästen und nahm auch das Fernglas mit. Als er sechs Meter über der Erde war, setzte er sich rittlings auf einen Ast und sah sich um. Auf der Sonnenseite hob sich das Tal zu einem sanften Hügel, der spärlich mit blauen Kiefern besetzt war. In dem Kiefernhain hinter einer niedrigen verfallenen Mauer entdeckte Vašek den farbigen Fleck von Großvaters gebeugtem Rücken. Jetzt würde er ihm nicht wieder entwischen! Bevor Vašek vom Baum kletterte, nahm er die Karte heraus, die er unterm Hemd auf dem nackten Bauch trug. Sein Verstand war hellwach. Er mußte herauskriegen, wo er eigentlich war. Hinter dem breiten Tal ragten zwei Felsen auf. Einen besseren Orientierungspunkt konnte er sich nicht wünschen. Er schaute wieder durch das Fernglas. Gegen die Sonne gehalten, tanzten zuerst farbige Kreise vor seinen Augen, aber als er das Fernglas ein wenig senkte, stockte ihm der Atem.

„Na so was! Das ist ja … Also nein!“ Er fand keine Worte, die der Entrüstung hätten Ausdruck verleihen können, die ihn erfaßt hatte. Dort unten lief der Vater durch das hohe Gras und trug die Mutter in den Armen!

Vašek zögerte keine Sekunde. Er schob die Karte in die Shorts, und ohne auf die spitzen Zweige zu achten, die seine nackten Füße piekten, stieg er hastig den Baum herab.

Mit langen Schritten lief er zum gegenüberliegenden Hügel in den Kiefernhain.

Er kletterte an der Stelle über die Steinmauer, wo sie eingestürzt war, und lief an der Innenseite der Mauer hinunter zur Pumpe. Aber der Großvater war nicht mehr da. Die grasbewachsenen und die steinernen Grabreihen bildeten sich regelmäßig kreuzende Wege. Um den Friedhof war Mischwald, in dem weichen feuchten Halbschatten wucherte orangefarbene Kresse, und die Erde duftete nach feuchten Tannennadeln. Die Waldbienen flogen summend um die weißen Kelche der Lilien vor einem neu gesetzten Kreuz. Vašek rannte zwischen den Gräbern hin und her, bis er endlich den

Großvater gefunden hatte. Unter dem flimmernden Laubgewölbe einer hohen Eiche begoß er mit einer angeschlagenen Kanne ein rotes Beet. Vašek lief zu ihm und rief schon von weitem japsend und mit empörter Stimme:

„Opa! Opa! Das gilt nicht! Papa verfolgt Mama überhaupt nicht! Und wenn sie nur zusammen gehen würden, aber er trägt sie auch noch!“

Der Großvater lockerte die feuchte Erde um die Rosensträucher auf. „Dann laß sie“, sagte er überraschend versöhnlich. „Am Abend ziehen wir ihnen Punkte ab.“

Aber Vašek ließ sich nicht beschwichtigen. Er hatte eine andere Antwort erwartet, und die Ruhe des Großvaters brachte ihn noch mehr auf. „Und du hältst dich auch nicht an die Route.“ Vašek atmete noch immer heftig und tippte mit dem Finger auf die eingekreiste Stelle auf der Karte. „Du solltest zum ‚Kreuz‘ gehen und nicht auf den Friedhof!“

„Mach nicht so einen Radau!“ sagte der Großvater mit gedämpfter Stimme. „Hier ruht deine Großmutter.“

Das war eine Neuigkeit! Vašek riß die Augen auf und starrte zuerst den Großvater und dann das Grab mit den niedrigen roten Rosen an.

„Schade, daß die Großmutter dieses Glück nicht mehr erlebt hat“, fuhr der Großvater fort und goß den Rest des frischen Wassers in die alte Vase.

„Welches Glück?“ fragte Vašek mit großen Augen und trat bis an die steinerne Umrandung heran. Endlich dämmerte ihm, warum der Großvater einen Spaten mit in den Wald genommen hatte. „Du hast hier was versteckt? Einen Schatz, wie?“ sagte er und zwinkerte dem Großvater zu.

Der Großvater antwortete ihm nicht. Er drehte seinem Enkel den Rücken zu, setzte sich auf den steinernen Rand des Grabes und schnitt in plötzlicher Verlegenheit die Stengel der frischen weißen Wucherblumen zurecht, die er auf der Wiese gepflückt hatte. Wie schade, daß er Blaženka auch nicht für den Bruchteil einer Sekunde aufwecken konnte, damit sie sah, was sich seit Beginn der Ferien so unverhofft hier zugetragen hatte. Bei diesem Gedanken füllten sich seine Augen mit Tränen.

Der Großvater senkte den Kopf, seine Hände zitterten. Vašek kniete sich zu ihm und wollte ihm die Hand von den Augen ziehen, aber der Großvater preßte die Hand nur noch fester auf die Augen.

Vašek wollte sich um keinen Preis wegschieben lassen und zog noch kräftiger, bis der Großvater sich schließlich unauffällig mit der Hand über die Augenwinkel wischte und sagte:

„Siehst du, Blaženka. Der Junge hat immer Flausen im Kopf. Der wird wohl wirklich unserer sein."

Vašek begann vor Verlegenheit zu kichern, und als ihn der Großvater auf den Schoß nahm und mit seinem struppigen Schnurrbart kitzelte, wieherte er lauthals los. Der Großvater hielt ihn noch fester, als hätte er Angst, Vašek wäre nur ein Traum, der sich plötzlich in Nichts auflösen könnte.

„Denk an nichts mehr", sagte in diesen Augenblick Anna leise. Luboš lag im Gras neben ihr und küßte sie lange. Nur das gurgelnde Plätschern eines nahen Bächleins war zu hören, das nach dem ausgiebigen Regen in der Nacht in Bewegung geraten war. Die Hummeln setzten sich auf lange Stengel und schaukelten geräuschlos in der Siesta.

Anna lag auf dem Rücken und schmiegte sich mit dem ganzen Körper zärtlich an Luboš. Sie spürte, daß er in Gedanken wieder ganz woanders war. „Denk dran. Colombo ist nach Norden gegangen", sagte sie aufmunternd.

„Colombo ist nach Norden gegangen. Colombo ist nach Norden gegangen", wiederholte Luboš, aber es half nichts. Die heiße Luft des Sommermittags bebte über dem warmen Gras. Luboš spitzte die Ohren, und Anna spürte, daß er ihr wieder entglitt. Sie schlang ihre nackten Beine um seine Hüfte und legte ihre Arme noch fester um seinen Hals.

„Colombo ist nach Norden gegangen", sprach sie so suggestiv wie bei einer Seance, denn ihr kamen Befürchtungen, aus dieser ständigen Furcht könnte sich bei Luboš eine Psychose entwickeln.

„Colombo ist nach Norden gegangen", wiederholte Luboš mechanisch, und dann schrie er leise auf: „Aber hier atmet jemand!"

Anna erstarrte. Plötzlich hörte sie es auch.

Eine sachte Bewegung im Gras.

Es gab keinen Zweifel, wer das war.

„Verdammt! Euer Großvater ist wirklich zu nichts zu gebrauchen!" zischte Anna wütend und zog sich den Rock über die Knie.

Luboš hockte auf allen vieren und beobachtete gespannt jede Bewegung im hohen Gras,

„Das ist nicht Colombo!" flüsterte er schließlich und nahm Anna beim Ellbogen.

Anna drehte sich neugierig um, und auf ihrem Gesicht malte sich Überraschung. Zwischen den Grashalmen sah sie einen schwarzen Rüssel vorbeihuschen.

„Das ist unser Pepa!" rief Anna mit gewisser Freude, denn im Unterschied zu Vašek ließ sich Pepa vertreiben. Und da sie vermutete, daß das schwarze Ferkel ihr aus Anhänglichkeit gefolgt war, streckte sie sich aus, um es zu streicheln.

Aber kaum hatte sie sich bewegt, da ergriff Luboš sie fest am Handgelenk und zerrte sie zurück ins Gras.

„Das ist nicht Pepa", sagte cr mit belegter Stimme, „das ist ein Wildschwein!"

Anna hatte keine Zeit, Luboš' Worte anzuzweifeln. Das Schwein machte einen Schritt nach vorn, das Gras wogte auseinander, und sein borstiger Rücken und der Rüssel waren zu sehen, der drohend wirkte. Das schwarze Wildschwein hatte die Vorderbeine reglos gegen den Boden gestemmt, seine Angriffshaltung. Ihm gegenüber knieten auf allen vieren Luboš und Anna. Aber Anna blieb nur einen kleinen Augenblick auf den Knien. Sie schrie unterdrückt auf, rannte barfuß weg und überließ Luboš seinem Schicksal.

Luboš sah den unverhofften Störenfried ihres mittäglichen Liebesspiels unverwandt an und seufzte dann mit einem Bedauern: „Schade, daß Vašek nicht hier ist!"

Vašek war jedoch nicht weit. Im Gegenteil. Er hockte ganz nahe im hohen dichten Farnkraut am Friedhof, aber zu seinem Pech schaute er nicht zur Wiese, sondern seine Aufmerksamkeit wurde von der Mutter gefesselt, die wie bei einem Wettlauf zu den Weiden spurtete. Dann gab er dem Großvater das Fernglas, und der beobachtete, wie Anna geschmeidig von der Erde abhob und die elastischen Zweige einer Weide sich unter ihren Beinen bogen.

„Verstehst du das?“ fragte der Großvater, als er sah, wie Anna in ihrem guten Kleid in den Zweigen des Baumes schaukelte.

Vašek zuckte die Schultern, und dann fand er die wahrscheinlichste und einzig mögliche Erklärung: „Mama hat angefangen, fürs Ballett zu trainieren.“

XXI.

In den letzten drei Jahren, seit der Großvater verwitwet war, hatte er es gelernt, allein in der Küche zu wirtschaften. Er konnte Gulasch kochen, Rippchen schmoren, Gehacktes braten und Knödel aus dem Wirtshaus aufwärmen. Manchmal brachte er einen Sandkuchen von der Jeřábková mit, und als er bei den Jaroš's das Dach reparierte, ließ er sich dazu überreden, eine Backform voll Pflaumenkuchen mit Streusel mit nach Hause zu nehmen.

Meist war er jedoch auf sich allein angewiesen, und zweimal im Jahr übermannte ihn unbezähmbarer Appetit auf hausgemachte Pfannedalken mit Zimtzucker, auf Mohnbuchteln oder Apfelstrudel.

Am Abend des Tages, an dem sie den Ausflug gemacht hatten, übertraf das Abendessen alle Wunschträume des Großvaters. Schon um fünf Uhr nachmittags machte er Feuer im Herd und dünstete Zwiebeln und Speckstreifen in heißem Fett. Anna bereitete Kuchenteig zu und mischte die Zutaten für Vanillegebäck. Vašek putzte die Pilze, die er auf dem Weg vom Friedhof gefunden hatte, und Luboš holte das alte Grammophon aus der Kammer.

Der Großvater rief den Abend der sinnlosen Völlerei aus, öffnete eine Flasche Rum und drängte Anna ein Glas auf. Sie lachte ausgelassen, und Vašek wieherte, daß er vom Stuhl fiel, als der Vater zum heiseren Klang des Grammophons den Sieger verkündete. Obwohl die Mutter von ihm die höchste Punktzahl erhalten hatte, sträubte sie sich, als Luboš sie in die Arme nahm und mit ihr zwischen dem Küchentisch und dem Herd Tango tanzte. Als es dunkel wurde, machten sie unten im Garten ein Feuer, der Großvater und der Vater aßen Sardellenringe mit Zwiebeln und spülten mit Bier ausgiebig nach. Zu Vašeks unermeßlicher Freude rief der Vater noch einen Zusatzwettkampf aus, wer am treffsichersten ins Feuer spucken konnte. Die Mutter traf sehr ungenau, und so wurde Vašek unter allgemeinem Hallo Endsieger.

Schließlich zündete Luboš die Lampe über dem Tisch an. Anna brachte die heißen Dalken, Johannisbeermarmelade, Omeletts mit Pilzen auf chinesische Art und in einer Glasschüssel eisgekühlte Schlagsahne. Der Großvater aß, als wäre für den nächsten Tag das Ende der Welt angekündigt, und Luboš und Vašek ließen sich von seinem Beispiel mitreißen.

Um den Tisch mit dem bläulichen Licht der Hängelampe senkte sich geheimnisvolles Dunkel, das die Phantasie anregte, und einer übertraf den anderen mit Einfällen, wie der Polterabend im Dorf auszugestalten wäre. Anna drehte sich ein wenig der Kopf, Vašek sang, und dem Vater fielen vor Müdigkeit die Lider zu. Der Großvater schilderte anschaulich seine Pläne, in denen ein gebratenes Spanferkel, sechs Enten, gebratene Hühner und ein halber Hammel am Spieß nicht fehlten.

„Und gehen wir denn zu Fuß zur Hochzeit?" fragte Vašek beunruhigt, und Anna verbesserte ihn nicht mehr, denn Luboš hatte sie eindringlich gebeten, nicht auf Kleinigkeiten zu bestehen.

„Na und? Sollen wir vielleicht mit dem Rad fahren?" fragte Anna und rief pathetisch: „Und wie wär's mit einem Feuerwerk?"

„Das wäre kein schlechter Einfall", rief der Vater, denn gerade in dem Augenblick, als von den Rädern die Rede war, war er von einem Nickerchen wieder aufgewacht.

„Ich besorg euch so einen tollen fahrbaren Untersatz, daß euch die Augen übergehen werden!" prahlte der Großvater und schlug mit der Faust auf den Tisch. Er bemerkte nicht, daß Anna und Luboš vielsagende Blicke wechselten.

„Nein, Großvater, lieber nicht!" wehrte Anna aufrichtig besorgt ab und stand auf. Sie schlang sich einen gestrickten Schal um die nackten Schultern und trug das Tablett voller schmutziger Teller und Schüsseln in die Küche. Sie hoffte, die Müdigkeit nach dem langen Ausflug und dem Essen würde die abendliche Versammlung auflösen, und Vašek würde unten in der Küche bleiben. Sie konnte es nicht erwarten, Luboš' Schritte auf der Treppe zum Bodenkämmerchen zu hören. Die Tür würde leise knarren, und Luboš würde ungeduldig, erwartungsvoll seufzen.

Der Großvater begrüßte Annas Abgang erleichtert. Bei seiner ungeduldigen und stürmischen Natur kostete es ihn große Überwindung, seine Gedanken nicht sofort und laut auszusprechen. Aber er beherrschte sich auch jetzt, denn Anna hatte die Tür zur Diele hinter sich offen gelassen.

„Luboš! Ich beschwöre dich! Halt es aus bis nach der Hochzeit!"

„Aber Großvater, bis zum Gipfel fehlen uns nur noch ein paar Schritte", beschwichtigte Vašek den Großvater.

„Nicht einen Schritt!" fuhr ihn der Großvater unterdrückt an. Dann beachtete er Vašek nicht mehr, sondern redete nur auf den Vater ein: „Ich warne dich zum dritten und letztenmal!"

Vašek beobachtete voller Staunen, wie leise der Großvater schimpfen, wie betont leise er seinen Ärger ablassen konnte. Der Vater ertrug stoisch das gedämpfte Donnerwetter des Großvaters, stimmte ihm sogar zu: Sei unbesorgt, verlaß dich darauf. Vašek schloß sich dem Vater an und nickte ernsthaft zu allem, was der Großvater sagte. Doch dann konnte er sich nicht mehr beherrschen, er krümmte sich vor unterdrücktem Lachen, und der Vater verabreichte ihm eine Kopfnuß, weil er befürchtete, ebenfalls herauszuplatzen. Vašek machte sich nichts draus, denn er wußte, daß morgen der große Tag bevorstand.

Zum Schluß mußte Luboš den Jungen ins Haus tragen, er war mitten im Satz eingeschlafen. Der Großvater hatte sich überfressen und legte sich auf das ungemachte Bett. Er schnarchte, daß die Scheiben klirrten.

Luboš trat leise in das Königreich seiner Jungenzeit. Keine Steinsammlung, kein Weltatlas, keine Karl-May-Bücher, keine Enzyklopädie des Kosmos hatten ihm so viel Entdeckungen und Abenteuer beschert, wie Annas stille unendliche Geduld. In dieser Nacht schliefen sie nur wenig, sie weihten einander in ihre Geheimnisse ein, schlummerten nur kurz, liebten sich wieder und erinnerten einander zwischendurch mit verschwörerischem Lachen an die vertrackten Situationen, die ihnen der Sommer mit Vašek beschert hatte.

Als Anna am Morgen die Augen öffnete, stand Luboš am Bett und fragte zärtlich, was sie aus dem Laden mitbringen sollten. Im Halbschlaf fielen ihr Mohn, Hefe und Vanillezucker ein, denn sie wollte den Großvater überraschen und nach einem Rezept, das seine Frau eigenhändig aufgeschrieben hatte, Hochzeitskuchen backen. Im letzten Augenblick rief sie Luboš noch nach, sie sollten nicht vergessen, den Brief nach Prag zur Post mitzunehmen, den sie unten in der Küche hingelegt habe.

Dann schloß sie die Augen wieder und räkelte sich wohlig.

XXII.

Die erste, von der Anna im Dorf gesehen wurde, war die Vovsová. Obwohl sich Anna im Laden nicht lange aufhielt, stellte die Vovsová fest, daß Luboš' Mädchen die Haare aus der Stirn gekämmt trug und fest mit einem schwarzen Samtband zusammengebunden hatte. In der geblümten Schürze mit dem dunklen Rand über dem hellen Kleid sah sie aus, als ob sie gerade eine Küche verlassen hätte, in der alles mit einer Bürste blitzblank gescheuert ist einschließlich dem Ofenrohr. Anna wechselte im Laden ein paar belanglose Worte, aber in Gegenwart der Verkäuferin fühlte sie sich irgendwie verunsichert, so wie es einem Menschen ergeht, dessen Gesprächspartner mehr über ihn als ihm lieb ist weiß. Anna spürte den forschenden Blick und verabschiedete sich lieber schnell. Was konnte die Verkäuferin wissen? Vielleicht kannte sie Luboš von Kindheit an. Vielleicht saßen sie in der Schule zusammen in einer Bank, vielleicht waren sie und Luboš befreundet, als er vierzehn war oder siebzehn?

Die Vovsová ging hinter Anna aus dem Laden, sie sah zu, wie Anna den Lenker ergriff und das Rad mit einem Ruck aus dem Ständer zog. Sie rief ihr noch etwas nach und zeigte hinunter auf ein Gehöft, das zwischen den Bäumen durchschimmerte, die die Dorfstraße säumten.

Anna sah zwar den Briefkasten nicht, nickte jedoch dankbar. Unten am Teich gab ein altes rotes Auto gequälte Hustentöne von sich und stieß Qualmwolken aus. Aus dem Tor des gegenüberliegenden Gehöfts stürzte der Großvater in einem ausgewachsenen Monteuranzug, in der Hand eine Kurbel und einen Keilriemen.

Er lief über den Dorfplatz hinunter zu dem Feuerwehrauto.

„Großvater! Großvater!“ rief Anna. „Haben Sie die Jungs nicht gesehen?“

Der Großvater blieb wie angewurzelt stehen, dann lief er mit der Kurbel in der Hand zu Anna.

„Am Morgen hab ich sie nach Hefe und Mohn geschickt, jetzt ist schon Mittag, und sie waren noch nicht einmal im Laden!“ Anna griff in die Tasche und fügte ärgerlich hinzu: „Und den Brief für meine Mutter haben sie auf dem Tisch liegengelassen!“

„Auf welchem Weg bist du ins Dorf gefahren?“ fragte der Großvater nach Luft schnappend, denn ihn plagten große Befürchtungen.

„Na, die Chaussee entlang!“ antwortete Anna. Gestern, bei dem Ausflug, hatte Anna an der Kapelle bemerkt, daß in der Senke zwischen den Bäumen die roten Dächer der Dorfhäuser durchschimmerten.

„Weißt du was? Du steckst den Brief in den Kasten und fährst schön die Chaussee entlang wieder nach Hause.“ Der Großvater zeigte hinunter zur Feuerwache. „Dort ist der Kasten.“

„Und die Jungs?“ fragte Anna.

„Die knöpf ich mir selbst vor“, versprach der Großvater freundlich, aber er spürte schon, wie ihm die Hand juckte.

Anna wollte noch einmal in den Laden zurück, um Zukker zu kaufen, denn in der Tüte, die Luboš und Vašek am Sonnabend mitgebracht hatten, waren wieder Ameisen gewesen, aber der Großvater bot sich an, selbst Zucker zu holen, und Anna registrierte befriedigt, daß er unverzüglich zum Laden lief.

Am unteren Ende des Dorfplatzes schnaufte das rote Feuerwehrauto, blaffte und verstummte. Aus dem offenen Bauch des Wagens tauchten Wolf und Voves auf. Es bestand kein Zweifel, sie lauerten darauf, daß Anna vorbeikäme. Sie wischten sich die Hände, die schwarz von Motoröl waren, mit Lappen ab und schüttelten Anna zur Begrüßung die Hand, wobei sie ihr fast die Schultern ausrenkten. Aus dem Innern des Wagens kletterte noch Kos, ein robuster Mann, der einen Kopf größer war als die anderen.

„Morgen abend zieh ich meinen schwarzen Anzug an", verkündete er zur Begrüßung mit tiefer Stimme und zwinkerte Anna verschwörerisch zu.

„Warum?" fragte Anna.

„Sie heiraten doch! Feiern den Abschied vom Junggesellendasein, nicht?" rief er treuherzig.

Anna wurde endlich klar, daß das ganze Dorf vom Fest des Großvaters wußte und das weiße Transparent am roten Feuerwehrauto „Es lebe das junge Paar!" etwas mit ihr und Luboš zu tun hatte. Und so berichtigte sie nur die falsche Zeitangabe. „Ja. Wir heiraten. Aber morgen? Nein!"

„Aber ja", beharrte Kos, der sich wohl schon darauf freute, seinen guten Anzug durchzulüften, und wandte sich an den jungen Mann mit der Schirmmütze. „Was ist morgen?"

„Dienstag", sagte Wolf.

„Also, da ist doch das Fest", bestätigte Kos und schüttelte Anna noch einmal die Hand.

„Ach wo. Luboš und ich kommen erst am Sonnabend ins Dorf", versicherte ihm lachend Anna.

„Am Sonnabend? Nein!"

„Und warum nicht?" fragte Anna lächelnd und bemerkte in ihrer Befangenheit nicht, daß alle irgendwie zu viel wußten.

„Sie wollen uns bloß auf den Zahn fühlen, ob uns Luboš reinen Wein eingeschenkt hat, was?" Wolf blinzelte sie an und kratzte sich unter der schwarzen Schirmmütze.

„Hat er", bestätigte der pockennarbige Voves ernsthaft. „Das ganze Dorf weiß es schon."

„Und was weiß das ganze Dorf?" fragte Anna und zog sich zurück. Es ging schon auf Mittag zu, und es war Zeit, nach Hause zurückzufahren. Sie schritt zum Briefkasten.

„Was das ganze Dorf weiß? Daß er übermorgen schon im Zug sitzt“, hörte sie hinter ihrem Rücken.

„Wer?“ Anna drehte sich mit verständnisloser, geradezu kindlicher Verwunderung um.

„Na, Luboš.“

„Er fährt doch weg, oder?“

„Übermorgen?“ wiederholte Anna ungläubig, denn sie verstand nicht, wohin Luboš fahren sollte. Noch dazu übermorgen.

„Na ja. Da ist doch Mittwoch.“

„Was ist übermorgen?“

„Mittwoch.“

„Also da fährt er bestimmt ab.“

Anna war drei Schritt vor dem Briefkasten, in den Stimmen hinter ihrem Rücken hörte sie Lachen.

„Wohin sollte er denn fahren?“ fragte sie herablassend und hob die Klappe des Briefkastens an.

„Ach, die Bergsteiger haben wieder so einen Wettkampf.“

Anna nahm den Brief an ihre Mutter aus der Tasche. „Einen Wettkampf?“ fragte sie wachsam.

„In den Karpaten. Hat er gesagt.“

„Und er hat auch gesagt, da werden Polen und Bulgaren und Rumänen sein. Hat er auch Rumänen gesagt?“ wandte sich Wolf Zustimmung heischend an Voves.

Auf Annas Stirn bildete sich eine tiefe Falte. Den Brief mit der Einladung für die Feier am Sonnabend warf sie nicht in den Kasten, sie schob ihn zurück in die Tasche und fragte sarkastisch: „Und wie lange er dort bleibt, das hat er nicht gesagt?“

„Doch. Bis zum Ende der Ferien. Und noch ein paar Tage länger.“

Anna errötete bis an die Haarwurzeln. Jetzt hielt es sie keine Minute länger. Sie rannte auf dem kürzesten Weg über den Dorfplatz zu dem Baum, an den sie ihr Rad gelehnt hatte.

„Am dritten September kommt er zurück. Um dreizehn Uhr auf dem Hauptbahnhof!“ rief Wolf ihr nach.

„Halt die Klappe“, sagte Kos mit seiner tiefen Stimme und zog Wolf die Schirmmütze in die Stirn. „Die Braut weiß von nichts!“

„He, hallo!“ rief Wolf mit der Mütze über einem Auge. „Wissen Sie wenigstens, daß er Bergsteiger ist?“

Anna hörte wieder Gelächter hinter sich, sie sah nicht nach rechts und nicht nach links, und als sie die Chaussee überquerte, lief sie einem Moped vor die Räder. Aus der Kurve preschte nämlich der Briefträger, als trainiere er für die Sechstagefahrt. Fanda riß seine Maschine herum, fuhr zwischen die Gänse ins Gras, umrundete auf der Betonumrandung den Teich und kehrte auf die Chaussee zurück.

„Großvater! Großvater!“ rief Anna wehleidig, als sie bei ihrem Rad angekommen war. Der Großvater kam gerade mit einer Tüte Zucker im Arm aus dem Laden. Anna schnappte vor lauter Aufregung nach Luft, und der Alte begriff, was geschehen war. In höchstem Maße entrüstet rief er: „Luboš hat dir noch nichts gesagt?“

Anna wartete nicht mehr auf eine Erklärung, sie setzte sich auf das Rad und trat in die Pedale. Alle wissen es, das ganze Dorf, auch der Großvater, nur sie nicht! Sie hörte die Stimme des Großvaters hinter sich: „Mir brauchst du nicht böse zu sein. Mir nicht!“

Inzwischen war Fanda mit seinem Moped bei der roten Máňa angekommen. „Was ist denn hier passiert?“ fragte er sensationslüstern. Hinter ihm begab sich die Gänseherde mit Geschnatter auf die staubige Chaussee.

„Ach nichts. Luboš ist verlorengegangen“, fertigte ihn Voves ab.

„Luboš?“ forschte Fanda weiter. „Und wem?“

„Wem? Der Braut hier“, erklärte Wolf bereitwillig und zeigte auf Anna, die mit dem Rad in die flatternde Gänseherde fuhr.

Wenn Luboš verlorengegangen war, dann gab es nichts Leichteres, als ihn zu finden. Fanda hatte ein gutes Herz, und vor allem konnte er im rechten Augenblick einen Rat geben.

„Nehmen Sie die Abkürzung“, rief er Anna nach, die mit wütendem Gesicht an dem Feuerwehrauto vorüberfuhr. „Am Blauen Wirtshaus nach rechts und direkt an den Zäunen entlang!“ Weiter konnte er jedoch nicht reden, denn Kos hielt ihm den Mund zu.

„Nein! Nicht die Abkürzung!“ stöhnte der Großvater und rannte auf seinen kurzen Beinen in den weiten Hosen Anna nach. Aber er wußte, es war vergeblich. Er konnte Anna nicht einholen, und so drehte er sich um und schrie Voves aufgeregt an: „Starte! Gib Gas! Fanda hat dem Ganzen die Krone aufgesetzt!“

Máňa blaffte zur großen Freude der ganzen Besatzung, schnaufte, schluckte ein paarmal und setzte sich zum Erstaunen aller sofort in Bewegung. Hinter Voves sprangen während der Fahrt Wolf, Kos und der Großvater auf. Fanda begriff mit seinem scharfen Intellekt, daß etwas in der Luft lag. Er ließ sein Moped stehen und wollte ebenfalls auf die Máňa klettern, und erst beim dritten Versuch gelang es dem Großvater, ihn definitiv herunterzuschieben.

XXIII.

„Jetzt bist du wirklich einsame Spitze“, sagte der Vater anerkennend und schüttelte Vašek die Hand. „Ich freue mich über dich.“

Vašek setzte sich seinem Vater gegenüber. Auf dem Felsgipfel war ein bequemes Plätzchen, gerade passend für zwei. Vašek stockte der Atem, er fürchtete fast, sich zu bewegen. Wie hoch sie waren! Wie nahe sie der Sonne waren!

„Also ehrlich“, gestand Vašck bescheiden, „einmal hab ich mich verklemmt und fast losgeheult.“

Luboš sah seinen Sohn ein wenig gerührt an. Er wußte genau, welche Situation Vašek meinte. „Aber du hast es geschafft“, sagte er. An den Augenblick, als Vašek in einer Felsspalte zwanzig Meter über der Erde eingeklemmt war und weder vor noch zurück konnte, mochte er nicht einmal mehr denken.

Vašek spürte, wie der Felsen ihn wärmte, und als ihm der Vater einen Apfel gab, biß er mit Appetit hinein. Erst jetzt hörten seine Knie auf zu zittern, und er wagte es, nach unten zu sehen.

Die Welt breitete sich weithin aus, sie wogte und hob sich in sanft gerundeten Hängen, gewundene Straßen wurden von

Baumreihen gesäumt, und am Horizont fuhr ein Zug wie ein Kinderspielzeug. Vašek kannte diese dem Tal abgewandte Seite nicht, und als er sich umsah, verstummte er in großem Staunen.

Die Felsenstadt erhob sich um ihn herum von drei Seiten. Die verwitterten Gipfel schienen in Reichweite zu sein. Unten auf der Erde wanden sich die Wege um die ausgetrockneten weißen Felsblöcke, und die Kronen der Kiefern rauschten feierlich im sanften Wind.

„Papa, ich komm mir vor wie im Märchen", flüsterte Vašek voller Bewunderung über die Natur und über sich selbst, denn er saß hier auf einem Felsen, den er gerade bezwungen hatte.

„Warum nicht? Als ich so alt war wie du, bin ich mit Großvater da auf den ‚Leierkasten' geklettert", erzählte Luboš und zeigte auf einen entfernten Gipfel. „Seitdem hab ich schon ein paar Hügel erstiegen, und jedesmal ist es dasselbe Gefühl." Luboš verstummte, und Vašek hing mit den Augen an ihm und wartete, wie es weitergehen würde. „Stille. Nur die Sonne. Felsen", sagte der Vater leise.

„Der Drachenzahn und wir zwei", ergänzte Vašek eifrig.

Vor einem Jahr noch war er mit Mama allein zu Hause gewesen, und nun saß er hier mit dem eigenen Vater, sie teilten sich einen Apfel und die Freude über ihren Mut und ihr Können.

Vašek wußte, daß heute der glücklichste Tag war, seit er geboren wurde. Wie gern würde er diese Worte der Mutter sagen! Oder wenigstens dem Großvater! Wie sollte er dieses Geheimnis bewahren? Eine bisher ungekannte, aber doch zutiefst männliche Sehnsucht beschlich ihn, noch jemand möge Zeuge seines siegreichen Kampfes sein. Das schrille Heulen der Feuerwehr riß ihn aus seinen Gedanken.

„Hörst du, Papa! Máňa!" rief Vašek erfreut, obwohl das Signal der Feuerwehr bekanntlich immer ein Unglück vermeldet.

Anna hörte das Signal, als sie am „Blauen Wirtshaus" bremste. Der Briefträger hatte recht, hier war ein Fußweg, der steil bergab führte. Anna zögerte nicht. Die wackligen Zäune waren mit dornigen Büschen bewachsen, und hochwuchernde

Brennesseln peitschten die nackten Arme und Beine. Anna spürte den brennenden Schmerz nicht, nur Kummer und Wut. Warum hatte Luboš ihr nichts gesagt? Warum wußte das ganze Dorf von seiner Abreise? Voller quälender Gedanken stieg sie vom Rad, das tief im Sand eingesunken war. Vielleicht stimmt es nicht, dachte Sie, vielleicht ist alles nur ein dummer Scherz.

Luboš teilte Vašeks Begeisterung über das sich nähernde Signal des Feuerwehrautos nicht. Er wickelte schnell das Seil zusammen und lauschte mit wachsender Unruhe. Luboš' Hoffnung wurde immer kleiner, die Besatzung habe den Verstand verloren und fahre anstelle über die Chaussee durch die Felsenstadt zu einem Brand im Nachbardorf.

„Brennt es irgendwo, Papa?" fragte Vašek neugierig.

Luboš schaute wieder nach unten. Máňa war immer noch nicht zu sehen, aber zwischen den frischgrünen Kiefern zog sich schon ein weißes Qualmband hin. Da stockte Luboš das Herz. In der Biegung zwischen der „Tänzerin" und dem „Kapellmeister" hatte er Anna entdeckt, wie sie das Rad durch den Sand schob.

„Es brennt. Und zwar genau unter unserem Hintern."

Vašek folgte der Blickrichtung des Vaters und rief voller Freude: „Mama! Mami!" Doch gleich darauf spürte er den festen Druck von Luboš' Armen. Einen weiteren Freudenausbruch verhinderte der Vater dadurch, daß er ihn mit einer Hand an den Hosenträgern zu sich zog und ihm mit der anderen den Mund zuhielt.

Anna vernahm Vašeks Stimme aus der Ferne, aber ein großer Felsbrocken versperrte ihr die Aussicht. Sie schob das Rad ein Stück weiter, aber auch hinter der Wegbiegung entdeckte sie Vašek nicht. Die Stelle erinnerte sie an etwas. Als ob sie von diesem Weg schon einmal geträumt hätte. Aber jetzt war es bestimmt kein Traum, denn sie hörte wieder Vašeks freudige Stimme, wenn auch ein wenig erstickt: „Mami! Mami! Hier bin ich!"

Luboš kämpfte auf dem Gipfel mit Vašek, der sich in der Umarmung seines Vaters wand wie eine Eidechse auf dem Herd. Der Wunsch, sich der Mutter als kühner Felsbezwinger zu zeigen, war stärker als die kräftigen Hände des Vaters.

„Hier! Hier bin ich!“ rief Vašek nahezu verzweifelt, denn zu seinem Kummer hatte er festgestellt, daß ihn die Mutter zwar schon suchte, aber immer noch irgendwo unten auf der Erde.

Anna legte einen Schritt zu, sah sich hilflos nach allen Seiten um und merkte plötzlich, daß sie nicht im Traum hier gewesen war, sondern in Wirklichkeit, und daß sie sich dem gleichen Felsen näherte, auf dem sie Luboš am Seil erwischt hatte. Es hatte sie nur verwirrt, daß sie diesmal vom Dorf aus in die Felsenstadt gekommen war, von der anderen Seite. Sie lief noch ein paar Schritte. Erleichtert atmete sie auf: Der Felsen war verlassen. Dann sah sie nach oben, und ihr Herz blieb stehen. Auf dem höchsten Gipfel des Felsens, der halb von der Krone einer Kiefer verdeckt wurde, erblickte sie eine kleine hüpfende Gestalt, die die Arme ausbreitete und rief: „Ich hab's geschafft! Ich bin ein Bergsteiger! Wie Papa!“

Der Vater versuchte Vašek nicht mehr zum Schweigen zu bringen, er wickelte flink das Seil zusammen und winkte der Mutter nicht einmal zu.

Anna sah, wie Vašek siegreich die Arme ausbreitete, und als er einen Schritt nach vorn machte, schrie sie entsetzt auf. Sie ließ das Rad los und lief wie von Sinnen zwischen den niedrigen spärlichen Tannen nach oben zum Fuß des Felsens. Ihre Stimme ging unter im Heulen des Feuerwehrautos, denn Wolf war es zwar gelungen, die Signalanlage in Betrieb zu setzen, aber es gelang ihm nicht mehr, sie auszuschalten.

Máňa jagte mit einer Schnelligkeit von fünfzehn Stundenkilometern über den Sandweg. Der Großvater sprang während der Fahrt ab und rief warnend: „Jungs! Achtung! Mama!“

Dieser Solidaritätsbeweis in der Not ging in dem ununterbrochenen Geheul des Feuerwehrautos jedoch völlig unter. Der Großvater überlegte nicht lange, er wußte, zuerst mußte er retten, was zu retten war, und erst dann würde die Strafe für das gebrochene Versprechen folgen.

„Heiliger Bimbam!“ stieß der Großvater entsetzt aus, als er Anna am Fuß des Felsens erblickte und messerscharf schlußfolgerte, daß er zu spät gekommen war.

Anna hielt sich an einem Kiefernstamm fest, und ihre

Stimme zitterte vor Weinen. „Großvater! Großvater! Wie kommen sie da bloß wieder runter?"

„Am Seil. Am Seil doch", beruhigte sie der Großvater.

„Ja. Am Seil", hauchte Anna halb entsetzt, halb hoffnungsvoll. Sie sah wieder nach oben, und ihre Augen verdunkelten sich vor schrecklicher Bangigkeit. „Nein! Nicht am Seil!" schrie sie und packte den Großvater fest am Arm. „Großvater! Großvater!" schluchzte sie flehentlich. „Retten Sie das Kind!"

Die reiche Phantasie des Großvaters, sonst voller überraschender Einfälle, versagte ihm diesmal völlig den Dienst. Er mochte nicht daran denken, was geschehen konnte. Er wußte, daß Vašek und Luboš am Seil herunter mußten, und er ahnte auch, daß er Anna in keinem Fall dazu bringen konnte, wegzugehen. Aber ihre Anwesenheit am Felsen konnte eine Katastrophe auslösen. Durch seinen Kopf jagten die schlimmsten Befürchtungen. Die weinerliche, überkippende Stimme Annas drang wieder in sein Bewußtsein.

„Retten Sie Vašek, Großvater. Holen Sie mir das Kind runter. Vielleicht mit der Leiter."

Das war ein Einfall! Die Augen des Großvaters leuchteten auf. „Die Leiter! Fahrt die Leiter aus!" befahl er der Besatzung des Feuerwehrautos und deutete hinter Annas Rücken mit vielsagenden Gesten an, daß die Besatzung keine Minute zögern durfte.

Luboš hatte die Erfahrung, daß in dem Augenblick, in dem die Katastrophe geboren wird, noch alles ganz normal ist. Was konnte er schließlich anderes tun. Er hatte ein Seil. Er hatte Vašek. Vašek mußte herunter. Was danach kommen würde, daran wagte er nicht einmal zu denken. Er holte aus und warf das Seil mit geübter Bewegung weit von sich. Das Seil schlingerte durch die Luft und fiel am Felsen entlang hinunter.

„Keine Faxen", gab Luboš Vašek die letzten Anweisungen, als sich Vašek in die Seilschlinge setzte. „Gesicht zum Felsen. Und nicht hinuntersehen, was auch geschieht. Versprochen?"

Vašek nickte und sah sich um. Die Felswand stürzte herab und hatte kein Ende. Am Fuß des Felsens liefen kleine Gestalten hin und her, und Máňa sah aus wie eins der Autos, die ihm der Vater für seine Sammlung geschenkt hatte. Als er den Vater wieder anblickte, brachte er kein Wort heraus. In seinen Augen standen eine Menge Fragezeichen.

Luboš lächelte Vašek aufmunternd an. „Keine Angst. Ich sichere dich."

Vašek nickte. Er sah, daß der Vater das rote Seil über der Schulter hatte, er sah seine kräftigen Hände, und die flößten ihm Mut ein. Aber ein bißchen Zuspruch tat ihm gut.

„Du hast dich schon oft abgeseilt, wenn auch nicht aus solcher Höhe." Die Stimme des Vaters klang ruhig. „Wenn du nicht daran denkst, wie hoch du bist, wirst du keine Angst haben."

Vašek schluckte. Er nickte. Und er zögerte wieder. Plötzlich konnte er sich nicht beherrschen, seine kleine Seele zitterte vor Angst. Er spürte, daß sich gleich tief in seinem Innern etwas verklemmen würde, und das würde schlimmer sein als der Augenblick, als er vor dem Gipfel in der Felsspalte hängenblieb. Die beruhigende Stimme des Vaters tröstete ihn: „Nicht hasten. Merk dir, Eile ist der schlechteste Ratgeber."

Vašek sah den Vater dankbar an.

„Ich hatte auch Angst", gestand der Vater leise, „als ich so groß war wie du. Jetzt hab ich keine Angst. Kein bißchen", log er, aber Vašek merkte das nicht.

Der großartige Mut des Vaters erweckte in Vašek den Wunsch, ihm nachzueifern. Er wendete sein Gesicht dem Felsen zu und machte den ersten Schritt ins Leere.

Die Leiter des alten Feuerwehrautos wurde mit Hilfe eines großen Rades ausgefahren. Wolf und Voves drehten jeder an einer Seite die Kurbel und amüsierten sich köstlich dabei.

„Das wird ein Reißer. Der Bezwinger der Bergriesen auf der Leiter!" Voves lachte hämisch.

„Für unsere Máňa ist das eine große Ehre. Sie rettet den Chef des Bergdienstes", brüstete sich Wolf, doch noch ehe er diese herrliche Vorstellung auskosten konnte, rief er: „Pustekuchen! Niemanden rettet sie!"

„Warum nicht?" fragte Voves verständnislos, denn er ahnte nicht, daß die Leiter, die bis dato ein unbenutzter Bestandteil Máňas war, nicht einmal bis zum Wipfel der niedrigsten

Kiefer reichte.

„Weil sie sich verklemmt hat, dieses Miststück!" konstatierte Wolf aufgeregt. Der Großvater sah voller Befürchtungen zum Felsen. Hinter dem Rücken Annas, die ihre ganze Aufmerksamkeit auf das Feuerwehrauto konzentrierte, hing eine kleine Gestalt am Felsen und seilte sich langsam ab.

„Keine Angst, ich bring das in Ordnung!" beteuerte der Großvater eifrig, um Annas Aufmerksamkeit zu fesseln. Vašek hatte noch nicht einmal ein Drittel des Felsens hinter sich. Jede Minute war kostbar. Jede Minute, der Anna entging, was los war. Vorläufig verfolgte sie gespannt, ob es ihm gelingen würde, die Leiter zu reparieren.

„Es dreht sich schon wieder!" rief Voves erfreut.

„Es dreht sich! Es dreht sich!" äffte ihn Wolf nach. „Aber falsch rum!" Die Leiter senkte sich tatsächlich herab.

Dem Großvater brach der kalte Schweiß auf der Stirn aus. Gleich würde Anna sich umdrehen.

„Was ist hier los? Was ist hier los!" rief schon von weitem der Briefträger Fanda.

„Fanda!" stöhnte der Großvater mit Verzweiflung in den Augen und schielte wieder hinauf auf den Felsen. Vašek hing nur ein kleines Stück tiefer. Der Atem des Großvaters beschleunigte sich. Wenn der Junge es nun nicht schaffte? Es sah so aus, als ob er Probleme hätte!

Zum Glück zog der Briefträger, der mit dem Moped in die Felsenstadt einfuhr, Annas Aufmerksamkeit auf sich. Fanda war so spät gekommen, weil er erst Hanička im Pentagon die neuesten Nachrichten überbracht hatte.

„Dir werden wir grad erzählen, was hier los ist! Du verbreitest es im Dorf per Expreß!" fertigte ihn Kos ab, der ebenso wie der Großvater den Felsen und den kleinen Bergsteiger im Auge behielt.

„Da könnten wir es gleich im Rundfunk ausposaunen lassen", schloß sich der Großvater an und war dankbar, daß Kos die Konversation in Gang gebracht hatte. Jeder Augenblick war kostbar.

„Was denn? Was würde ich ausposaunen?" verwahrte sich Fanda, der vor Neugier geradezu brannte.

„Daß wir den Chef retten. Mit der Leiter", erklärte Wolf bereitwillig, und Voves nickte dazu.

Aber Fanda glaubte ihnen kein Wort.

„Luboš wollt ihr retten? Ihr zwei?“ Er lachte sarkastisch, aber dann fiel sein Blick auf die verweinte Anna.

„Du lieber Himmel! Ist er verletzt?“

„Warum sollte er verletzt sein?

„Warum! Warum!“ entgegnete Fanda, weil er ein bemerkenswertes Beobachtungstalent besaß und es vor Hanička zur Geltung bringen wollte, die gerade aus dem Pentagon eintraf. „Weil er sonst am Seil runterklettern würde. Wie der Junge da!“ sagte er überlegen und zeigte zum Felsen.

Anna sah sich um und erstarrte.

Hinter ihrem Rücken waren alle verstummt und tippten sich an die Stirn, womit sie Fanda andeuten wollten, daß er ein schöner Trottel war.

Vašek hing mit einer roten Seilschleife um den Körper mitten am Felsen. Anna wollte einen Schritt machen, aber ihre Beine waren wie gelähmt. Vor Entsetzen weinte sie nicht einmal. Vašek wechselte den Griff am Seil, stieß sich mit den Turnschuhen von einem Überhang ab und glitt einen Meter herunter. Wieder schwang er zurück, wechselte den Griff und glitt ein Stück tiefer.

Vašek hatte keine Angst mehr. Er dachte daran, was ihm der Vater gesagt hatte. Der Vater hatte recht. Es war genau das gleiche wie immer. Das Abseilen dauerte nur länger. Vašek spürte keine Müdigkeit. Er merkte, daß die Stimmen am Felsen verstummt waren, aber er drehte sich nicht um.

Anna versuchte abzuschätzen, wie hoch Vašek war. Obwohl er das letzte Drittel erreicht hatte, war sein Leben immer noch in Gefahr. Es hing an dem Seil, daß Luboš oben über die Schulter gehängt hatte und das er so langsam lockerließ, wie Vašek es brauchte. Annas Herz klopfte bis zum Hals. Bei jedem weiteren Abstoßen Vašeks vom Felsen und jedem weiteren Heruntergleiten blieb es für einen Augenblick ganz stehen. Wie lange würde das noch dauern?

Unterdessen waren eine Schar Jungen aus dem Dorf am Tatort angekommen und die kleine Žofka, die jeden Tag auf dem Dorfplatz auf Vašek wartete und ihm anbot, mit ihr Hopse zu spielen.

Den Großvater verließ allmählich die Angst, die er beim Anblick seines Enkels anfangs empfunden hatte. Er hatte Vašeks Unruhe gespürt, aber jetzt sah er, daß sich Vašek gut und konzentriert abseilte. Er wurde abwechselnd von einem Gefühl des Stolzes über den geschickten Enkel und von Panik ergriffen, denn er bemerkte, daß außer den Kindern auch Bára Jelínek mit dem Schwager, Voženílek und der hinkende Jára eingetroffen waren.

Vašek hing zwei Meter über der Erde, und diese verhältnismäßig gefahrlose Höhe gab Anna ihre Energie zurück. Ihre Augen wurden dunkel, und sie lief zum Felsen.

„Nein, Anička! Das darfst du nicht!“ schrie der Großvater und sprang ihr ohne Rücksicht auf die Gaffer aus dem Dorf in den Weg. „Für die Leistung verdient Vašek ein Lob!“ Er versuchte sie aufzuhalten, er kannte ihr Temperament und ahnte, was geschehen würde. Aber Anna riß sich los, und der Großvater rief ihr nur noch hilflos nach: „Die Leiter reicht doch nicht mal bis zur ersten Kiefer!“ Vergebens appellierte er an Annas Einsicht, vergebens versicherte er ihr, der einzige Weg nach unten führe über das Seil.

Vašek sprang zu Boden und hielt bis zum letzten Augenblick das Gesicht dem Felsen zugewandt. Doch kaum sah er festen Boden unter den Füßen, drehte er sich um. Sein stolzer Gesichtsausdruck war jedoch sofort dahin. Die Mutter kletterte auf allen Vieren zu ihm nach oben. Er lachte laut los. Es war das Gelächter eines Verzweifelten, denn die Mutter war sozusagen in Reichweite, und er konnte ihr nicht entfliehen, weil er am Seil festhing.

„Papa, klink das Seil aus!“ schrie er in wildem Schrecken, „Mama ist hinter mir her!“

Luboš hörte Vašeks Stimme, aber der Felsüberhang versperrte ihm die Sicht, er sah nicht, was unten los war. Er zog das Seil an, und Vašek schaukelte zwanzig Zentimeter über der Erde, hilflos auf Gnade und Ungnade der aufgebrachten Mutter ausgeliefert.

Endlich lockerte sich das Seil wieder. Vašek stand schon wieder mit den Füßen auf dem Sand. Anna trat flink auf das Seil und zog Vašek zu sich heran. Der Zorn vervielfachte ihre Kräfte. Sie legte den widerstrebenden Bergsteiger übers Knie und ließ sich von nichts abhalten. Ihre Haare wehten, ihre Hand brannte, Vašek schrie, das Feuerwehrauto gab heulende Töne von sich, der Großvater fluchte, der Turmfalke duckte sich in den Zweigen, der Specht klopfte wie von Sinnen, Žofka mit der Schleife lachte, und Hanička vom Pentagon weinte.

Der Großvater dachte vor Scham im Boden zu versinken, doch nichts dergleichen geschah. Die Erleichterung über Vašeks glückliche Rückkehr war groß, er war begeistert über die Geschicklichkeit seines Enkels. Er sah nicht einmal zum Gipfel, von wo Luboš schon das Sicherungsseil heruntergeworfen und mit dem Abseilen begonnen hatte. Erst als er die Besatzung der Máňa laut lachen hörte, lief er zu dem Feuerwehrauto.

„Packt die Máňa ein! Ende der Vorstellung! Abfahrt!“ befahl er energisch, doch vergeblich.

„Keine Angst, Luboš“, rief Wolf und schob sich die Schirmmütze in den Nacken. „Wir warten auf dich!“ Er ließ sich daran gelegen sein, die heulende Stimme der Feuersirene zu übertönen.

Aus dem Dorf trafen noch die alte Hůnová, Košťálek und aus dem neuerbauten Kuhstall Jiřina und die Nichte aus Přelouč ein, die in den Ferien hier war. Der Großvater dachte an den morgigen Abend, und eine ungute Ahnung bemächtigte sich seiner. Dieser Vorfall würde möglicherweise das Fest verderben, und außerdem würde man noch bis in den Winter hinein in jeder Kneipe davon erzählen.

Der Großvater war verzweifelt, und Máňa hörte auf zu heulen.

„Jetzt wird es spannend“, sagte Wolf laut in die Stille hinein. „Ob ihr Kommandeur auch Dresche kriegt?“

„Na ja“, der Briefträger kicherte mit einem Blick auf Anna, die noch immer den widerstrebenden Vašek zwischen den Knien hielt, „die Mama ist ganz schön schlagfertig.“

Anna erstarrte. Sie ließ Vašek los, warf wütend die Schürze ab, die Vašek ihr während des tapferen Kampfes halb heruntergerissen hatte, und lief unter der allgemeinen Heiterkeit der Dorfbewohner auf den Weg, schnappte sich das erstbeste Rad, das ihr in die Finger kam, und fuhr davon.

„Sprinte! Luboš! Sprinte!“ riefen die Freunde ihm vergnügt zu. „Deine Braut fährt weg!“

Der Großvater glaubte, die Dinge auf dieser Welt seien im

Gleichgewicht, und jede Katastrophe bringe auch etwas Gutes. Aber was konnte der heutige Nachmittag Gutes bringen? Anna war maßlos wütend. Wenn Luboš ihr nachliefe, würde er in den Ruf eines Pantoffelhelden geraten, und an die Blamage im Dorf mochte er gar nicht denken. Er hatte sich die Feier mit Anna so schön ausgemalt. Und nun?

Der Großvater ahnte nicht, daß seine Befürchtungen über den Verlauf des morgigen Abends bereits überflüssig waren.

XXIV.

Als sich Luboš abseilte, bemühte er sich, nicht in Panik zu verfallen. Obwohl er Vašek eingeschärft hatte, sich nicht umzusehen, drehte er sich selbst immerzu um und sah nach unten. Aus einer Höhe von zwei Metern stieß er sich ab und sprang hinunter, warf im Laufen den Klettergürtel ab, stolperte über eine Wurzel, schnappte sich, angestachelt vom schadenfrohen Gelächter seiner Freunde, ein Rad und fuhr Anna nach.

Er holte Anna weder auf der Holz- noch auf der Steinbrücke ein. Mit wachsender Unruhe fuhr er um die Bucht des Sees, zwei steil nach oben verlaufende Serpentinen kürzte er durch den direkten Aufstieg ab. Als er mit dem Rad auf der Schulter die Chaussee erklommen hatte, entdeckte er Anna, wie sie stehend in die Pedalen trat und den Hang mit vorgeneigtem Kopf und wehenden zerzausten Haaren bezwang. Er zweifelte nicht daran, daß dieses Tempo, mit dem sie sich von ihm entfernte, ungute Antriebskräfte hatte.

Aber Luboš ließ sich nicht entmutigen.

Wenn er über die Wiese fahren und sich durch den Dornenwall des Gestrüpps schlagen würde, könnte er Anna am Hohlweg einholen. Aber auch hier sah er Anna nur noch von hinten, wie sie dem Haus zueilte.

Ohne zu zögern lief er über den Pfad im Luzernenfeld, warf das Rad ab und war froh, daß er vor sich nur noch die Steinterassen hatte, denn der verknackste Knöchel, der ein schmerzhaftes Andenken an die Kostümierung des Großvaters war, brachte sich unangenehm in Erinnerung.

Zerkratzt an Händen und Füßen, mit zerrissenem Nicki, heruntergerutschten Kniestrümpfen und geöffneten Schnürsenkeln kletterte er auf die letzte Mauer. Er hatte noch nicht einmal Atem geschöpft, da sah er Anna den grasbewachsenen Fußweg durch die Kirschenallee kommen. Der Duft des alten Holzes und die Harztropfen, die aus der aufgeplatzten Rinde der Bäume quollen, erinnerten Luboš entfernt an den lauen Sommerabend, als er mit Anna und Vašek in der Dämmerung am Haus angekommen war.

„Anička, Liebling! Ich hatte Vašek gesichert! Es konnte nichts passieren!“ rief Luboš gefühlvoll, aber auf Anna machte das keinen Eindruck. Luboš wurde bewußt, wieviel sich seit jenem ersten Abend geändert hatte.

„Er ist doch mein Kind! Du mußt Vertrauen zu mir haben“, rief Luboš beschwörend und hielt ihr Rad am Sattel fest. Für einen Augenblick schien die Verfolgungsjagd zu Ende zu sein. Aber Anna sprang ab und lief zum Haus.

Luboš kam das Rad ziemlich gelegen, denn jeder weitere Schritt verursachte ihm nun unerträgliche Schmerzen. Hinter Anna fiel die Tür mit lautem Knall ins Schloß. Luboš warf das Rad auf den Vorhof und rannte die Treppe zum Boden hinauf.

„Anička, Liebling, verzeih mir doch!“ Er klopfte an der Tür, aber Anna antwortete nicht. Er rüttelte an der Klinke, aber bald war ihm klar, daß er auf diese Weise nicht weit kommen würde. Kurz entschlossen stemmte er sich gegen die Tür und hob sie ohne Schwierigkeiten aus den Angeln.

„Ich tu es nie wieder! Sieh doch, wie ich dich bitte!“

Zutiefst überzeugt, daß es ihm gelingen würde, Anna zu versöhnen, kniete er nieder und bettelte inbrünstig: „Steck mich meinetwegen in die Besserungsanstalt, aber sei nicht mehr böse!“

Anna lief erregt im Zimmer hin und her, warf den Koffer auf das Bett und zerrte die Kleider aus dem Schrank, die sie den ganzen Sommer über nicht angezogen hatte. Stille Wut, Kummer und Trotz stiegen in ihr auf und würgten sie bedrohlich im Hals.

„Nein! Tu das nicht!“ rief Luboš und versuchte mit aller

Kraft den unguten Verlauf der Ereignisse abzuwenden. Er nahm die Sachen wieder aus dem Koffer und trug sie zurück zum Schrank.

„Vašek freut sich schon auf das Fest“, fuhr er in bittendem Ton fort. „Dem Vater bricht es das Herz! Und ich dreh durch!“ rief er wehleidig und ergriff einen Zipfel des geblümten Kleides, das Anna schon zum drittenmal in den Koffer werfen wollte.

„Ich hab gesagt, daß ich nicht mit dem Rad fahre. Und ich bin doch gefahren“, sagte Anna atemlos und zerrte an dem Kleid. Die Stille wurde von dem Geräusch reißenden Stoffes unterbrochen. Luboš beobachtete voller Staunen, wie aus einem Kleidungsstück mit einemmal zwei wurden.

„Ich wollte nicht hier bleiben. Und ich bin doch geblieben!“ Anna warf den abgerissenen Rock in den Koffer. „Ich wollte die Ferien genießen! Und am meisten hab ich die Küche genossen!“

Luboš nickte gehorsam, denn er nahm an, daß er in dem Moment gewonnen hatte, wo Anna zu sprechen begann. „Du dachtest, du würdest dich nie mehr verlieben“, sagte er sanft und fuhr dann siegesgewiß fort: „Und jetzt, wo du ohne mich nicht mehr leben kannst, da ist es doch egal, ob wir am Mittwoch heiraten oder im Oktober.“

Anna kämpfte mit der Kommode, es gelang ihr jedoch nur, den Griff abzureißen, was sie noch mehr aufbrachte. „Ich werd dir sagen, wann Hochzeit ist. Weder am Mittwoch noch irgendwann!“ schrie sie, das Schubfach öffnete sich mit einem Ruck, und die Wäsche flog durch das Zimmer. Luboš sammelte sie sorgsam auf.

„Es hatte den Anschein, als wärst du der beste Vater unter der Sonne.“ Anna holte tief Luft und sagte jedes Wort betonend: „Aber du bist ein Lügner! Ein Betrüger! Und ein Verbrecher!“

Eine Sekunde war es still. Luboš sah Anna in die Augen. Ihr Blick war verstockt und erbarmungslos.

„Wie jeder normale Mann!“ erwiderte Luboš und warf die aufgesammelte Wäsche schwungvoll in den Koffer. Er verließ die Bodenkammer, ohne die Tür hinter sich zu schließen.

Unten knallte die Tür zu, und alles war zu Ende.

XXV.

Die Tage nach der Rückkehr nach Prag verliefen eintönig. Vašek zog sich am Morgen schweigend an und ging nach dem Frühstück hinaus. Er kam erst zum Mittagessen mit verbissenem Gesicht zurück. Ein paarmal bot ihm Anna an, zusammen ins Kino zu gehen. Vašek ließ sich überreden, aber auf dem Weg ins Kino zog er ein Gesicht, als wären sie unterwegs zum Zahnarzt. Im Kino lachte er zwar, aber kaum waren sie wieder draußen, verfiel er erneut in trotziges Schweigen. Anna wußte, daß sie Vašek nicht eine Minute zu Hause halten könnte, wenn Luboš für ihn irgendwo erreichbar wäre. Die Abwesenheit des Vaters erschien Vašek durch die Tatsache erträglich, daß Luboš zur Zeit irgendwo weit weg in den Karpaten war. Dennoch hatte es Anna nicht leicht mit Vašek. Am schlimmsten war sein stummer Gehorsam. Anna beobachtete bedrückt, wie Vašek ohne zu Murren nach dem Baden die Wanne saubermachte, widerspruchslos das Geschirr abräumte und sogar das Fernsehen verschmähte. Als er einkaufen ging und sich nicht einmal ein Eis kaufte, tat ihr das Herz weh. Anna wußte, daß Vašek von seinem Vater eine Karte bekommen hatte und sie bei seinen Schätzen im Koffer aufbewahrte.

„Was heißt, du bist abgereist?"

„Ich hab mich einfach in den Zug gesetzt und bin abgefahren."

„Das hab ich schon fünfmal gehört! Wiederhol es nicht immer wieder!" Die Stimme von Annas Mutter im Telefon war nahezu hysterisch. Sie legte auf. Anna wußte, in zwei Stunden würde sie wieder anrufen, aber es dauerte keine Stunde, da klingelte es an der Tür, und sie stürmte in den Korridor.

„Ich will wissen, wie es dazu kam!"

Anna hatte nicht die Kraft zu antworten. Sie war schon vierzehn Tage zu Hause und fühlte sich wie in einem Alptraum. Sie hoffte, all die guten und schlechten Erlebnisse würden sich irgendwo am Rande des Bewußtseins ablagern, und ihr Leben würde in die alten Bahnen zurückkehren. Aber die Erleichterung, die sie so sehr ersehnte, stellte sich nicht ein. Ein Tag um den anderen verging langsam und ereignislos. Die Traurigkeit hielt sich hartnäckig und wollte nicht nachlassen.

„Wieso will er dich nicht heiraten?“ rief die Mutter unglücklich und schluckte mit einem Rest Selters aus dem Kühlschrank eine Kopfschmerztablette.

„Er möchte schon!“

„Und du nicht?“

„Nein. Ich will nicht“, sagte Anna und holte sich einen Korb voll trockener Wäsche zum Bügelbrett! In dem ausgewaschenen dunkelblauen Morgenmantel verlor sich ihre zierliche Gestalt völlig.

„Herrgott! Du bist wirklich verrückt geworden“, hauchte die Mutter hilflos.

„Ich bin nicht verrückt geworden. Ich will bloß einfach nicht mit ihm leben.“

„Also du willst nicht mit ihm leben! Und kannst du mir sagen, warum?“

Anna preßte nur stumm die Lippen zusammen,

„Das darfst du dem Jungen nicht antun! Oder willst du etwa, daß Vašek in der Schule erzählt, seine Mutter habe sich noch nicht entschieden, ob sie den Vater heiratet?“

„Ich hab mich schon entschieden. Und was Vašek in der Schule erzählt, ist mir völlig schnuppe! Ich erlaube niemandem, das Leben meiner Kinder aufs Spiel zu setzen, und wenn es der eigene Vater ist!“

„Was für Kinder … Von was für Kindern redest du denn?“ rief die Mutter verwirrt.

„Als ob ich ihm nicht klar gesagt hätte, was ich nicht wünsche und warum!“ sagte Anna bitter und strich sich eine Haarsträhne aus der Stirn. „Und er? Er klettert mit dem Jungen auf den ‚Drachenzahn‘!“

Dic Mutter war erleichtert, über ihr Gesicht huschte ein verständnisvolles Lächeln. „Na, Hauptsache du hast ihn gern.“

„Gern?“ fragte Anna verwundert und setzte sich auf den Rand des Sofas. „Ich will ihn nicht mehr sehen.“ Sie stützte sich mit der Hand auf den Korb und bedeckte mit der anderen ihr Gesicht. „Warum mußte mir ausgerechnet ein Bergsteiger begegnen!“

„Das kannst du dir nicht aussuchen, Mädchen", seufzte die Mutter, „sieh mal, wenn ein Mann kein ganzer Kerl ist, dann ist es langweilig mit ihm. Das ist auch nicht das große Los."

Anna hätte sie gern gefragt, was das für ein großes Los sei, wenn Luboš sie anlog. Wenn er auch Vašek zum Lügen verleitete. Wenn er nicht Wort halten konnte. Und das war noch nicht das Schlimmste. Wenn es um irgendein unschuldiges Spiel hinter ihrem Rücken gegangen wäre, das hätte sie begeifen können. Wie oft war sie in der Nacht mit kaltem Schweiß auf der Stirn aufgewacht, wie oft hatte sie im Traum die kleine Gestalt oben auf dem Gipfel des Felsens gesehen. Und nun war der Traum Wirklichkeit geworden, Vašek war da oben gewesen, er hatte am Seil gehangen, zwischen Leben und Tod. Das würde sie Luboš nie verzeihen.

Anna stand auf, in ihrem Kopf drehte sich alles. Sie ging zum Fenster und öffnete es weit. Ein paarmal holte sie tief Luft, aber auch die frische Luft half ihr nicht. Sie mußte sich an einem Stuhl festhalten. Dann spülte sie sich im Bad das Gesicht mit kaltem Wasser ab.

„Das ist kein Hasard bei Luboš", drang aus weiter Ferne die Stimme der Mutter zu Anna. „Er hat nur einen gefährlichen Beruf."

Anna hob die Augen. Im Spiegel sah sie verschwommen das Gesicht der Mutter. Sie stand ganz nahe hinter ihr und lehnte sich an die geöffnete Tür. „Und der Junge hat die Veranlagung von seinem Vater geerbt. Damit wirst du dich abfinden müssen."

„Womit?" Anna beugte sich wieder vor und ließ sich das fließende Wasser in die Hände laufen. „Daß er mit gebrochenen Rippen wiederkommt? Oder daß er gar nicht wiederkommt? Damit werd ich mich nie abfinden. Verstehst du, nie!"

Vašek wiederum dachte nicht im entferntesten daran, den Vater aufzugeben.

Ungeduldig zählte er schon die Tage und Stunden, die ihn von dem Wiedersehen mit dem Vater trennten. Der innige Wunsch, es möge schon der dritte September, dreizehn Uhr sein, verdrängte völlig den Ärger über den Schulbeginn. Die ersten zwei Tage in der Klasse vergingen für ihn geruhsam, er saß unauffällig in der ersten Bank, aber in Gedanken war er weit weg. Die Klassenlehrerin Jedličková stellte voller Genugtuung fest, daß Vašek über die Ferien zu einem vernünftigen Jungen geworden war. Vašek drängelte sich auch im Essenraum nicht vor, aß sogar den Nachtisch auf, und obwohl draußen die Sonne schien, trödelte er in der Garderobe. Als er gerade auf allen vieren zwischen den Schuhschränken herumkroch und seinen zweiten Turnschuh suchte, kam der Hausmeister.

„Na, wann kommt denn dein Vater?"

„Morgen. Mittags."

„Na und? Freust du dich gar nicht?" fragte der Hausmeister verwundert.

Vašek seufzte nur tief, und es war klar, daß er den morgigen Tag kaum erwarten konnte. Dann vertraute er dem Hausmeister an, daß er bis drei Viertel eins Schule hatte und nicht wußte, wie er rechtzeitig am Bahnhof sein sollte.

„Deine Mutter schreibt dir eine Entschuldigung, und fertig", riet ihm der Hausmeister unbekümmert.

„Nein." Vašek schüttelte den Kopf. „Mama will von Papas Begrüßung kein Wort hören."

Da war auch der Hausmeister mit seinem Latein am Ende.

Vašek verließ als letzter die Schule und schlenderte langsam nach Hause.

„Vašek!"

Eine bekannte tiefe Stimme hatte seinen Namen gerufen. Im ersten Augenblick dachte er, er träume nur.

„Vašek!" Wieder diese Stimme.

Der Junge blieb wie erstarrt stehen. Nein, es gab keinen Zweifel! Dieser breitschultrige Mann vom Bergrettungsdienst mit dem Rucksack auf dem Rücken und dem Abzeichen auf der Brust, das war kein Traum. Er stand hier, nach einer langen Reise, und breitete die Arme aus.

„Vater!" schrie Vašek. „Papa ist gekommen! Papa! Papa!" rief er und raste ihm entgegen.

„Drei! Zwei! Eins!" Vašek sprang Luboš so wild in die Arme, daß er ihn fast umgeworfen hätte. Er schlang ihm fest beide Arme um den Hals.

„Und ich? Bin ich etwa nichts?“ rief der Großvater eifersüchtig, der sich in einem dunkel gestreiften Anzug auf die Fahrt nach Prag begeben hatte.

„Du bist Großvater Allwissend! In Prag gibt es ...zig Schulen, und du hast die richtige gefunden!“ Vašek löste sich aus der Umarmung des Vaters, denn er sah, daß auch der Großvater die Arme ausbreitete. Es war das erstemal, daß der Großvater ihn in die Höhe hob und an seine Brust drückte.

„Der Großvater! Von wegen! Der hätte ohne mich nicht mal den Ausgang aus dem Bahnhof gefunden!“ Luboš kicherte. Vašek erfuhr, daß der Vater einen Tag früher nach Prag gekommen war und der Großvater schon seit dem Morgen auf dem Bahnhof auf den Express-Zug aus Bukarest gewartet hatte.

Der Großvater stellte Vašek endlich auf die Füße, zog an seinem breiten Hosenträgern und sagte bedächtig: „Wir drei müssen augenblicklich das kitten, was ihr zwei im Sommer kaputt gemacht habt!“

„Also wie steht's zu Hause, erzähl!“ fragte der Vater ungeduldig, als er den Rucksack abgenommen und sich auf eine Bank neben Vašek gesetzt hatte. Auf die andere Seite setzte sich der Großvater und nahm einen Apfel aus der großen karierten Tasche.

„Zu Hause ist der Teufel los“, sagte Vašek und wandte sich an den Großvater. „Und was macht Pepa?“

„Hör auf mit Pepa! Was macht Mutter?“ fragte Luboš mit Zärtlichkeit in der Stimme. „Ist sie immer noch böse?“

„Ja. Immer mehr.“

Luboš schluckte.

„Aber sie spricht doch mit dir?“ fragte der Großvater eindringlich, denn auch er war überzeugt, daß zu Hause schon längst alles in Ordnung war.

„Sie redet“, sagte Vašek und biß in den saftigen Apfel, „immer weniger.“

„Das kann doch wohl nicht wahr sein!“ rief Luboš nunmehr völlig verunsichert.

Vašek war im Gegensatz dazu sehr erleichtert. Die Bedrückung der letzten Wochen war von ihm gewichen.

„Ja, wenn Mama morgens aufgestanden ist, dann bleibt sie

eine halbe Stunde im Bad." Er sah den Vater und den Großvater an und fügte bedeutungsvoll hinzu: „Oder auch eine Stunde!"

„Herrgott!" rief der Großvater erschüttert. „Und was macht sie eine Stunde im Bad?"

„Sie sitzt auf dem Wannenrand. Seufzt. Und ißt eine trokkene Semmel. Dann geht sie raus. Sie schaut auf den Kalender und sagt ‚Ach ja'."

Luboš und der Großvater wechselten einen verständnislosen Blick. Der Großvater sah, daß Luboš ganz blaß war und Zuspruch brauchte.

„Vielleicht guckt sie schon aus dem Fenster, wann du kommst."

„Na, ich weiß nicht", zweifelte Vašek aufrichtig. „Abends ist das noch schlimmer. Anstelle von Schnitzeln haben wir schon dreimal saure Fische gegessen!"

„Aber warum?" fragte der Großvater ehrlich erstaunt.

„Weil ich die nicht gern esse", erklärte Vašek logisch.

„Verdammt! Das ist ein Theater mit den Weibern!" rief Luboš und ging in ungespielter Erregung dreimal um die Bank herum. „Kaum gibt es mal einen Krach, spielen sie schon verrückt!"

Der Großvater war auch völlig fassungslos. „Na siehst du. Was hast du für Sprüche gemacht. Warum ich nicht zu Hause geblieben bin! Daß ich unnötig Panik mache! Daß es sich nach einem Gewitter immer aufklärt! Da hast du's nun! Wie man sieht, hat sich gar nichts aufgeklärt."

Der Großvater gab einen ganzen Wasserfall von Vorwürfen von sich, aber der Vater dachte schon fieberhaft über etwas anderes nach.

„Paß auf den Großvater auf!" sagte er zu Vašek, ergriff den Rucksack und lief den Parkweg hinauf zur Straßenbahnhaltestelle. Im Lauf drehte er sich noch nach dem verblüfften Großvater und nach Vašek um und rief: „Und daß ihr nicht früher als in zwei Stunden klingelt!"

Die Überlegungen Vašeks und des Großvaters waren in diesem Augenblick völlig unterschiedlich. Während der Großvater seine Gedanken für sich behielt, dachte Vašek laut.

„Aber Opa! Papa hat doch keinen Schlüssel!" sagte er und

zog ratlos den Wohnungsschlüssel hervor, der an einem braunen Band um seinem Hals hing.

„Papa! Papa!“ Vašek rannte hinter Luboš her. Aber der ahnte nicht, daß Vašek ihm helfen wollte. Im Gegenteil, ihm fielen sofort einige Momente des diesjährigen Juli ein, und deshalb legte er einen Schritt zu und lief so schnell, daß Vašek keine Chance hatte, ihn einzuholen.

XXVI.

In der Luft spürte man die ersten Regentropfen, und Windböen beugten die verstaubten Zweige der Bäume. Luboš wartete nicht auf die Straßenbahn und kürzte den Weg durch das Villenviertel ab. Er zweifelte nicht daran, alles wieder ins Lot zu bringen. Er würde Anna in die Arme nehmen und sagen: „Weißt du, wann ein Mann lügt? Wenn die Frau ihm nicht erlaubt, die Wahrheit zu sagen.“ Vor der Wohnungstür fielen ihm noch ein paar Sätze ein, mit denen er Anna versöhnen würde. Er klingelte lange, aber niemand öffnete ihm.

Es begann in Strömen zu regnen. Ehe Luboš am Theater ankam, war er völlig durchnäßt. In der Anmeldung klingelte gerade das Telefon. Luboš wartete nicht, bis der Pförtner das Gespräch beendete, er überflog den ausgehängten Probenplan und lief über die breite helle Treppe in den zweiten Stock. Dort blieb er stehen. Das Orchester spielte. Er hörte die schwingende Melodie, den jubelnden Ton der Flöte. Er wischte sich das Gesicht mit dem Taschentuch ab. Wieder erklang die Flöte. Er sah einen öden Strand, eine Mauer und zwei Liebende, die sich einander näherten. Die Musik ließ in ihm Eifersucht aufflackern. So oft hatte er sich vorgestellt, was er Anna beim Wiedersehen sagen würde: „Du bist für mich der feste Punkt, von dem ich mich immer wieder entferne und zu dem ich immer wieder zurückkehre.“ Die Musik wurde lauter, zu der Flöte gesellten sich eine Oboe und die Streicher. War das die Meeresbrandung, die Attacke in einer Schlacht oder der Höhepunkt der Liebe? Er konnte sich nicht mehr beherrschen und riß die Tür auf.

In diesem Augenblick wurde ihm sein Irrtum klar. Die Musik kam aus dem gegenüberliegenden Saal. Hier war nur die Ballettprobe. Die Tänzerinnen standen in einer Reihe vor dem Spiegel und klopften mit den harten Spitzen einen strengen Rhythmus auf den Holzfußboden. Anna war hier. Er sah ihr konzentriertes Gesicht im Spiegel. Die Haare trug sie aus der Stirn gekämmt und mit einem schwarzen Netz zusammengehalten.

„Anna! Anička!“ flüsterte er leise, aber anstelle von Anna drehten sich ein paar andere Mädchen um.

„Anička! Liebling!“ rief Luboš lauter und eindringlicher. „Ich bin wieder da!“

Durch den Saal rauschte das leise Kichern der Mädchen. Anna war so in sich versenkt, daß sie Luboš als letzte bemerkte. Sie lief zur Tür. Die erhobene Stimme des Choreografen drang nicht bis zu ihr.

„Ich wollte dir nur sagen, daß ich nie wieder etwas hinter deinem Rücken tun werde“, sagte Luboš und trat einen Schritt von der Tür zurück auf den Gang, denn er wollte Anna zur Begrüßung nicht vor aller Augen umarmen. Anna folgte ihm jedoch nicht hinaus, sie schlug heftig die Tür zu. Hinter ihrem Rücken hörte sie Gelächter und die gereizten Ermahnungen des Choreografen. Sie reihte sich wieder ein, doch in diesem Augenblick öffnete sich die Tür erneut.

„Und auf Felsen“, rief Luboš ihr quer durch den ganzen Saal zu, „klettere ich mit Vašek nur mit deiner Erlaubnis!“

„Privatangelegenheiten werden nach der Probe erledigt!“ rief Jindřich gereizt, aber Luboš hatte schon gesagt, was er auf dem Herzen hatte, und zog sich von allein aus dem Saal zurück.

Anna vernahm die strengen Anweisungen des Choreografen, sie hörte auch den Rhythmus der Trommel, aber nach ein paar Sprüngen drehte sich ihr der Kopf. Sie trat aus der Reihe und hielt sich an der Stange vorm Spiegel fest. Wieder spürte sie Übelkeit und wischte sich mit dem Handrücken die Schweißtropfen von der Stirn.

In der dunklen Küche öffnete Vašek den Kaltwasserhahn. Als er über der Spüle den Lappen naß machte, drehte er sich um und beobachtete forschend die Mutter, die ihr Bett auf dem Sofa aufschlug. Im gedämpften Schein der Tischlampe sah sie nicht so blaß und so unglücklich und unzugänglich wie am Tag aus.

„Sei doch nicht mehr böse auf Papa", bettelte Vašek treuherzig. „Ich hab ihn angestiftet. Jeden Tag."

Vašek besaß soviel Selbstvertrauen, daß er das Hindernis, das ihn von seinem Vater trennte, sehr leicht zu überwinden meinte. Solange der Vater weg gewesen war, hatte er ohnehin nichts tun können, aber jetzt durfte er keine Stunde mehr ungenutzt lassen. Er schloß den Wasserhahn und wrang den Lappen aus.

„Papa wollte nicht auf die Felsen klettern. Wirklich nicht. Ich hab ihn angestiftet! Ich hab ihn jeden Tag überredet!"

Vašek erwartete, daß dieses tapfere Bekenntnis große Überraschung bei der Mutter auslösen würde. Sie würde begreifen, daß der Vater unschuldig war, und ihn sofort nach Hause holen. Vašek rechnete auch damit, daß er nach dem Geständnis selbst eine Abreibung bekommen würde, bestenfalls würde eine Predigt folgen. Aber die Mutter sagte kein Wort, sie schluckte eine Tablette und trank ein Glas Wasser dazu.

„Wenn du wüßtest, was für Gewissensbisse Vater hat", flüsterte Vašek und kniete sich zu der Mutter auf das Sofa. „So große!" Er breitete die Arme aus.

„Fang nicht wieder an", sagte die Mutter ablehnend und knöpfte ihr Nachthemd zu.

„Ich bin an allem schuld!" beteuerte Vašek und nahm das weiße Tuch mit den roten Punkten aus dem Schrank. Wie sehr wünschte er sich, daß die Mutter ihren Zorn auf ihn lenkte! Daß sie ihn bestrafte! Daß er die schreckliche Schuld von seinem Vater nehmen konnte! Er kniete sich neben die Mutter auf das Sofa, legte ihr den nassen Lappen auf die Stirn und band ihr das gepunktete Tuch um.

„Schau mal, Vašek, wenn ein kleiner Junge nicht hört, dann bekommt er den Hintern voll. Aber wenn ein Großer nicht hört, dann kann man nichts machen. Und im Falle deines Vaters hilft nicht mal eine Besserungsanstalt."

Vašek erschrak sehr über den ruhigen Ton, in dem die Mutter ihr Urteil über den Vater aussprach. Aber er gab nicht auf.

„Mama, Mami, verzeih uns doch“, bat er rührend und schmiegte seinen Kopf an ihrer Schulter.

„Ich kann euch alles verzeihen. Jeden Streich“, sagte Anna, schob den knienden Vašek vom Bett und legte sich auf das Kissen. „Aber das ist was anderes.“

Vašek erschrak wieder vor der seltsamen Ruhe in ihrer Stimme. Wie ein Blitz aus heiterem Himmel überfiel ihn ein furchtbarer Gedanke. „Aber Mami! Du willst doch nicht, daß wir wieder allein sind!“ rief er. Die Mutter schwieg jedoch, zog sich die Decke über und drehte sich zur Wand.

Vašek sprang wieder auf das Bett und rüttelte die Mutter an der Schulter. „Aber Mami! Wenn wir schon mal drei waren, dann können wir nie wieder zu zweit sein!“ Seine Stimme verriet, daß er mit aller Kraft die Tränen zurückhielt. Er umarmte die Mutter mit beiden Armen. Sie mußte ihn ansehen! Sie konnte ihn doch nicht den schrecklichen Befürchtungen überlassen!

Aber Anna preßte ihr Gesicht ins Kissen und schenkte Vašek keinen Blick.

„Mama! Mami! Papa ist hier“, rief Vašek und konnte ein lautes Schluchzen nicht mehr unterdrücken. „Du sollst ihn anrufen! Er ist hier! In den ‚Sieben Bergsteigern!‘ Er möchte so gern zu uns nach Hause!“

Doch die Mutter regte sich nicht. Vašek wischte sich mit dem Handrücken die Tränen aus dem Gesicht, sprang vom Sofa und lief barfuß in sein Zimmer. Dort legte er sich im Pyjama auf den Teppich und schob sich halb unter das Sofa. Er zog den alten abgewetzten Koffer hervor, in dem er seine Schätze aufbewahrte, schlug den Deckel auf und schüttete die Murmeln, das Messer, die Angelhaken, das Foto und die Autos auf den Teppich. Den leeren Koffer ließ er mitten im Zimmer liegen und öffnete den Wäscheschrank. Wahllos nahm er drei Stapel Wäsche heraus und stopfte sie in den Koffer. Dan holte er die Bommelmütze aus rotblauer Wolle aus dem Schrank und zog sie über die Ohren.

„Du willst zu Papa?“ fragte Anna.

„Ja!“ stieß Vašek trotzig hervor, zog sich den Koffer auf den Schoß und preßte ihn fest in seine Arme.

Anna stand in der halbgeöffneten Tür, das Nachthemd reichte ihr bis zu den nackten Knöcheln. Das Leben war zu ungerecht. Immer mußte sie nachgeben. Als ob nur das entscheidend wäre, was Vašek und Luboš wollten.

„Dann geh zu deinem Vater. Warum nicht? Mit ihm hast du viel Spaß!“ Der Flüchtling saß im Schlafanzug und Bommelmütze auf dem Teppich und rührte sich nicht.

„Du wärst traurig hier“, sagte er dann leise. „Ich kenne das. Ich war auch traurig, wenn ich allein war.“

Anna wurde von einer heißen Woge der Scham überflutet. Sie wollte Vašek in die Arme nehmen, aber sie spürte, daß die trotzigen Augen sie nicht ansehen wollten und die trotzigen roten Wangen nicht geküßt werden wollten. Sie hörte den schnellen Schlag des kindlichen Herzens, das schon im Alter von neun Jahren die Erfahrung des Alleinseins hatte machen müssen.

„Du bist mein Liebling, nicht?“

Vašek nickte unmerklich, aber er drehte sich nicht um. In seinen Augenwinkeln kitzelten schon wieder die Tränen, denn der Gedanke, ohne Mutter zu sein, rührte ihn selbst. Aber Weinen paßte nicht zu einer kühnen Flucht, und so schniefte er nur tapfer.

„Ich sag dir was. Ein Geheimnis. Schrecklich geheim. Willst du?“

Vašek nickte eifrig, und dann nickte er noch ein paarmal, denn die Mutter schwieg, und Vašek wollte sie ermuntern. Anna war ratlos, wie sie ihrem Sohn das große Geheimnis anvertrauen sollte.

„Was würdest du dazu sagen, wenn im März der Storch zu uns käme?“

Vašek verharrte einen Augenblick gespannt und staunend, dann rief er sehr enttäuscht: „Ich will keinen Storch im März! Ich will meinen Papa zu Hause! Gleich jetzt!“

„Ach, du Dummerchen“, sagte zärtlich die Mutter und küßte Vašek auf das düstere Gesicht, „das sagt man doch nur so. Wir kriegen ein Baby.“

Das war eine überraschende Nachricht! Vašek riß vor Staunen die Augen auf und fragte: „Wir zwei?“

„Aber nein! Wir drei!“ antwortete die Mutter und lachte leise.

Aus dem Zimmer drang das Klingeln des Telefons herüber. Vašek löste sich geschwind aus der Umarmung der

Mutter. Anna blieb auf dem Teppich zwischen den herausgeworfenen Jungenschätzen und dem gepackten Koffer sitzen. Sie lauschte, was der Flüchtling ins Telefon meldete.

„Hallo! Hallo! Hier Colombo! Alles in Ordnung!"

Über Annas Gesicht huschte ein Lächeln. Dann war es eine Weile still.

Anna sah nicht, daß Vašek den Hörer mit der Hand abschirmte, damit die Mutter ihn nicht hörte.

„Morgen genau um neun!" zischte er. Seine Augen strahlten, weil seine bedrohte Welt wieder ins Gleichgewicht geraten war.

„Dreimal klingeln! Parole: Das Känguruh kommt im März!"

Luboš legte auf. Er fuhr sich ratlos mit der Hand über das müde Gesicht.

Der Großvater im dunklen Anzug, noch jetzt am späten Abend bereit für einen Besuch bei Anna, wartete in der Halle des kleinen Hotels, und als Luboš aus der Telefonzelle kam, fragte er begierig: „Na?"

„Nichts." Luboš seufzte tief. „Vašek will morgen früh in den Zoo gehen."

Der Großvater knüllte mit hilfloser Bitterkeit seine Mütze in die Hand, dann ging er wortlos hinaus in die regnerische Septembernacht.

Luboš legte sich in seinem Zimmer angezogen aufs Bett und war froh, daß er allein war. Er starrte an die Decke und wußte sich keinen Rat mehr. Auch das tapferste Herz spürt einmal grenzenlose Bangigkeit.

XXVII.

Das Frühstück war köstlich. Vašek äußerte sich voller Begeisterung über den Speckkuchen, zu dem er in großen Schlukken Milchkaffee trank.

„Und nach dem Essen wischst du Staub und gehst mit dem Staubsauger über den Fußboden!" sagte Anna.

„Nein! Nein! Nein!" schrie Vašek, und Anna stellte fest,

daß bei ihm alles wieder beim alten war.

„Also gut. Ich schreib dir eine Liste, und du gehst einkaufen."

Bei diesen Worten erschrak Vašek. Er sah schnell auf die Uhr. Es war acht Uhr und fünfzehn Minuten. Wenn Mama außer Brot, Milch und Eiern noch Gemüse will, krieg ich Zeitprobleme, dachte er. Als ihm seine Mutter außer dem Einkauf im Selbsbedienungsladen noch auftrug, Zitronen und Zwiebeln im Gemüseladen, Waschpulver und Shampoon in der Drogerie und Servietten im Schreibwarenladen zu besorgen, wurde ihm klar, daß er es nicht schaffen würde. Er überlegte fieberhaft, und da ihm nichts Besseres einfiel, sang er eine Lobeshymne auf den alten Staubsauger, den er Sturmwind nannte, und gestand der Mutter, daß er am liebsten mit seinem geliebten Sturmwind zu Hause bleiben würde. Die Mutter lächelte sanft, zog ihren Mantel über und war weg.

Vašek machte weder mit dem Sturmwind noch mit dem Staubsauger viel Aufhebens. Als es dreimal klingelte, stellte er den Sturmwind gerade in die Kammer und riß ihm dabei vor lauter Ungeduld den Schlauch ab.

„Parole", fragte Vašek geheimnisvoll, als er die Tür einen Spalt öffnete.

Anstelle einer Antwort tauchte in der Tür ein bunter Blumenstrauß aus großen Gerbera auf.

„Wo ist Mama?" fragte der Vater verschwörerisch und schob sich hinter dem Blumenstrauß durch die Tür.

„Einkaufen."

Der Vater drehte sich um und wollte hinaus, doch der Großvater vertrat ihm den Weg.

„Hiergeblieben!" rief er drohend, und es war klar, daß der Vater nicht aus der Wohnung herauskommen würde.

„Parole! Parole!" drängte Vašek und versperrte mit Körper und Armen den Eingang zur Küche. „Das Känguruh kommt am Dienstag", erinnerte sich endlich der Vater.

„Im März", berichtigte ihn Vašek ärgerlich, ließ ihn aber doch durch.

„Was für ein Känguruh? Was hast du dir da wieder für Blödsinn ausgedacht?" forschte der Vater.

„Das Känguruh bringt auch Kinder!" erklärte Vašek und

zwinkerte dem Vater bedeutungsvoll zu.

„Ach so!“ Dem Vater ging nach einer längeren Pause endlich ein Licht auf. „Du möchtest ein Brüderchen?“

„Na, ein Mädchen jedenfalls nicht!“

Dem Großvater kam dieses Gespräch außerordentlich gelegen, und er schlug unauffällig vor: „Aber da müßten wir zuerst gemeinsam die Mutter überreden, daß Hochzeit gemacht wird!“

„Aber Großvater!“ entgegnete Vašek ein wenig von oben herab. „Weißt du überhaupt, wie ein Kind zur Welt kommt?“

Der Großvater zog sich gerade die Schuhe aus und trat in schwarzgestreiften Socken ins Zimmer. Die heikle Frage brachte ihn nicht im geringsten aus der Fassung. „Na, nach der Hochzeit!“

„Das hab ich auch gedacht. Aber da war ich noch sehr klein.“ Vašek füllte Wasser in die Glasvase. „Es reicht, wenn sich zwei gern haben, nicht?“ wandte er sich zustimmungheischend an den Vater. Er drehte den Wasserhahn zu und stellte die Vase auf den Tisch.

„Und du glaubst, Mama und ich haben uns gern?“ fragte Luboš forschend.

„Klar“, sagte Vašek, nahm dem Vater den Strauß aus der Hand und schob die langen Stengel in die Vase. „Ich hab euch doch verfolgt! Die ganzen Ferien!“

„Na siehst du“, seufzte der Vater, und bei der Erinnerung an Anna leuchteten seine Augen verträumt. „Wenn du uns nicht verfolgt hättest, würdest du vielleicht ein Brüderchen bekommen.“

„Herr im Himmel!“ rief der Großvater entrüstet. „Ihr hattet noch nicht mal Hochzeit und kriegt schon das zweite Kind!“

Vašek wußte nicht, warum der Großvater so aufgebracht war, warum er so aufgeregt hin und her lief und die karierte Mütze in der Hand knüllte. Er selbst hatte schon seit langem begriffen, daß die Hochzeit von Vater und Mutter für das Leben der Kinder nicht das wichtigste ist. Darüber wollte er dem Großvater ein paar vernünftige Worte sagen, aber der Vater kam ihm zuvor.

„Ich bitte dich, wieso nimmst du das ernst!“ sagte er und

machte es sich auf dem Sofa bequem. „Du weißt doch, daß er ein schrecklicher Spinner ist!“

„Von wegen! Mama sagt immer die Wahrheit!“ verteidigte sich Vašek und sprang neben dem Vater auf das Sofa.

In diesem Augenblick kam Anna vom Einkaufen zurück. Aus dem Zimmer vernahm sie vertraute Stimmen.

„Am besten wäre es, Opa, wenn wir unseren Kleinen schon im Strampelanzug unter die Pumpe stecken!“

„Und warum?“ fragte der Großvater und setzte sich neben Vašek auf das Sofa.

„Na, damit wir rauskriegen, wie abgehärtet er ist!“ erläuterte Vašek pfiffig.

Der Großvater stellte sich ein Baby in Windeln unter dem kalten Wasserstrahl vor, was bei ihm unbändiges Gelächter auslöste. Er klatschte sich auf die Schenkel und wiederholte: „Ach so! Ach so!“ und war nicht zu bremsen.

Von seinem guten Einfall beflügelt, wandte sich Vašek an Luboš. „Und wenn das Brüderchen auf allen vieren krabbelt, setzen wir es auf einen Felsen.“

„Und warum?“ fragte zur Abwechslung der Vater völlig verständnislos.

„Damit wir wissen, ob er sich halten kann!“

Der Vater stellte sich ein Krabbelkind auf dem Felsen vor, und ein Lachanfall schüttelte ihn, der auch auf Vašek und den Großvater übergriff, dem vor Lachen die Augen tränten.

Von niemandem beobachtet betrat Anna die Küche und sagte mit leichter Verachtung: „Da habt ihr euch aber verrechnet!“ Sie warf die Tasche mit den schweren Einkäufen auf den Küchentisch.

Vašek, Luboš und der Großvater drehten sich mit einem Ruck um. Sie starrten Anna verdattert an.

„Weil der Junge“, fuhr Anna sachlich fort, „von dem ihr glaubt, daß er zu eurer Unterhaltung auf die Welt kommt, nämlich ein Mädchen wird!“

Das war eine erschütternde Aussicht! Vašek und der Großvater rissen vor Verblüffung den Mund auf.

Anna legte das Netz mit den Kartoffeln in den Korb und steuerte mit der Tasche voller Toilettenbedarf das Bad an. Schon schien sie Luboš seinen Zweifeln überlassen zu wollen, aber dann drehte sie sich doch noch in der Tür um und schüttelte den Kopf, wobei sie dem Vater einen vernichtenden Blick zuwarf.

Vašek erschrak. Er kannte sich zwar nicht so ganz in der Welt der Erwachsenen aus, aber er wußte, wenn solch ein Blick ihn treffen würde, würde selbst der Hund nicht einmal mehr eine Brotrinde von ihm nehmen. Er fürchtete, der Vater könne sich die Blicke der Mutter allzusehr zu Herzen nehmen. Aber Luboš zog den Strauß aus der Vase, schüttelte das Wasser auf den Teppich und verschwand hinter Anna im Bad.

Vašek sah den Großvater verständnislos an. Aber der half ihm nicht. Es sah so aus, als wäre der Großvater noch fassungsloser als Vašek. Er verstand rein gar nichts.

Anna legte das Shampoon, die Zahnpasta und die Seife in das Schränkchen, als sie hinter sich die Tür klappen hörte.

„Aber Anička!" flüsterte Luboš und schloß vorsorglich ab. „Ich kann mir einfach nicht vorstellen, daß wir beide ein Mädchen haben könnten!"

„Dafür, daß wir schon das zweite Kind kriegen, haben wir wirklich nicht viel voneinander gehabt!" sagte Anna und nahm das Waschpulver vom Boden der Tasche.

Luboš seufzte gerührt: „Nein, das kann doch nicht wahr sein!"

Anna schüttelte die Tasche aus und sagte: „Doch!"

Luboš schrie voller Begeisterung: „Nein, Anna, nein." Er wußte nicht, wohin mit dem Blumenstrauß, der ihm plötzlich im Wege war, weil er Anna mit beiden Armen umarmen wollte. Anna widersetze sich der Umarmung leicht, denn es ärgerte sie, daß Luboš offenbar die einzige Nacht vergessen hatte, die einzige im ganzen Sommer, als der Großvater und Vašek nach dem Ausflug und dem ausgiebigen Abendessen unten in der Küche eingeschlafen waren und sie bis zum Morgen in dem Bodenkämmerchen Zeit füreinander hatten.

Jemand klopfte heftig an die Badezimmertür. Luboš hörte jedoch nichts. Er umarmte Anna und küßte sie auf die Stirn und auf die Haare. Er sah ihr in die Augen und bat sie um Verzeihung. Anna nahm die Entschuldigung unverzüglich an, und es war ihr angenehm, daß Luboš sie an sich drückte.

Mitten in einem langen, zarten Kuß spürte sie jedoch, daß Luboš, wie schon so oft, in Gedanken woanders war. In sein Bewußtsein drangen die Schläge an die Tür und die lauten Rufe:

„Papa! Mama!“

„Anna! Luboš!“

Luboš löste sich mit einem schuldbewußten Blick von Anna. Zum Glück hatte er einen Einfall.

„Weißt du was? Ich schicke sie in den Zoo!“

„Ich weiß“, sagte Anna trocken, „und du mußt mit!“

Sturm über der Steppe

Sowjetische Erzählungen

Herausgegeben von Ursula Krause

Aus dem Russischen von mehreren Übersetzern
Illustriert von Rainer Schwalme
372 Seiten · Ganzleinen 14,80 M

Was eben noch wie ein Abenteuer begann, wird für Petja, Olga und die anderen jungen Helden aus zwölf Erzählungen zur ersten ernsthaften und zugleich härtesten Bewährungsprobe ihres Lebens. Der siebzehnjährige Petja will den Tod seines Vaters rächen, sprengt ein Munitionsdepot und sucht Unterschlupf bei einem Jäger in der Steppe, nicht ahnend, daß er direkt in die Fänge der weißgardistischen Mörder geraten ist …
Bewegende Schicksale von Jugendlichen in den schweren Anfangsjahren der Sowjetmacht schildert diese Anthologie.

Peter Abraham

Kaspar oder Das Hemd des Gerechten

2. Auflage · Illustriert von Burckhard Labowski
256 Seiten · Pappband mit Schutzumschlag 6,30 M

Was wäre, wenn die Hauptgestalt eines Buches, das Sie kennen, plötzlich lebendig werden würde und in Ihr Alltagsleben eingriffe? Dem Schriftsteller Wenzel Ploch in Peter Abrahams Geschichte widerfährt ebendas, noch dazu von einer Figur, die er selbst geschaffen hat. Kaspar, so heißt das Phantom, angetan mit dem roten Kattunhemd des Gerechten – dies eine Erinnerung an Wenzel Plochs Jugendzeit –, sucht rigoros, Gerechtigkeit zu stiften. Er greift auf naiv-verblüffende Art in das Alltagsleben ein, organisiert einen Hut für einen Schneemann, regelt den Berufsverkehr, bricht alle Normen beim Verladen von Kohle, kümmert sich um des Schriftstellers Geliebte ... Leidenschaften außer der Gerechtigkeit kennt er nicht. Da ändert sein geistiger Vater das Manuskript und verleiht ihm Leidenschaften. Doch er ist nun noch viel abstrakter gerecht, und alle Sympathien seiner Mitmenschen „entfliehen" ihm. Aber die Eskapaden der Figur bewirken auch Gutes: Der Schriftsteller Wenzel Ploch wird angeregt, über seinen bisherigen Lebensweg nachzusinnen.

Schweriner Volkszeitung

Benito Wogatzki

Ein goldener Schweif am Horizont von Thumbach

Roman mit Kindern und Erwachsenen

2. Auflage · 208 Seiten · Ganzleinen 7,90 M

Bedauerlich ist es schon, daß in Thumbach nun wieder alles beim alten ist, daß nur noch die Erinnerung an die Geschichten des Schülers Satti, der eigentlich Jürgen-Wolfgang Satrapichanowski heißt, weiterlebt, daß mit seinem Verstummen ein goldener Schweif am Horizont erlosch. Dennoch ganz so bedauerlich ist es wiederum nicht, hat doch der Schriftsteller Benito Wogatzki erzählt, wie das plötzliche Auftauchen Sattis in der kleinen Stadt aufgenommen wurde, mit welch üppigem Sprachfluß er sein Lügengarn spann und die Leute von Thumbach in Bewegung setzte, welche Spuren er am Ende hinterließ. Mit dem Halbwüchsigen Satti hat der Autor einen modernen Münchhausen geschaffen, der das Wort zu führen weiß wie kaum einer, dessen Vorrat an Phantasie unerschöpflich ist … Er ist ein Wahr-Lügner, der Sein und Schein ins Verhältnis setzt, so geschickt, so überzeugend, daß bald keiner mehr weiß, was erdacht ist, was der Wahrheit entspricht.

Stimme der DDR